FOLIO BIOGRAPHIES

collection dirigée par

GÉRARD DE CORTANZE

Stendhal

par

Sandrine Fillipetti

Gallimard

Crédits photographiques :

1, 3, 4, 5, 7 et 12 : Grenoble, Bibliothèque municipale. 2, 11, 14, 15 et 16 : Archives Gallimard. 6 : RMN/Droits réservés. 13 : RMN/Bulloz. 8 : Bridgeman Giraudon. 9 : Leemage/Raffael. 10 : Leemage/Photo Josse. 17 : BNF. 18 : Roger-Viollet/Musée Carnavalet. 19 : Leemage/Costa.

Auteur de guides sur Paris et de livres d'entretiens, Sandrine Fillipetti est critique littéraire. Elle collabore régulièrement au *Magazine Littéraire* et à la revue *PAGE des libraires*.

Avant-propos

Voici ce qu'écrit Remy de Gourmont dans ses *Promenades philosophiques* :

> L'originalité philosophique d'une période, il faut la chercher presque aussi souvent chez un moraliste, un poète, un romancier, que chez les philosophes vrais, les hommes de culture philosophique et dont la philosophie fut le métier ou l'objet d'une méditation constante. [...] Au dix-neuvième siècle, quelques esprits indépendants et originaux ont également construit, sans le savoir, une véritable philosophie. Ainsi Stendhal. Au moment où le romantisme chrétien commence à s'épanouir, des livres singuliers paraissent, qui sont en contradiction avec la direction générale des esprits. [...] pour Stendhal, le but de la vie, c'est la recherche de l'amour. Cela peut paraître grossier ou léger ; c'était infiniment nouveau pour une société qui ne venait d'échapper aux horreurs du militarisme que pour tomber dans les rets de la piété et du sentimentalisme littéraire[1*].

Caractère complexe, pétri de contradictions, Henri Beyle, dit Stendhal, n'a été la copie de personne. Son existence singulière, toujours en mou-

* Les notes bibliographiques sont regroupées en fin de volume, p. 300.

vement, bat en brèche l'image de sérieux qui lui est fréquemment attribuée. Né à l'aube de la Révolution, cet anticlérical enragé prit part, entre l'âge de dix-huit et de trente et un ans, aux campagnes napoléoniennes d'Italie, de Prusse et d'Autriche, ainsi qu'à la retraite de Russie. Les années de la maturité le virent promener son esprit moqueur et incisif dans les cercles éclairés de l'Empire et de la Restauration, et il termina ses jours sous la monarchie de Juillet, dans l'exil peu spectaculaire de la petite cité portuaire pontificale de Civita-Vecchia. Brillant esprit, causeur hors pair, il a observé la transformation de la société avec des yeux attentifs. Entre les épisodes tragi-comiques de ses frasques sentimentales, ses déplacements incessants et sa santé chancelante, il composa une œuvre d'une variété surprenante qui contient, dans le domaine romanesque, de nombreux éléments autobiographiques. Remplaçant les injonctions de la morale par une exigence intransigeante de la vérité, il offrit à la littérature française deux de ses plus inestimables chefs-d'œuvre, témoins de l'étendue de son génie : *Le Rouge et le Noir* et *La Chartreuse de Parme*.

Marqué par l'aversion de la flagornerie, la haine de l'hypocrisie et une totale absence de préjugés, il s'approcha au plus près des vicissitudes de la passion et de la vie de l'âme humaine. Mais il exprima aussi, à côté du goût de la consécration mondaine des salons et des causeries littéraires auxquelles il n'a jamais renoncé, l'obsession de l'ennui et de l'insatisfaction. S'il pensa la plume à la main, il ne se mit pas en scène, comme tant d'écrivains, dans sa correspondance et ses écrits autobiographiques : l'objectif à atteindre ne fut pas pour lui de franchir les siècles dans la mémoire des autres, mais d'acquérir une connaissance impartiale de lui-même. La surabondance de pseudonymes, de phrases multilingues, de ruses et de mots à clefs qui s'y dénombrent en est une preuve supplémentaire.

Cet esprit original fut-il compris de son vivant ? Nullement. Privée de succès et méconnue de ses contemporains, son œuvre resta entre les mains de quelques lettrés et suscita de leur part les commentaires les plus contradictoires. Ses pairs, Émile Zola s'en est fait l'écho, « paraissent l'avoir jugé à fleur d'épiderme[2] ». À la protestation révoltée de Charles Augustin Sainte-Beuve, probablement trop marqué par son entendement rationnel et son attachement aux classiques, ont certes répondu les louanges passionnées d'Honoré de Balzac et d'Astolphe de Custine, mais il a fallu attendre le positiviste Hippolyte Taine pour que s'amorce, au mitan du siècle, la redécouverte de l'œuvre de Stendhal. « Je cherche un mot pour exprimer le genre d'esprit de Stendhal ; et ce mot, il me semble, est esprit supérieur[3]. »

C'est à Taine encore que Stendhal doit l'expression de « plus grand psychologue du siècle », et c'est également par son entremise que son influence s'est étendue à nombre d'écrivains : Maurice Barrès, Paul Bourget, Edmond et Jules de Goncourt, Paul Valéry...

Et c'est à son cousin, Romain Colomb, que l'on doit d'avoir scrupuleusement conservé l'ensemble de ses papiers. Grâce à sa fidélité, l'œuvre est restée non seulement intacte, mais a pu être, par la suite, intégralement publiée. Beylistes et stendhaliens, dès lors, n'ont cessé de croître. Les *happy few* à qui Henri Beyle a dédié ses livres sont désormais légion. Peu d'écrivains auront eu une réhabilitation posthume aussi éclatante.

Il est vrai que l'on s'ennuie rarement, en stendhalie.

Les années grenobloises (1783-1799)

UN HÉRITAGE ENCOMBRANT

« Rien ne m'a étonné dans mes voyages comme d'entendre dire par des officiers de ma connaissance que Grenoble était une ville charmante, pétillante d'esprit et où *les jeunes femmes ne s'oubliaient pas*[1*]. » Si Henri Beyle fut foncièrement dauphinois, vantant la nature hardie et le caractère fortement trempé de ses origines, il ne fut guère enclin à la nostalgie de sa ville natale dont il exécra tout autant l'aspect — « la saleté sur les murs des maisons est humide et noirâtre, verdâtre[2] » — que l'esprit : « Tout ce qui est plat dans le genre bourgeois me rappelle Grenoble, tout ce qui me rappelle Grenoble me fait horreur ; non, *horreur* est trop noble, *mal au cœur*. Grenoble est pour moi comme le souvenir d'une abominable indigestion, il n'y a pas de danger, mais un effroyable dégoût[3]. » Construite sur les rives de l'Isère, enca-

* Les notes bibliographiques sont regroupées en fin de volume, p. 300.

drée par le Vaucluse, le Taillefer et la Chartreuse, adossée à la montagne de la Bastille et ceinturée de remparts inachevés, Grenoble était pourtant, à l'aube de la Révolution, une ville opulente dotée d'un Parlement, d'un théâtre et d'une vie mondaine aux mœurs suffisamment libres pour que Choderlos de Laclos, qui y fut en garnison de 1769 à 1775 en tant qu'officier d'artillerie, en ait semble-t-il tiré parti pour ses *Liaisons dangereuses*. Enfant, puis adolescent, Beyle n'a jamais soupçonné la possibilité d'une vie qui puisse briller d'un quelconque éclat de scandale derrière les hautes façades de son austère cité. Provinciale et intrigante, cette trop bonne société lui a semblé sans vice, à des lieues de tout libertinage, et l'original présumé de la Marquise de Merteuil, Mme de Montmaur, n'est restée dans son souvenir qu'une vieille dame riche et boiteuse qui lui faisait donner une noix confite tout entière lorsqu'il venait lui rendre visite en son domaine du Chevallon.

« Le 24 janvier 1783 j'ay baptisé marie henry né hier fils légitime de noble chérubin joseph beyle avocat au parlement, et de dame caroline adelaïde henriette gagnon. a été parrain monsieur henri gagnon médecin en cette ville ayant maternel de l'enfant, marraine dame marie rabit veuve de noble jean baptiste beyle vivant juge royal de cette ville — lesquels ont signé avec le père et les témoins[4]. » Le nouveau-né a reçu deux héritages que tout oppose : il est à la fois Beyle et Gagnon, montagnard et méridional. Renfermé et d'esprit pratique d'un côté, nostalgique et follement enflammé de l'autre. Il sera, toute sa vie, divisé par cette double ascendance : le manque de brillant, la finasserie calculatrice et la hantise de la distinction du clan paternel — auquel il rattache sa tante Séraphie — contre les sentiments élevés et l'ouverture d'esprit de la tribu adverse.

Originaires des hautes terres du Vercors, les Beyle se sont transmis la charge publique de procureur au Parlement : le bisaïeul d'Henri, Joseph Beyle (1649-1739), l'a acquise en 1696 et s'en est démis en 1721 en faveur de son fils Pierre (1699-1764). Conseiller du roi, il était en outre substitut et adjoint au bailliage de Grésivaudan, un office qui lui avait ouvert l'accès, par privilège, à la noblesse personnelle. De l'alliance de Pierre Beyle et Jeanne Dupéron furent issus dix filles et un fils, Chérubin Joseph, né le 29 mars 1747. Ce dernier sera à son tour procureur, puis avocat au Parlement, et héritera du domaine de Furonières. Rien d'étonnant que cette lignée de serviteurs de l'État propriétaires de leur charge, attentive à la notion d'anoblissement par l'argent, soit restée partisane de l'Ancien Régime. Rien d'étonnant non plus, dès lors, qu'Henri se soit déclaré farouchement républicain.

Installés depuis moins d'un siècle dans le Dauphiné, les Gagnon viennent du Vaucluse, « d'un pays où les orangers croissent en pleine terre[5] ». Henri a beau s'être persuadé du rattachement de la branche maternelle à l'Italie, ce furent de petits propriétaires agriculteurs qui s'installèrent dans une localité proche de Carpentras, puis à Bédarrides jusqu'au départ pour Avignon, en 1676, d'un dénommé Jean Gagnon. Parti s'établir à Grenoble en tant que chirurgien-major à l'arsenal, son fils Antoine (1677-1749) épousa en 1718 Élisabeth Senterre (1687-1755) et eut avec elle six enfants dont Élisabeth, née le 30 octobre 1721, et Henri, né le 6 octobre 1728, année où il fit l'acquisition de la maison d'angle de la place Grenette et de la Grande-Rue.

Henri Gagnon embrassa la profession de son père. Après avoir fait ses études de médecine à Montpellier — il fut reçu docteur en médecine à l'âge de vingt-quatre ans —, il revint exercer à Grenoble. Esprit curieux, fin lettré, disciple de l'indépendance de pensée de Bernard Le Bovier de Fontenelle et grand admirateur des Lumières, ce notable respecté fit sien l'intérêt de son époque pour la nouveauté. Philanthrope, il fut l'un des promoteurs de la création de la Bibliothèque publique, de la Société littéraire et du cabinet d'histoire naturelle de sa ville. Infiniment pédagogue, il sut transmettre à son petit-fils son amour des belles-lettres. Thérèse Félise Rey, à qui il s'unit le 9 décembre 1756, lui donna trois enfants : Henriette Adélaïde Charlotte, née le 2 octobre 1757 ; Félix Romain, né le 17 décembre 1758 ; et Marie Françoise Séraphie, née le 21 septembre 1760.

C'est au 14 de la rue sombre, étroite et sinueuse des Vieux-Jésuites — rebaptisée Jean-Jacques-Rousseau en 1794 en écho au séjour que l'écrivain y avait fait trente ans auparavant — que se trouve la maison familiale du futur Stendhal. Les Beyle en occupent depuis longtemps le deuxième étage : Joseph, le grand-père de Chérubin, l'a léguée à son fils Pierre et y est mort. À la naissance d'Henri, Chérubin et Henriette, mariés depuis le 20 février 1781, ont respectivement trente-six et vingt-six ans. L'existence de Chérubin n'a jusqu'alors guère été épanouie. Contraint, par la mort de son père, à subvenir seul aux besoins des siens, il a obtenu une dispense pour hériter de la charge familiale et a travaillé sans relâche depuis l'âge de dix-sept ans. Sa ténacité lui a permis quelques années plus tard de vendre sa charge, de passer sa licence en droit et d'être reçu comme avocat, en juin 1780, au Parlement de Grenoble. L'avenir de ses sœurs étant scellé, ses finances redevenues stables, il ne lui reste désormais plus qu'à se hisser au rang d'avocat consistorial pour accéder à son tour à la noblesse personnelle et pouvoir rêver à une carrière meilleure pour son fils.

De sa prime enfance, Henri garde peu de souvenirs. Il ne se remémore ni la naissance, le 21 mars 1786, de Pauline Éléonore, sa sœur préférée et sa future confidente, ni deux ans plus tard celle de Zénaïde Caroline, avec qui il ne s'entendra pas. Tout juste évoque-t-il quelques anecdotes qui lui valurent d'être déclaré « pourvu d'un caractère atroce[6] » : avoir « mordu à la joue ou au front Mme Pison du Galland[7] », sa cousine, et avoir fait tomber un couteau de cuisine dans la rue, par inadvertance, sur une certaine Mme Chenevaz. Des remontrances de sa tante Séraphie, « la dévote la plus en crédit dans la ville[8] », secondée pour une fois par son grand-père et sa grand-tante Élisabeth, vont naître ses premières révoltes et sa répugnance pour la religion. « Presque en même temps prit sa première naissance mon amour filial instinctif, forcené dans ces temps-là, pour la République[9]. »

Il faut dire que les idées et l'effervescence révolutionnaires ont gagné tout le pays et que la capitale du Dauphiné n'est pas en reste. En mai 1788, Louis XVI accepte la réforme de Lamoignon, son garde des Sceaux : c'est la ruine des parlements. Si celui de Paris capitule devant l'armée royale, les résistances parlementaires s'organisent en province. À Grenoble, où les magistrats protestataires se voient signifier leur exil, c'est la ville tout entière qui s'oppose le 7 juin aux troupes du duc de Clermont-Tonnerre, le lieutenant général de la province, en lançant des tuiles du haut des toits. Les soldats lapidés se replient, les magistrats réintègrent le palais de justice. Pour Henri, qui ne verra de l'insurrection que le spectacle tragique d'un ouvrier chapelier blessé par un coup de baïonnette, la Journée des Tuiles est liée à une histoire racontée par son grand-père, celle de la mort de Pyrrhus, roi d'Épire, tué par une tuile projetée d'un toit. Le docteur Gagnon ne rate pas une seule occasion de s'employer à la formation de son petit-fils.

En 1789 éclate la Révolution et, avec elle, la réforme des institutions. Les avocats consistoriaux sont supprimés. Chérubin Beyle, qui avait fondé tous ses espoirs de fortune sur une nomination propre à lui donner accès à la noblesse, voit ses projets s'effondrer. En guise d'essor, ses finances périclitent.

« J'ÉTAIS AMOUREUX DE MA MÈRE[10] »

L'événement primordial de l'enfance du jeune Beyle est la mort prématurée d'Henriette Gagnon le 23 novembre 1790, à l'âge de trente-trois ans, des suites d'une sixième grossesse — des cinq enfants qu'elle mit au monde, seuls trois survécurent. Henri éprouve pour elle un amour passionné dont il garde encore la trace quarante-cinq ans après : « Je voulais couvrir ma mère de baisers et qu'il n'y eût pas de vêtements. Elle m'aimait à la passion et m'embrassait souvent, je lui rendais ses baisers avec un tel feu qu'elle était comme obligée de s'en aller. J'abhorrais mon père quand il venait interrompre nos baisers[11]. » Nul doute qu'une formulation aussi spontanée de la situation triangulaire de l'Œdipe aurait réjoui, quelques décennies plus tard, le père fondateur de la psychanalyse.

Parce que la disparition de sa mère est un séisme, l'évocation de ce que fut le temps partagé prend les proportions d'un véritable culte. Il a perdu ce qu'il avait de plus cher au monde et n'hésitera pas à écrire : « Là commence ma vie morale[12]. » Revêtu d'une mante noire, il fait l'apprentissage des obsèques à deux mois de son septième anniversaire : « L'abbé Rey embrassa mon père en silence. Je trouvai mon père bien laid. Il avait les yeux gonflés et les larmes le gagnaient à tout moment. J'étais resté dans l'alcôve obscure et je voyais fort bien. "Mon ami, ceci vient de Dieu", dit enfin l'abbé ; et ce mot, dit par un homme que je haïssais à un autre que je n'aimais guère, me fit réfléchir profondément[13]. » La messe est dite : Henri sera impie et anticlérical.

« En entrant au salon et voyant la bière couverte de drap noir où *était ma mère* je fus saisis du plus violent désespoir : je comprenais enfin ce que c'était que la mort[14*]. » L'enfant incrédule aux yeux secs de la veille, taxé un peu trop vite d'insensible par la sœur de la défunte, s'indigne de la conduite des adultes réunis, qui conversent avec flegme au mépris des circonstances. Au cimetière Notre-Dame, le lendemain, sa douleur éclate : « Il paraît que je ne voulais pas qu'on jetât de la terre sur la bière de ma mère, prétendant qu'on lui ferait mal[15]. » Il reste inconsolable. Henriette l'avait-elle particulièrement choyé, elle qui avait perdu son premier-né ? Toujours est-il que son absence accentue l'éloignement qu'il éprouve déjà fortement vis-à-vis de son géniteur. Quoi qu'il ait bien laissé accroire, Henri n'est pas le seul, loin s'en faut, à être meurtri par le drame. Aveuglé par son chagrin, il ne prend pas la mesure de l'affliction de celui qui se retrouve brutalement veuf avec trois enfants en bas âge. Sans doute Chérubin s'efforce-t-il, par pudeur ou par volonté de les en préserver, de masquer sa propre douleur. L'injus-

* L'orthographe et la graphie originales des citations et des titres d'œuvres de Stendhal ont été respectées.

tice de son fils n'en sera que plus violente : elle ne le quittera plus. « Par la suite du jeu compliqué des caractères de ma famille, il se trouva qu'avec ma mère finit toute la joie de mon enfance[16]. »

Chérubin ayant fermé à clef la chambre mortuaire et congédié les domestiques, la famille rompt toutes ses relations de société et l'enfant passe ses journées chez son grand-père, à quelques mètres de la triste maison de la rue des Vieux-Jésuites. Au souvenir d'une mère ronde et vive, qui aimait recevoir et lisait Dante dans le texte, répond la morosité de journées passées au contact continuel d'une famille minée par le deuil. Chérubin, davantage préoccupé de l'avenir de sa progéniture que de lui prodiguer tendresse et réconfort, se tourne vers sa propriété de Furonières, à Claix, et se plonge dans l'« agriculturomanie ». Seule Zénaïde, alors âgée de deux ans, bénéficiera encore des attentions paternelles, ce qui lui vaudra d'être vouée aux gémonies par son frère jaloux.

Le docteur Gagnon, qui prenait auparavant la religion « fort gaiement », devient « triste et un peu religieux[17] », tandis que Séraphie, qui s'arroge la direction de la vie domestique, tente de canaliser les débordements d'un turbulent neveu qu'elle a manifestement « pris en guignon[18] ». « Cette saison que tout le monde dit être celle des vrais plaisirs de la vie, grâce à mon père n'a été pour moi qu'une suite de douleurs amères et de dégoûts[19]. » C'est faire peu de cas de sa deuxième demeure, qui ne manque pas d'attrait : la maison Gagnon est située sur la plus belle place de la ville, la vue y est lumineuse et dégagée, et sa terrasse fleurie surplombe le Jardin de Ville, lieu de promenade animé qu'affectionne la bonne société grenobloise. C'est également compter sans son séjour au village des Échelles, à la frontière de l'Isère et de la Savoie, durant l'été 1791, dans la propriété de son oncle Romain qui l'y accueille avec Camille Poncet, son épouse. La bonne humeur et la gentillesse d'un entourage qui fait tout pour le divertir lui font oublier ses misères avec ravissement. Mais si Henri Beyle n'a probablement pas été le « pauvre petit bambin persécuté, toujours grondé à tout propos [...][20] » qu'il s'est plu à décrire, il est certain qu'il a mal vécu les méthodes d'éducation draconiennes auxquelles il a été soumis par un père désireux de former son héritier dans la plus pure tradition bourgeoise. Il lui en tiendra toujours grief, persuadé de n'avoir été aimé que « comme le soutien de son nom mais nullement comme fils[21] ».

LA TYRANNIE RAILLANE

Le décès, le 8 mars 1792, de son premier maître Pierre Antoine Joubert, un « morne pédant montagnard[22] » chez qui il prenait des leçons de latin, lui vaut d'être placé entre les mains d'un nouveau précepteur, l'abbé Jean François Raillane (1756-1840), qui vient de finir l'éducation de Casimir Perier, futur ministre sous la monarchie de Juillet : « Il était prêtre, natif d'un village de Provence, il était petit, maigre, très pincé, le teint vert, l'œil faux avec un sourire abominable[23]. » Pour comble, ce jésuite froid et intransigeant a la passion des orangers et des serins des Canaries, dont il a placé la volière à l'odeur pestilentielle dans la chambre humide et obscure de l'enfant, à deux pieds de son lit. Du jour où son grand-père s'indigne contre l'enseignement qui lui est administré du système céleste de Ptolémée, approuvé par l'Église bien qu'il soit totalement erroné, Henri comprend que l'abbé, « par adresse, ou par éducation, ou par instinct de prêtre était ennemi juré de la logique et de tout raisonnement droit[24] ». Son horreur pour cet homme au visage sévère et pour ce qu'il enseigne redouble. Il traduit Virgile dont il estime que les beautés lui sont exagérées, triche avec délectation lorsqu'il en déniche les traductions dans la bibliothèque paternelle, apprend la *Géographie moderne* de l'abbé Lacroix et s'ennuie ferme. Il se durcit : « Je devenais de plus en plus sombre, méchant, malheureux. J'exécrais tout le monde et ma tante Séraphie superlativement[25]. » La moindre bagatelle déclenche d'abominables scènes. Très vite naît en lui le projet de s'enfuir. Le courage ne lui fait certes pas défaut, mais où prendre l'argent ? Seuls son grand-père bien-aimé, sa grand-tante Élisabeth et son oncle Romain Gagnon trouvent encore grâce à ses yeux. Le premier forme son intelligence, aiguise son esprit et exerce une influence non négligeable sur son éducation. Il l'entretient des sujets les plus divers sans suffisance, le plus souvent dans son bureau où trône un petit buste de Voltaire. La deuxième forme son cœur : « [...] c'est à ma tante Élisabeth que je dois les abominables duperies de noblesse à l'espagnole dans lesquelles je suis tombé pendant les premiers trente ans de ma vie[26] ». Cornélienne convaincue, elle a le sens de l'héroïsme et des actions chevaleresques, s'exclamant communément « cela est beau comme le Cid » quand elle admire excessivement quelque chose. L'oncle Romain, quant à lui, est l'exact contrepoint de ses aînés : il ne lit que des ouvrages galants et se fait ouvertement entretenir par ses maîtresses. C'est à ce don Juan attentif à sa toilette que l'enfant doit sa découverte du théâtre. À lui aussi qu'il essaiera probablement de ressembler par ses conquêtes amoureuses.

Son plus grand malheur vient sans doute de la vie en vase clos à laquelle il est soumis, claustration que cautionne son précepteur : « M. Raillane, comme un vrai journal ministériel de nos jours, ne savait nous parler que des dangers de la liberté. Il ne voyait jamais un enfant se baigner sans nous prédire qu'il finirait par se noyer, nous rendant ainsi le service de faire de nous des lâches, et il a parfaitement réussi à mon égard. Jamais je n'ai pu apprendre à nager[27]. » Objet d'une attention sans relâche, il subit l'interdiction de sortir et de se mêler aux autres enfants. Tout projet de promenade lui est refusé, toute invitation déclinée. Le spectacle de ses semblables, qui courent librement place Grenette, le met au supplice. Au point que le regret de n'avoir jamais joué aux billes persiste encore en 1835. Ses sœurs sont toutes désignées pour être ses seules compagnes de jeux. Comme il déteste la cadette — il n'hésite pas à couvrir les plâtres de la maison de caricatures à la mine de plomb de celle qu'il taxe de « rapporteuse » —, il reste pour le moins isolé et ne connaît de véritable amitié qu'avec Marion, la cuisinière au franc-parler, et Lambert, le valet de chambre de son grand-père. « Je souffrais, mais je ne voyais point les causes de tout cela ; j'attribuais tout à la méchanceté de mon père et de Séraphie. Il fallait, pour être juste, voir des bourgeois bouffis d'orgueil et qui veulent donner à leur *unique fils*, comme ils m'appelaient, une éducation aristocratique[28]. »

Pour les tenants de l'Ancien Régime, il faut apprendre aux enfants à craindre et à respecter, non à s'émanciper. Ses seules escapades autorisées ont lieu les jeudis, jours de congé, à la maison familiale de Furonières où il passe également les *féries*, les mois d'août et de septembre. Le domaine comprend une maison de maître, des communs, une belle allée de tilleuls et d'appréciables terrains. Si ces séjours rituels lui déplaisent, en cela qu'il est contraint d'écouter les projets d'agriculture paternels bien qu'il n'en ait cure, il y découvre vite une compensation de taille : la belle bibliothèque en bois de cerisier vitrée, souvent fermée à clef, forte de nombreux ouvrages et surtout de livres jugés dangereux qui ont été placés sur le rayon le plus élevé. Il pioche dans une édition en quarante volumes de Voltaire — « j'en prenais deux et écartais un peu tous les autres, il n'y paraissait pas[29] » —, découvre une traduction avec estampes de *Don Quichotte* qui le fait rire aux larmes et un Molière dont il ne comprend que *L'Avare*. Si son père le menace à plusieurs reprises de lui retirer le roman de Cervantès, au point qu'il est obligé de se cacher pour lire, son grand-père, à qui il fait part de son enthousiasme, est évidemment charmé. Il lui prête, à l'insu de tous, un exemplaire du *Roland furieux* de l'Arioste. C'est la révélation : « L'Arioste forma mon caractère ; je devins amoureux fou de Bradamante que je me figurais une grosse fille de vingt-quatre ans avec des appas de la plus éclatante blancheur[30]. » Henri Gagnon, qui méprise les écrivains de son époque, Marmontel en tête, lui communique progressivement sa vénération pour Horace, Sophocle, Euripide et « la littérature élégante[31] ». Rien à voir avec les lectures d'un père plongé dans Bourdaloue, Massillon et une Bible de Sacy en vingt-deux volumes ! L'enfant reste néanmoins insensible à Voltaire, qu'il trouve puéril.

L'année 1793 marque une nouvelle étape dans la dégradation des relations d'Henri avec ses proches. Tout commence par la chute de Louis XVI, dont sa famille suit le procès, « comme elle eût pu suivre celui d'un ami intime ou d'un parent[32] ». Le jeune garçon, qui aspire à l'exécution du traître, attend le verdict avec impatience. Le vote est nominal : la Montagne l'emporte sur la Gironde. Le 21 janvier, le monarque monte à l'échafaud. Transporté par ce qu'il considère comme un grand acte de justice nationale, Henri exulte — « Je fus saisi d'un des plus vifs mouvements de joie que j'aie éprouvés en ma vie[33]. » Trois mois plus tard jour pour jour, les représentants du peuple Jean Baptiste André Amar et Jean François Marie Merlino, respectivement député de l'Isère et de l'Ain à la Convention, font leur entrée à Grenoble. Dès le 26 avril, ils publient deux listes de citoyens suspects : la première concerne les « notoirement suspects », sur laquelle est inscrit Chérubin Beyle, la seconde les « simplement suspects », où figure le docteur Gagnon. Au contraire des siens qui semblent avoir été frappés par la foudre, Henri fait preuve d'un raisonnement désarmant : « Mais, dis-je à mon père, Amar t'a placé sur la liste comme notoirement *suspect* de ne pas aimer la République ; il me semble qu'il est *certain* que tu ne l'aimes pas[34]. » La famille au grand complet entre en fureur. Henri y perd son latin : si son père se fait gloire d'exécrer le nouvel ordre des choses, de quel droit réagissent-ils de la sorte ? Le 17 novembre, Claude Senterre, petit-cousin du docteur Gagnon et directeur des postes à Lyon, est guillotiné. Républicain enragé, Henri ne se joint pas au mécontentement général.

Incarcéré pendant onze mois et demi dans le couvent désaffecté de Sainte-Marie-d'En-Haut, transformé en prison pour l'occasion — c'est l'actuel Musée dauphinois —, Chérubin recouvre la liberté le 24 juillet 1794. L'événement n'a en rien modifié les sentiments de l'enfant à l'égard de son père : « [...] je haïssais l'abbé, je haïssais mon père, source des pouvoirs de l'abbé, je haïssais encore plus la religion au nom de laquelle ils me tyrannisaient.[35] » Henri exagéra-t-il la noirceur du terrible abbé ? Si ses écrits peuvent paraître un peu excessifs, dévoilant avant tout la sensibilité heurtée d'un garçon sevré d'affection, toujours est-il qu'il en porta les stigmates jusqu'à sa mort.

En août 1794, un mandat d'arrêt lancé contre le curé réfractaire — il a refusé de prêter serment à la Constitution — délivre enfin l'enfant de ce pénible préceptorat. Faut-il sauver l'abbé Raillane ? Le prêtre ayant pris la fuite, la question ne se pose heureusement pas.

LES MATHÉMATIQUES DE LA LIBERTÉ

On ne lui laisse naturellement aucun répit et il lui faut bientôt poursuivre l'étude du latin, en présence de son grand-père, avec le citoyen Joseph Durand, grammairien et instituteur particulier. Les *Métamorphoses* d'Ovide s'étant substituées à l'Ancien Testament, il comprend, pour la première fois de son existence, ce qu'il peut y avoir de fascinant à maîtriser cette langue qui fait son supplice depuis tant d'années. Une question le taraude : comment parvenir à se délivrer de l'enfermement dont il est victime ? Au printemps 1794, la Société des Jacobins de Grenoble a créé le « Bataillon de l'Espérance », une formation paramilitaire destinée aux enfants de la ville dont il envie les manœuvres, visibles de la maison Gagnon. Henri tente le tout pour le tout : de sa plus belle plume, il trousse une supposée lettre officielle sommant sa famille de l'incorporer sur-le-champ. L'artifice est découvert. Le faussaire, qui passe un mauvais quart d'heure, pense avoir abattu sa dernière carte, mais n'abandonne pas pour autant ses tentatives d'évasion. Confié l'année suivante au peintre Joseph Le Roy qui lui donne des cours de dessin, il met à profit les quelques mètres qui le séparent du domicile de son professeur pour glaner, à ses risques et périls, de furtifs instants de liberté : « Mentir n'est-il pas la seule ressource des esclaves[36] ? »

Il n'aspire qu'à la révolte. Un soir, à la nuit tombante, il s'enhardit : il s'échappe et entre à l'église collégiale de Saint-André, fermée au culte depuis le 9 décembre 1790, où se tient une séance de la Société des Jacobins. L'impression qu'il se fait de l'assemblée populaire n'est pas favorable : « En un mot, je fus alors comme aujourd'hui : j'aime le peuple, je déteste ses oppresseurs ; mais ce serait pour moi un supplice de tous les instants que de vivre avec le peuple[37]. » Henri Beyle n'en est pas à sa dernière contradiction.

C'est la Convention qui va le libérer de ses entraves. D'abord en créant, le 7 vendémiaire an III (28 septembre 1794), l'École centrale des travaux publics — qui devient un an plus tard l'École polytechnique —, puis en instituant, sur le rapport de Lakanal et par décret du 7 ventôse an III (25 février 1795), une École centrale dans chaque département. Ces dernières, malgré leur succès, seront supprimées en 1802 par Bonaparte et remplacées par les lycées. L'inauguration des cours de l'École centrale de Grenoble, située dans l'ancien collège des Jésuites de la rue Neuve, a lieu le 4 fructidor an IV (21 août 1796). Le docteur Gagnon compte parmi les membres du jury d'instruction qui choisit les professeurs. Henri, qui fait partie des premiers inscrits, y entre le 21 novembre à l'âge de treize ans et demi. Élevé « sous une cloche de verre par des parents dont le désespoir rendait encore l'esprit plus étroit[38] », il a peu de succès auprès de ses camarades et s'avère timide devant ses maîtres. Un mot de reproche contenu, et les larmes lui viennent aux yeux. « Tout m'étonnait dans cette liberté tant souhaitée, et à laquelle j'arrivais enfin. Les charmes que j'y trouvais n'étaient pas ceux que j'avais rêvés : ces compagnons si gais, si aimables, si nobles, que je m'étais figurés, je ne les trouvais pas, mais à leur place des polissons très égoïstes[39]. » Son inexpérience des choses les plus simples l'isole. Il prend conscience qu'il est présomptueux et méprisant. À tant avoir été mis à couvert par les siens, comment aurait-il pu en être autrement ?

Destinées à former les cadres du nouvel État, les Écoles centrales, dont les études se déroulent sur trois cycles, accordent la priorité aux sciences, à la langue et à la littérature françaises. Mais si l'enseignement est laïcisé et modernisé, s'il fait la part belle à la recherche et à la vulgarisation, il n'est pas gratuit et reste le privilège d'une minorité. Henri n'y fraie donc, une fois effectué le difficile apprentissage de la vie en collectivité, qu'avec la fine fleur de la bourgeoisie locale. Plusieurs de ses condisciples resteront ses fidèles amis : Louis de Barral, François Ignace Bigillion, Louis Crozet, Fortuné Mante, Félix Faure, ainsi que son cousin Romain Colomb. Il leur attribue une qualité commune, l'absence d'hypocrisie, et suit à leurs côtés les enseignements de Jean Gaspard Dubois-Fontenelle (belles-lettres), Étienne Trousset (chimie), Louis Joseph Jay (dessin), Pierre Vincent Chalvet (histoire), Henri Sébastien Dupuy de Bordes (mathématiques), Claude Marie Gattel (grammaire générale), Joseph Durand (latin).

À la sensation d'affranchissement que procure l'ivresse de cette liberté toute nouvelle s'ajoute un événement inespéré : le décès de sa damnée tante Séraphie, emportée le 9 janvier 1797 à l'âge de trente-six ans : « [...] en apprenant sa mort dans la cuisine vis-à-vis de l'armoire de Marion, je me jetai à genoux pour remercier Dieu d'une si grande délivrance[40]. » Le « diable femelle[41] » disparu, la tutelle familiale est partiellement abolie. Absorbé par ses projets agricoles, Chérubin reste à Claix trois ou quatre jours par semaine. Les contraintes s'assouplissent. Henri cesse peu à peu d'être « continuellement obsédé de ce sentiment si énervant : la haine impuissante[42] ».

Pendant trois ans, il va parfaire son instruction. Sensibilisé par son aïeul aux mouvements idéologiques du siècle des Lumières, il ne tarde pas à s'épanouir. La liberté produit ses premiers fruits : il en vient même à apprécier Salluste, auquel il était resté jusqu'alors hermétique. Louis Joseph Jay lui révèle l'Italie et ses peintres, Dubois-Fontenelle l'ouvre à de nouveaux courants intellectuels et le familiarise avec Shakespeare, Gattel fortifie son goût pour la logique et Dupuy, à qui il dénie tout talent, l'incite pour son plus grand bien à étudier Condillac. L'élève Beyle s'applique et travaille avec énergie, mais à la fin de la première année, malgré deux mentions honorables en dessin et en mathématiques, il ne semble révéler aucune aptitude particulière. L'examen de mathématiques est un fiasco. Intimidé et bredouillant, Henri s'empêtre dans sa démonstration. Son grand-père le lui reproche en une seule phrase éloquente : « Tu ne savais que nous montrer ton gros derrière[43] ! »

C'est peu dire que l'École centrale est utile à sa vanité. Piqué au vif, il va redoubler d'ardeur. Et contre toute attente, sur tous les tableaux. L'année suivante lui offre ainsi son premier duel, occasionné par un différend intervenu avec un autre élève lors d'un cours de dessin. Qu'importe le motif initial de la querelle qui les divise. Le contraste entre sa futilité et les risques encourus n'effleure pas l'esprit des protagonistes : ils doivent vider l'incident au pistolet. La coutume de la réparation par les armes, vilipendée par la Révolution, est loin d'être tenue pour anachronique chez les jeunes gens en quête de sensations fortes. Hommage au hasard et à la part dominante de la chance, ce rituel d'honneur leur semble légitime. Quand Henri et Marc Antoine Odru se dirigent vers les fossés de la ville, tout le collège les suit, au point qu'il leur faut semer cet encombrant cortège pour préserver la gravité du combat singulier. Enfin, la distance est mesurée et les duellistes prennent la pose. Vont-ils se contenter d'un seul coup ? Au moment où son adversaire le met en joue, Henri laisse son regard se perdre sur un rocher qu'il aperçoit au loin. Le grand moment est arrivé. Mais rien ne se produit, personne ne fait feu : les témoins n'ont probablement pas chargé les pistolets. Tout à sa hantise d'être rapporté chez lui sur une échelle, comble de la vulgarité, il n'a pas imaginé que l'affaire serait arrangée. Pour lui, la vraie tragédie est à retardement. Atteint au plus profond de sa virilité adolescente, persuadé d'avoir manqué le rôle plein d'éclat qu'il lui aurait été facile d'endosser, il est anéanti : « Cela blessait toutes mes rêveries espagnoles, comment admirer *Le Cid* après ne s'être pas battu ? Comment penser aux héros de l'Arioste[44] ? » Triste et lamentable, ce duel avorté continuera, bien des années après, d'obséder sa conscience : « [...] il a été le grand remords de tout le commencement de ma jeunesse[45] [...]. »

Il se rattrape à l'automne 1798 en prenant la tête d'une douzaine de conspirateurs, parmi lesquels figurent son cousin Romain, Mante, Félix Faure et ses deux frères. L'idée lui appartient-elle ? Il s'agit de tirer un coup de pistolet sur l'arbre de la Fraternité, planté en 1794 place Grenette, et sur lequel a été apposé quatre ans plus tard un écriteau portant l'inscription : « Mort à la royauté. Constitution de l'an III. » Est-ce pour marquer leur opposition au coup d'État du 18 fructidor an V

(4 septembre 1797) et aux mesures d'exception qui en découlent ? Est-ce pour Beyle une manière de réagir à l'éviction de son grand-père du jury d'instruction de l'École centrale ? Sur le coup de huit heures du soir, une détonation déchire le silence de la place. Les soldats du corps de garde se ruent sur les conjurés, c'est la débandade. Henri se procure un alibi en se réfugiant chez une marchande de modes installée au premier étage de la maison Gagnon. Les comploteurs ne sont pas identifiés, mais l'affaire fait grand bruit : l'écriteau a été criblé de balles.

Entre ses hauts faits d'armes et ses journées d'étude mâtinées d'intenses séances de travail avec ses proches amis, le jeune Beyle prend l'habitude d'aller fréquemment au spectacle, se tenant toujours au parterre, debout. Pour parachever son expérience théâtrale, il s'éprend de Virginie Kubly, une jeune femme au visage mélancolique, membre d'une troupe itinérante, qui s'illustre à Grenoble dans *Claudine de Florian*, comédie en trois actes et en prose de Pigault-Lebrun. L'adolescent est en proie aux affres de la passion : « Je n'osais pas prononcer le nom de Mlle Kubly ; si quelqu'un la nommait devant moi, je sentais un mouvement singulier près du cœur, j'étais sur le point de tomber. Il y avait comme une tempête dans mon sang. Si quelqu'un disait *la* Kubly au lieu de Mlle Kubly, j'éprouvais un mouvement de haine et d'horreur que j'étais à peine maître de contenir[46]. » Entend-il chanter l'élue de son cœur dans une comédie mêlée d'ariettes de Pierre Gaveaux, *Le Traité nul*, « si sautillant, si filet de vinaigre, si français[47] » ? Il se découvre un amour fou pour la musique, s'essayant en vain au violon, à la clarinette et à la musique vocale. De comédies légères en médiocres petits opéras, Henri passe par toute la gamme des émotions. Virginie Kubly est à ses yeux le seul être au monde et une question l'obsède, récurrente : que doit-elle jouer ce soir ? Il va, certains jours de grand courage, jusqu'à passer par la rue où elle loge, le cœur battant. Mais la seule fois où il l'aperçoit, au Jardin de Ville, incapable de l'aborder, il prend la fuite. Lorsque sa tournée prend fin, Virginie Kubly quitte Grenoble sans soupçonner qu'elle y abandonne un admirateur éploré. Henri vient de vivre son premier amour déçu. Son retour à la vie normale est progressif. « [...] la tempête morale à laquelle j'avais été en proie durant plusieurs mois m'avait mûri, je commençai à me dire sérieusement : "Il faut prendre un parti et me tirer de ce bourbier[48]." »

Toute cette effervescence ne l'empêche pas de réussir aux examens : le 30 fructidor an VI (16 septembre 1798), il obtient un premier prix des belles-lettres qui lui donne non seulement un rang, mais une assurance.

C'est alors que les mathématiques deviennent sa raison d'être. D'une part, elles seules peuvent lui permettre de postuler au concours d'entrée à l'École polytechnique, et donc d'espérer pouvoir quitter la province pour Paris. De l'autre, il considère que l'hypocrisie, qu'il abhorre, n'a pas sa place dans cette discipline : « Les mathématiques ne considèrent qu'un petit coin des objets (leur qualité), mais sur ce point elles ont l'agrément de ne dire que des choses sûres, que la vérité, et presque toute la vérité[49]. »

Il travaille avec sérieux, demande des éclaircissements, réclame de la logique contre les explications admises, mais ses maîtres ne lui accordent qu'un intérêt modéré et il lui faut chercher ailleurs. Sa soif de savoir l'empêche d'apprendre par cœur : il veut comprendre, trouver la vérité. Il se plonge dans l'*Encyclopédie* de d'Alembert à qui il reproche son ton de fatuité, s'essaie à la *Statique* de Louis Monge qu'il compare à un catéchisme maladroit. Ayant entendu parler d'un jeune homme qui connaît les mathématiques mieux que tout autre et qui, sans en faire métier, donne parfois des leçons particulières, il s'en ouvre à sa tante Élisabeth. Celle-ci lui donne généreusement l'argent. C'est dans le plus grand secret, c'est-à-dire en cachette de son père, qu'il se rend à la petite chambre qu'occupe le géomètre Louis Gabriel Gros, rue Saint-Laurent, dans le quartier le plus ancien et le plus pauvre de la ville. Au contact de cet ardent jacobin membre du directoire du département de l'Isère, qui le séduit d'emblée par son sens de la pédagogie et son patriotisme, Henri progresse : « Je voyais enfin le pourquoi des choses, ce n'était plus une recette d'apothicaire tombé du ciel pour résoudre les équations. J'avais un plaisir vif, analogue à celui de lire un roman entraînant[50]. »

Sa nouvelle passion l'absorbe au point qu'il

n'accorde plus d'attention aux remarques des siens. Le 15 septembre 1799, jour des examens de mathématiques, l'élève terrorisé de naguère est devenu éloquent. Il obtient sans difficulté le premier prix de mathématiques de l'École centrale. S'il le partage avec d'autres camarades, dont Félix Faure, le procès-verbal des examens porte l'information suivante : « [...] la précision que le citoyen Beyle a mise dans ses réponses, et la facilité avec laquelle il a opéré ses calculs ont déterminé le jury à lui accorder, sans tirer au sort, l'*Introduction à l'analyse infinitésimale* par Euler, édition latine[51] ». Son triomphe est complet. Il ne reste plus qu'un obstacle : comment obtenir l'autorisation paternelle de partir pour Paris ? « Aller dans la Babylone moderne, dans la ville de la corruption, à seize ans et demi[52] ! » Son départ, heureusement, est arrangé.

Alors que le siècle touche à sa fin, le jour tant attendu arrive. Le 30 octobre, il monte dans la diligence : « Au moment précis du départ, attendant la voiture, mon père reçut mes adieux au Jardin de ville sous les fenêtres des maisons faisant face à la rue Moncorge. Il pleurait un peu. La seule impression que me firent ses larmes fut de le trouver bien laid[53]. » Henri Beyle entre dans la capitale le lendemain du coup d'État du 18 brumaire an VII (9 novembre 1799). La rupture avec Grenoble, et surtout avec Chérubin, est définitivement consommée.

Les années militaires (1800-1814)

« PARIS, N'EST-CE QUE ÇA[1] ? »

Le coup d'État mené par Bonaparte vient de clore définitivement l'ère révolutionnaire. La Constitution n'existe plus. À la République des notables, à la représentation nationale, à la liberté de la presse et aux institutions populaires succèdent la dictature militaire et l'instauration d'un régime despotique reposant sur l'autorité d'un seul. Avant la fin de l'année 1799, Bonaparte s'installe au pouvoir en tant que Premier Consul. Le glas de la République a sonné. Henri Beyle ne s'émeut pas de cet événement politique majeur. Ni la nomination de Fouché à la Police, ni celle de Talleyrand aux Relations extérieures ne bousculent sa conscience éprise de liberté, tant il est absorbé par la nouveauté de sa situation personnelle. Déposé dès son arrivée à un hôtel situé non loin de l'École polytechnique — celle-ci occupe les dépendances du Palais-Bourbon, alors Maison de la Révolution, rue de l'Université —, il n'est attentif qu'à ses premières impressions. Tout lui déplaît jusqu'à la nausée : l'absence de montagnes, la boue, l'humidité, le bruit, la vue de tant de gens occupés, les jardins aux arbres taillés. Les monuments l'indiffèrent, il trouve la cuisine indigeste. Rien ne va, en somme, comme il l'avait espéré. Brutalement arraché au cocon familial, livré à lui-même, le candidat polytechnicien est désorienté : « Dans le fait, je n'avais aimé Paris que par dégoût profond pour Grenoble. Quant aux mathématiques, elles n'avaient été qu'un moyen[2]. »

Il est d'ailleurs fermement résolu à ne pas se présenter au concours d'entrée. Personne, à commencer par Chérubin, ne songe à l'y forcer. Sans doute lui fait-on aveuglément confiance. De ses objets de désirs constants et passionnés, un seul lui est resté : écrire des comédies. Par souci d'économie, il déménage dans une mansarde sise au carrefour de la rue du Bac et de la rue Saint-Dominique. Sa première visite est pour Noël Daru, le cousin germain du docteur Gagnon, qui habite un petit hôtel particulier de la rue de Lille ayant appartenu à Condorcet. Devant ce grand et beau vieillard imposant qui fait trembler le monde autour de lui, il se trouve gauche et déplacé.

Trop de changements nuisent à son équilibre. Tenaillé par la peur constante d'être contraint, d'une manière ou d'une autre, à intégrer l'École polytechnique — « [...] j'attendais avec la dernière impatience l'annonce de l'ouverture des cours. En *sciences exactes*, il est impossible de prendre un cours à la troisième leçon[3] » —, n'étant connu de personne et n'ayant rien à faire, Henri tombe malade. Son déplaisir a eu raison de lui. La ville véritable est-elle à ce point invisible à ses yeux ? Que doit-il donc aimer, si Paris ne lui plaît pas ? La chute est trop rude pour un jeune provincial à l'âme exaltée. Menacé par une hydropisie de poitrine qui lui fait perdre ses cheveux — il sera pendant un temps obligé de porter une perruque —, il s'alite, seul et délaissé, succombant à la fièvre et au délire. Daru père prend les choses en main. Il dépêche à son chevet un médecin digne de ce nom en lieu et place de l'insigne charlatan qu'il a consulté, le fait veiller par une garde-malade et s'occupe de son transfert, une fois rétabli, dans une chambre au second étage de la rue de Lille qui donne sur des jardins. Henri se procure un exemplaire du très en vogue *Art de la comédie* de Jean-François Cailhava et, armé d'un cahier, décide de s'atteler à la seule tâche qui l'enthousiasme. Mais de la théorie à la pratique, il y a plus d'un pas. L'apprenti écrivain se tourmente : doit-il écrire des comédies ou se faire compositeur d'opéra, lui qui connaît tout juste les notes ? Que doit-il désirer ? « Je sentais, bien vaguement il est vrai, que je ne connaissais assez ni le monde ni moi-même pour me décider[4]. »

Le pire n'est pas là. Car s'il loge chez les Daru, il lui faut aussi y dîner, ce qui le met au supplice : « C'est dans ce salon et dans cette salle à manger que j'ai cruellement souffert en recevant cette éducation *des autres* à laquelle mes parents m'avaient si judicieusement soustrait. Le genre poli, cérémonieux, accomplissant scrupuleusement toutes les convenances, encore aujourd'hui me glace et me réduit au silence. Pour peu que l'on y ajoute la nuance religieuse et la déclamation sur les grands principes de la morale, je suis mort[5]. » Le calvaire commence tous les soirs à cinq heures et demie, lorsqu'il lui faut descendre au salon. Les bonnes manières l'imposent : il doit donner la main à une femme — parfois même à la maîtresse de maison ! — pour passer à table. La contrainte morale l'anéantit. Lui qui rêve de plaire au plus grand nombre et qui s'est figuré la société en lisant les *Mémoires secrets sur le règne de Louis XIV, la régence et le règne de Louis XV* de Charles Duclos et les *Mémoires* du duc de Saint-Simon est un invité mutique. Il meurt de désappointement, de mécontentement de lui-même et n'ouvre jamais la bouche : « Je devais être un singulier problème dans la famille Daru ; la réponse devait varier entre : *c'est un fou* et *c'est un imbécile*[6]. »

Au bout de quelques mois, cette singularité a atteint ses limites pour Noël Daru, dont les deux fils Pierre (né le 12 janvier 1767) et Martial (né le 18 juillet 1774) sont alors respectivement chef de la première section du ministère de la Guerre et commissaire des guerres. Chez les Daru, on ne prend le temps ni de rêvasser ni d'atermoyer : on agit. Henri espère-t-il couler des jours paisibles à attendre le génie aux crochets du cousin germain de son grand-père ? Le patriarche a la ferme intention de l'arracher à ses humeurs vagabondes : « Ce vieillard sévère me faisait entendre avec beaucoup de politesse et de mesure qu'une explication entre nous à cet égard était nécessaire. C'étaient précisément cette mesure et cette politesse si nouvelles pour moi, qui m'entendais appeler *Monsieur* par un parent pour la première fois de ma vie, qui mettaient aux champs ma timidité et mon imagination folles[7]. »

Pressé une fois de plus de prendre une décision relative à son avenir, l'adolescent soutient faiblement que ses parents le laissent « à peu près le maître du parti à prendre[8] ». L'habileté diplomatique du vieux despote s'efface devant un cinglant « Je ne m'en aperçois que trop[9] », et l'offensive ne se fait pas attendre. Quelques jours plus tard, Henri est pris à part : « Mon fils vous conduira travailler avec lui au b[urea]u de la Guerre[10]. » Tétanisé, il n'ose refuser. Sa carrière semble alors toute tracée.

Dès le lendemain matin, Henri accompagne Pierre Daru au ministère qui occupe l'angle de la rue de Varenne et de la rue Hillerin-Bertin — alors prolongement de la rue de Bellechasse : « Là M. Daru m'établit à un b[ure]au et me dit de copier une lettre. Je ne dirai rien de mon écriture en pieds de mouche, bien pire que la présente, mais il découvrit que j'écrivais *cela* par deux ll : *cella*[11]. » La jeune gloire de Grenoble perd instantanément son lustre. Est-ce là l'élite de la nation ? Ses études ne lui ont-elles servi qu'à briller par son incapacité à saisir la plume administrative ? Pour l'avoir souvent vu venir dîner « avec la physionomie d'un bœuf excédé de peine et des yeux rouges[12] », Henri avait pressenti que travailler sous les ordres de son cousin ne serait pas une partie de plaisir. Ses craintes sont devenues réalité. « Tout le monde à la Guerre frémissait en abordant le b[ure]au de M. Daru ; pour moi, j'avais peur rien qu'en en regardant la porte[13]. »

S'il s'expose sans plus tarder à la contagion de la terreur générale, Henri n'en améliore pas pour autant son style, allant jusqu'à imiter sans réfléchir la forme des lettres de l'intéressé : « [...] il répétait trop souvent le mot *en effet* et moi je farcissais mes lettres de *en effet*[14]. » Son manque de sens commun et d'application est décourageant. Pour Pierre Daru, qui ne lui donne désormais d'autre avis que sa colère, le dernier des surnuméraires du ministère est un cas désespéré : il est « ignorant comme une carpe[15] ». Cet homme autoritaire dont la réputation n'est plus à faire, tout aussi exigeant pour autrui que pour lui-même, ne s'embarrasse pas des mille et une circonvolutions de la diplomatie paternelle. Il faut dire que le chef de division au ministère de la Guerre a d'autres soucis en tête que la formation du protégé de la famille au poste de commis. Il sait que l'Autriche a reconquis la vallée du Pô et connaît les difficultés des troupes du général Masséna à Gênes. Proche du Premier Consul, il est dans le secret de la constitution d'une armée de réserve à Dijon et de son départ prochain pour l'Italie sous le commandement personnel de Bonaparte. En des journées aussi préoccupantes pour un militaire de son rang, l'épanouissement d'un jeune cousin fraîchement issu de son Grenoble natal n'est pas une priorité, loin s'en faut. Surtout s'il se distingue des sept cents à huit cents commis du bureau de la Guerre par son évident défaut d'ambition. Henri, qui préfère discuter le mérite de Racine avec son voisin Frédéric Mazoyer qu'entrer dans les bonnes grâces du « bœuf furibond[16] », s'étonne en toute bonne foi de ne pas être nommé adjoint aux commissaires des guerres. Bien plus : il en est dépité. Voyant s'éloigner de lui le bel uniforme à collet brodé d'or tant convoité, il grave « mauvais parent », en lettres majuscules, sur son appuie-main. Mais il n'est toujours pas en état de faire la moindre lettre.

Nommés inspecteur et sous-inspecteur aux revues, Pierre et Martial Daru quittent la capitale pour Dijon. Le 7 mai 1800, sans fonction ni uniforme, Henri part à son tour. La seconde campagne d'Italie vient de commencer.

LA TRAVERSÉE DES ALPES

Face à la nécessité de se porter au plus vite au secours de Masséna, qui s'efforce à grand-peine d'empêcher l'armée du général Mélas d'envahir le sud de la France, le Premier Consul a fait le choix du chemin le plus court, par la Suisse et le col du Grand-Saint-Bernard jusqu'à la plaine du Pô. Aucune armée, depuis Hannibal, ne s'est hasardée à une traversée des Alpes aussi périlleuse. Pour Henri Beyle, qui n'est tenu par aucune obligation militaire, c'est l'aventure. Plutôt que de se préoccuper de ce qui l'attend, il a pris soin de se munir d'une petite bibliothèque d'une trentaine d'ouvrages. En arrivant à Genève, emporté par son amour profond pour *La Nouvelle Héloïse*, il s'empresse d'aller voir la maison où naquit Jean-Jacques Rousseau. Il n'a nulle raison de s'inquiéter. Recommandé à un commissaire des guerres préposé aux passages et aux transports des troupes, il s'est vu attribuer un cheval malade abandonné par Pierre Daru, dont il lui faut attendre la guérison. Un matin, son lourd portemanteau est sanglé sur la monture. Henri monte à cheval pour la première fois. Il ne sait pas se tenir, ignore les réflexes et les réactions de l'animal et se trouve bien en peine de lui imposer sa volonté : « Je mourais de crainte mais le sacrifice était fait, les plus grands dangers n'étaient pas faits pour m'arrêter. Je regardais les épaules de mon cheval, et les trois pieds qui me séparaient de terre me semblaient un précipice sans fond. Pour comble de ridicule je crois que j'avais des éperons[17]. » Le cheval s'emporte au bout de vingt pas, quitte la route et se jette dans un champ planté de saules, où il galope au hasard. Henri doit à la recommandation d'un tiers d'être tiré de cette situation cauchemardesque : François Marie Burelvillers, capitaine au 3e régiment de cavalerie, accepte par charité de le placer sous sa protection. Bien lui en prend : si le jeune garçon ne connaît rien aux équidés, il n'a en outre jamais vu l'armée. Le capitaine lui enseigne les rudiments de l'instruction équestre ainsi que quelques principes d'espadon indispensables à la survie militaire. Ils font étape et vont prendre leur billet de logement ensemble. Les journées se déroulent en agréables conversations auxquelles se mêlent parfois quelques petits périls qui ravissent ses dix-sept ans et demi : « Heureusement mon cheval était suisse et pacifique et raisonnable comme un Suisse ; s'il eût été romain et traître, il m'eût tué cent fois[18]. »

À Vevey, entendant sonner la cloche d'une église, il grimpe au clocher et admire le lac qui s'étend sous ses yeux : « Là, ce me semble, a été mon approche la plus voisine du *bonheur parfait*[19]. » Aurait-il enfin atteint le temps heureux de son existence ? À Lausanne, il manque tirer son sabre pour une affaire de logement et apprend à son mentor médusé qu'il ne connaît rien au maniement des armes. Extrêmement sensible à la beauté des paysages, lui qui croyait avoir la nature en horreur, il se regarde « comme un curieux détaché à l'armée pour voir, mais destiné à faire des comédies comme Molière[20] ». Les Suisses qui les accueillent soir après soir leur dressent-ils un tableau alarmant du Grand-Saint-Bernard ? Son plaisir n'en est que plus vif. Il n'a conscience ni des risques ni des enjeux. Mais si l'exaltation est un filtre efficace pour qui souhaite courtiser ses chimères, le passage du col n'a rien d'une traversée des apparences. Que serait-il devenu s'il avait marché seul ? « À une certaine hauteur le froid devint piquant, une brume pénétrante nous environna, la neige couvrait la route depuis longtemps. Cette route, petit sentier entre deux murs à pierre sèche, était remplie de huit ou dix pouces de neige fondante et au-dessous des cailloux roulants [...]. De temps en temps un cheval mort faisait cabrer le mien, bientôt, ce qui fut bien pis, il ne se cabra plus du tout. Au fond, c'était une rosse[21]. »

Cinquante-cinq mille hommes franchissent le col du Grand-Saint-Bernard, à 2 472 mètres d'altitude, transpercés par le froid et l'humidité. Ils charrient avec eux un matériel imposant : chevaux, canons, caissons. De glaciers inaccessibles en sentiers impraticables, l'armée de réserve surmonte tous les obstacles. Henri, qui atteint le sommet « poule mouillée complète[22] », vitupère la mollesse d'une éducation qui a fait de lui « une jeune fille de quinze ans qui n'avait pas été mouillée par la pluie dix fois en sa vie[23] ». Après un arrêt à l'Hospice du Grand-Saint-Bernard où un demi-verre de vin, un morceau de gruyère et du pain sont servis par les moines aux soldats exténués, la longue descente vers la vallée commence. Henri doit marcher prudemment et tenir son cheval par la bride, avec deux doigts, pour parer à une éventuelle chute dans le vide. À Aoste, il admire l'arc romain. La cavalerie et l'artillerie, évitant le mont Albaredo, poursuivent par le village de Bard, sous les batteries du fort. Le capitaine Burelvillers et son protégé bivouaquent à une demi-lieue de l'ennemi. Les canons autrichiens tirent à la mitraille. Le tapage, effrayant, rend Henri « fou d'émotion[24] ». Il y a donc danger ! Ils sont à portée. Bravache, il traîne quelques instants au bord d'un rocher où il est exposé : « Voilà comment je vis le feu pour la première fois. C'était une espèce de pucelage qui me pesait autant que l'autre[25]. »

Passé Bard, la route est jonchée de cadavres de chevaux et de débris variés. L'effet psychologique est immédiat. Henri éprouve pour la première fois une sensation enivrante : progresser entre les colonnes d'une armée napoléonienne. L'ambiance, aux étapes du soir, est pourtant au pillage et à la défense improvisée des logements. Les habitants sont terrifiés. Ils parviennent à Novare. Le jeune homme décide d'aller au spectacle malgré les mises en garde de Burelvillers qui l'imagine déjà mort, son manque de maturité et son ignorance des armes ne plaidant guère en sa faveur. Il ne cède pas, et pour cause : on donne le *Matrimonio segreto* de Domenico Cimarosa. Ses attentes sont comblées : cette soirée efface à jamais Paris et le Dauphiné. « Vivre en Italie et entendre de cette musique devint la base de tous mes raisonnements[26]. »

Le 10 juin 1800, huit jours après l'arrivée du Premier Consul et de sa garde rapprochée, Henri Beyle entre à Milan.

PREMIER SÉJOUR À MILAN

Il n'est pas encore descendu de cheval qu'il rencontre son cousin Martial. « On vous croyait perdu[27] », s'exclame ce dernier. Bienveillant envers son cadet, il le conduit à la Casa d'Adda, sur le corso di Porta Nuova — actuelle via Manzoni —, où il a pris ses quartiers. Henri a tout juste le temps de saluer celui qui lui a permis d'arriver sain et sauf dans la capitale lombarde. Il ne le reverra jamais. Le palais de la Casa d'Adda le subjugue malgré sa façade inachevée. Des domestiques s'occupent de son portemanteau et de son cheval, des côtelettes panées — qu'il juge excellentes — lui sont servies dans un salon ravissant : Milan devient « le plus beau lieu de la terre[28] ». Son cœur lui restera à jamais acquis.

Tout l'émerveille dans cette cité « grande comme cinq fois Grenoble, assez bien bâtie[29] », l'architecture et la musique aussi bien que les cafés et la douceur de vivre. Il ne tarit pas d'éloges sur la Scala, « ce premier théâtre du monde[30] », fastueusement décoré, dont l'intérieur est « grand comme la moitié de la place Grenette[31] » : « On y joue le même opéra pendant quinze jours, la musique est divine et les acteurs détestables[32]. » La Scala l'emporte sur toutes les émotions. Parce qu'elle est le salon par excellence de la ville où se nouent toutes les intrigues et auquel nul ne se risquerait à manquer, les loges sont évidemment réservées et le mélomane débutant est obligé de se rabattre sur celle de l'état-major, voire sur le parterre. Qu'à cela ne tienne. Rien ne peut tempérer son enchantement. Il ne lui reste plus, pour parfaire cette félicité, qu'à apprendre la langue italienne. Ce qui n'aurait rien de compliqué s'il n'était de nouveau confronté, par les bons soins de Pierre Daru qui vient de l'affecter à ses bureaux de la Casa Castelbarco, aux désagréments de la paperasse militaire. Martial, qui le traite d'égal à égal, se charge de le distraire. Si Henri ne le trouve pas assez romanesque à son goût, lui qui pousse cette inclination jusqu'aux plus folles extravagances, du moins doit-il à ce séducteur désinvolte sa découverte de « la charmante amabilité des femmes de ce pays [...][33] ».

La chaleur estivale l'accable, mais il serait au désespoir de devoir rentrer. Car l'affaire qui l'obsède a pour nom Angela Pietragrua, maîtresse du commissaire des guerres Louis Joinville, sous les ordres duquel il travaille et qui la lui a présentée. Cette grande et belle femme a « le grandiose qui est formé par la manière dont ses yeux, son front et son nez sont placés[34] ». Il en tombe éperdument amoureux. Mais il est « dévoré de sensibilité, fier et méconnu[35] » et personne, autour de lui, ne le secourt d'un conseil charitable. Tous, pourtant, réussissent : « [...] je leur voyais faire des choses que je sentais pouvoir faire mieux ; ils étaient heureux, avaient des maîtresses. Je ne me remuais point, j'attendais de quelque hasard romanesque, comme le brisement d'une voiture, etc., que le sort fît connaître mon cœur par quelque âme sensible[36]. » La chance et la grâce manquent à celui que ses camarades ont affublé du sobriquet « le Chinois ». Il ne se résigne pas à se déclarer et adore en silence : « Dès qu'une occasion de m'instruire et de m'amuser se présente, j'ai besoin de réfléchir qu'il faut que j'acquière l'usage du monde pour choisir le plaisir ; comment peux-je m'étonner ensuite d'avoir un air gauche auprès des femmes, de ne pas réussir auprès d'elles, et de ne briller dans la société que lorsqu'on raisonne ferme ou que lorsque la conversation roule sur ces grandes masses de caractères ou de passions qui font mon étude continuelle[37] ? »

Le 14 juin se livre la bataille de Marengo, dont l'armée consulaire remporte la victoire par un retour de fortune inespéré. La suspension des armes est conclue dès le lendemain. Les Autrichiens évacuent le Piémont, la Ligurie et la Lombardie. Le général Berthier signe au nom de Bonaparte la convention d'Alexandrie, par laquelle sont désignés les villes et les territoires abandonnés aux Français. La citadelle d'Arona, sur le lac Majeur, est du nombre, dont la remise officielle s'effectue sous la surveillance de Pierre Daru. Henri l'accompagne. Il vogue aux côtés de l'amiral de la flotte ennemie, converse avec l'aide de camp de Mélas, visite le fort et les îles Borromées. Rien de tel qu'une escapade loin des carrefours brûlants de la ville pour oublier ses transports de soupirant inexpérimenté.

À son retour, Henri quitte la Casa d'Adda et les bureaux de Castelbarco pour la Casa Bovara, entourée de jardins, du corso di Porta Orientale — aujourd'hui corso Venezia. Pierre Daru l'a confié à son ami Claude Petiet, ministre de France auprès du gouvernement de la République cisalpine à Milan, futur intendant général des armées. Son nouveau supérieur le loge sur place. Dans sa chambre, un tableau représentant Ganymède est accroché au-dessus du lit. Bientôt, sa connaissance de la société milanaise se renforce. Il court bals et soirées, rencontre la comtesse Gherardi, maîtresse de Joachim Murat, et se familiarise, de loin, avec les beautés les plus en vue de la région. Dans ce pays où l'amour semble naturel et n'est jamais tourné en ridicule, il lui en coûte de ne pas partager la complicité de ses camarades : « Heureux, j'aurais été charmant. Non pas par la figure assurément et par les manières, mais par le cœur, j'eusse pu être charmant pour une femme sensible ; elle eût trouvé en moi une âme romaine pour les choses étrangères à l'amour ; elle eût eu le plaisir de former les manières de son amant [...][38]. »

À défaut d'amour, et plutôt que de laisser deviner des désirs insatisfaits, il finit par perdre son embarrassant pucelage dans un bordel. Au moins saura-t-il avec assurance de quels transports on parle. De ce qui le lie au premier des sept fils de Niobé, cité par Ovide dans ses *Métamorphoses*, il n'a pas encore conscience.

Un duel, un vrai cette fois, l'oppose à l'un des fils aînés de Claude Petiet, Alexandre. Edmond Cardon, aide de camp de Carnot, ministre de la Guerre, lui sert de témoin. Les deux rivaux se battent pour les beaux yeux d'une Mme Martin qui n'a d'égards que pour un troisième larron. Henri est blessé au pied gauche par un coup de sabre. Il ne perd pas pour autant l'amitié d'Alexandre, seulement l'occasion de ne pas s'ennuyer à un bal où il fait tapisserie faute de pouvoir danser.

Parce que son cousin est toujours dénué de fonctions militaires, Pierre Daru endosse son rôle de protecteur influent et entame des démarches pour sa nomination au grade de sous-lieutenant. Il écrit à deux hauts fonctionnaires du ministère de la Guerre et se donne du mal pour son avancement, au mépris des règlements. Ses fonctions, sa réputation et ses relations portent leurs fruits. Le 23 septembre 1800, le conseiller d'État et général en chef Louis Brune nomme à titre provisoire le citoyen Beyle « au grade de sous-lieutenant en récompense de sa bonne conduite et de ses talents[39] ». Le 23 octobre, Louis Davout, général de division, commandant en chef la cavalerie de l'armée, le promeut « sous-lieutenant en pied au 6e régiment de dragons[40] ». La lettre de service, toujours provisoire, est approuvée par Nicolas Charles Oudinot, le général en chef de l'armée d'Italie. Le 15 novembre, Daru récidive en s'adressant au chef du bureau de cavalerie au département de la guerre :

> Permettez, mon cher et ancien collaborateur, que je réclame vos bontés en faveur du citoyen Beyle, mon cousin, auquel le général Davout a bien voulu accorder une sous-lieutenance dans le 6e régiment de dragons. Le général Brune l'avait promu à ce grade par son arrêté du 1er vendémiaire an IX. En le plaçant dans votre cavalerie, j'ai pensé que vous ne lui refuseriez pas quelque bienveillance et un peu d'amitié. Je désire que vous le fassiez confirmer dans sa nouvelle place ; vous m'obligeriez particulièrement en rendant service à ce jeune homme que vous avez peut-être connu vous-même lorsque je le faisais travailler avec moi à la première division[41].

Le « mauvais parent » obtient gain de cause : Henri rejoint son régiment.

À la *dolce vita* milanaise succède un âpre quotidien militaire auquel le jeune sous-officier ne s'habitue pas. Le 7 décembre 1800, il est consigné dans un petit village cisalpin à trois lieues de Brescia : « Nous manquons absolument de tout et le pire est que le colonel ne peut pas nous donner la permission d'aller à Brescia parce qu'on s'attend à attaquer à toutes les minutes[42]. » Les soldats n'ont « pas même de livres » et, en l'absence de pain, sont « réduits à manger de la *polinta*, nourriture habituelle des brutes à figure humaine qui habitent ce pays. Je n'ai jamais vu et je ne m'étais pas formé l'idée d'hommes aussi abrutis que le bas peuple italien. Ils joignent à toute l'ignorance de nos paysans un cœur faux et traître, la plus sale lâcheté et le fanatisme le plus détestable[43] ». Fascination de l'Italie ou pas, son amour du peuple n'a pas varié d'un iota : il reste fidèle à ses convictions de classe. À la fin du mois, il est à la Scala où il assiste, ébloui par la beauté des décors et le luxe des costumes, au premier spectacle du carnaval. Chacun a dans sa loge « des bougies allumées, une table, des cartes, et ordinairement l'on fait venir des rafraîchissements pour les dames[44] ». Les brouillards épais de la Lombardie sont presque relégués aux oubliettes.

L'année 1801 l'envoie en garnison à Brescia et Bergame. Il effectue, dès que l'occasion s'en présente, de courtes escapades à Milan. Accepté dans l'état-major du général Michaud, qui le fait bénéficier d'un régime de faveur, il ambitionne de devenir son aide de camp. Ses occupations, en attendant, lui laissent des loisirs. Dans un tel contexte, les galons ont du bon.

C'est à compter du 18 avril qu'il donne naissance au premier de ses écrits autobiographiques en entreprenant la rédaction de son *Journal*. Notation de faits quotidiens, remarques, anecdotes ou réflexions littéraires, il n'y consigne que ce qui lui permet de se connaître lui-même — d'où son aspect fragmentaire. Cette activité ne l'empêche pas de poursuivre sa correspondance avec sa sœur Pauline, ébauchée avant son départ pour l'Italie. Résolu à remplir son rôle de grand frère éclairé, soucieux de la voir adhérer aux idées émancipatrices de son époque, il la presse de conseils littéraires, lui enjoint d'étudier l'histoire, l'arithmétique et l'orthographe. Mais son interlocutrice, qui ne bénéficie pas des attentions accordées à l'aîné, peine à nourrir le dialogue qu'il tente d'établir. La relation épistolaire ne semble pas être la voie la plus favorable au développement de ses facultés intellectuelles.

Le 13 mai, Henri a un premier accès de fièvre, qu'il traite à grand renfort de quinquina. Son mal prenant de l'ampleur, il obtient l'autorisation de rallier Milan afin de consulter un médecin. Dans son empressement à perdre sa virginité, il a selon toute vraisemblance contracté la syphilis — il usera à plusieurs reprises du terme vérole, alors en usage, dans son *Journal*. La fièvre prend ses aises. Il multiplie les traitements : à base d'ipécuana et de tartre stibié dans un premier temps, puis de tamaris, de casse et de séné. Il alterne les prises de toniques et de vomitifs, prolonge le quinquina. Rien n'y fait. Il s'affaiblit. Son esprit toujours occupé recherche l'instruction : il prend des leçons de contre-pointe et de clarinette, va au spectacle, ne s'arrête ni de lire ni de traduire.

Le 4 juin, sa hiérarchie lui ordonne de quitter l'état-major du général Michaud : elle ne l'autorise pas à servir comme aide de camp. On ne badine pas avec les règlements militaires, que l'on soit ou non apparenté à Pierre Daru. Seuls les lieutenants ayant participé à au moins deux campagnes peuvent prétendre à un tel avancement. Son moral en prend un coup : « Je n'ai point de conseil, point d'ami, je suis affaibli par la longueur de la fièvre ; je me suis cependant déterminé, persuadé qu'à force d'audace et de persévérance je parviendrai à être aide de camp du g[énér]al Michaud[45]. » Il se berce d'illusions. À la fin du mois de septembre, il n'aura d'autre ressource que d'exécuter l'ordre de Le Baron, colonel du 6e dragons. Pour l'heure, il est confirmé dans sa sous-lieutenance « en remplacement du citoyen Millot, dont la retraite est ordonnée[46] », par un arrêté du Premier Consul daté du 5 messidor an 9 (14 juin 1801). L'avis officiel ne lui inspire qu'un commentaire : « Il faut être très défiant. Le commun des hommes le mérite, mais bien se garder de laisser apercevoir sa méfiance[47]. » Sa santé décline. Toujours fiévreux, il congédie ses maîtres d'armes et de clarinette, les remplace par un maître d'italien. Il lutte. Son état lui donne matière à penser :

> Hâtons-nous de jouir, nos moments nous sont comptés, l'heure que j'ai passée à m'affliger ne m'en a pas moins approché de la mort. Travaillons, car le travail est le père du plaisir, mais ne nous affligeons jamais. Réfléchissons sainement avant de prendre un parti. Une fois décidé, ne changeons jamais. Avec l'opiniâtreté, on vient à bout de tout. Donnons-nous des talents ; un jour, je regretterai le temps perdu. Un grand motif de consolation, c'est qu'on ne peut pas jouir de tout à la fois[48].

À l'automne, Henri réintègre enfin son régiment d'affectation. Dans ses bagages portés à dos d'âne, les livres de grammaire et la littérature font bon ménage avec les uniformes. Il emporte Homère, Racine, Boileau, Molière, Voltaire, Virgile, Horace, l'Arioste et Condorcet à Turin et à Saluces. Son répit est de courte durée. Souffrant de coliques venteuses et de douleurs qu'il attribue au traitement au mercure, il enchaîne décoctions de quinquina et grains d'opium. Le 27 octobre, un médecin le saigne à trois reprises après lui avoir appliqué dix sangsues. Le sous-lieutenant ne parvient plus à distinguer s'il est encore malade ou déjà convalescent. Il écrit à sa sœur : « Tu vois, ma chère, que nous sommes toujours contrariés par quelque chose, aussi, le meilleur parti que nous ayons à prendre est-il de tâcher de nous accommoder de notre situation et d'en tirer la plus grande masse de bonheur possible. C'est là la seule vraie philosophie[49]. » Le 9 décembre, de nouvelles saignées lui procurent un semblant de mieux-être. Un médecin affirme qu'il a « quelques symptômes de nostalgie et de mélancolie[50] ». La vie de régiment ne lui apporte aucune satisfaction. Ce type d'incorporation n'est pas fait pour son caractère : il a d'autres aspirations. Il se décide à demander un congé de convalescence, qui lui est notifié quelques jours plus tard. Le 26 décembre, il se trouve à Savigliano, où stationne l'état-major, pour régler les dernières formalités et assister à un dîner de corps.

Dans les premiers jours de 1802, il est à Grenoble. L'adolescent n'est plus, qui a troqué son absence de maturité contre une philosophie de l'existence qui restera à jamais la sienne. S'il éprouve le regret de deux années « de soupirs, de larmes, d'élans d'amour et de mélancolie[51] » à l'âge où son tempérament était le plus vif, il dira des quelques mois passés à Milan en cette année 1800 : « [...] ce fut le plus beau temps de ma vie[52] ». Henri Beyle a célébré ses fiançailles avec l'Italie. Il ne souhaite désormais ardemment qu'une seule chose : revenir s'y installer.

PARIS, CAPITALE DE TOUS LES POSSIBLES

« Un voyage, pour être instructif, doit être une suite de jugements sur les divers objets que vous rencontrez. Lorsque je suis arrivé en Italie, je ne connaissais pas la France ; mon voyage ne peut donc m'être utile que lorsque je connaîtrai la France ou tout autre pays, et que je serai à même de comparer[53] », note-t-il dans son *Journal.* Comme amnésique de son récent passé militaire, sourd dans un premier temps aux tensions politiques et aux événements qui se déroulent en Europe, le sous-officier en convalescence a pris la décision de s'atteler à la poursuite de sa formation intellectuelle. Après trois mois passés à Grenoble à danser et à goûter les plaisirs du carnaval comme à deviser de Shakespeare et de la banque avec Alphonse Perier et Félix Faure, il regagne prestement la capitale. Il jouit enfin du sort de ses rêves : être jeune et libre à Paris. Sa position est d'autant plus confortable qu'il bénéficie toujours des émoluments affectés à son grade. La grande ville, qui lui est devenue hospitalière, « a mille avantages ; on y voit tous les monuments des arts ; on a un théâtre superbe où on entre en société avec les grands hommes de tous les âges ; on trouve dans le monde plus de bon sens qu'ailleurs, les femmes n'y sont pas, comme en province, caillettes et rien que caillettes ; elles y raisonnent très juste[54] ».

Côté cœur, Henri a fait la connaissance à Grenoble de Victorine Mounier, fille aînée de l'ancien député aux États Généraux Joseph Mounier qui vient d'être nommé préfet d'Ille-et-Vilaine, pour qui il a un véritable coup de foudre — il envisage de la rejoindre à Rennes où elle a suivi son père. Ses manœuvres d'approche, pourtant, sont singulières. Plutôt que de se déclarer directement à la jeune femme, il détaille ses élans en termes plus ou moins voilés dans des lettres qu'il adresse au frère de celle-ci, Édouard, espérant que ce dernier passera le message. Pour tromper l'attente d'une issue heureuse qui ne viendra pas, il se laisse aller à quelques sentiments enflammés pour sa cousine Adèle Rebuffel, qui le traite tantôt avec une familiarité charmante, tantôt avec l'indifférence la plus naturelle. S'il se montre assidu à lui plaire, tant elle a l'art de faire jaillir des étincelles de la cendre chaude, il n'obtiendra pas ses faveurs mais celles de sa mère, Madeleine Rebuffel, qui entreprend son éducation amoureuse à compter de la fin du mois d'août 1802.

Le 2 du même mois, Bonaparte est proclamé Premier Consul à vie. Tandis que Madame de Staël dénonce le second pas fait vers la royauté et que ses anciens condisciples de l'École centrale embrassent les carrières de la banque et du commerce, Henri s'instruit de tout. Il a soif d'apprendre et s'adonne en priorité à la structuration de son esprit. Parce que les années passent pour ne plus revenir, il dévore les auteurs anciens et modernes au Collège de France et à la Bibliothèque nationale, s'intéresse à Hobbes, Destutt de Tracy, Vauvenargues, Hume et Goldoni, prend des cours de danse, commence un jour l'apprentissage de l'anglais, un autre celui du grec et, surtout, forme son goût à la scène en ne ratant aucun spectacle en ces jours où la société tout entière semble éprise de théâtre. Paris est la ville qui lui offre le plus de moyens pour parfaire son éducation.

Il amasse les notes de lecture, consigne remarques et idées, n'ayant de cesse de partager cette manne culturelle et intellectuelle avec sa sœur Pauline. Aux recommandations prodiguées au fil de ses péripéties lombardes, il associe désormais analyses, maximes et pages de philosophie. Il raisonne pour la former, discute aussi bien du rire et du ridicule que de la vanité ou des divisions de l'âme, multiplie les injonctions quant à la nécessité de l'étude et s'avère un penseur d'une bien plus grande envergure que par le passé. Estimant que les seuls objectifs que les hommes doivent s'assigner sont ceux de la quête du bonheur et de la vérité, il donne à ses conseils une force et une systématicité telles que Pauline contrarie sa famille par d'incessants « C'est l'opinion d'Henry[55]. » S'il ne parvient pas à remplir pleinement ses fonctions d'éveilleur auprès d'elle, du moins Pauline s'efforce-t-elle d'épouser les points de vue de celui en qui elle a une foi sans limites. Elle endosse à la fois les fonctions de complice, d'espionne et d'intermédiaire. Au désespoir de ne pouvoir nouer des amitiés parfaites — « Il faut me borner à voir éparses entre tous mes amis les qualités que je voudrais réunir dans un seul. Du reste, je ne saurais avoir trop de connaissances[56] » —, Henri ne pouvait rêver confidente plus dévouée.

Le jeune homme expérimente le monde, mais ambitionne la gloire. L'ébauche d'une première comédie, *Les Deux Hommes*, reste néanmoins inachevée. Il cherche en vain « la *vis comica* [...] sans laquelle il n'y a point de comédie[57] », comprend que rien ne sert de vouloir être comique en peignant les passions et qu'il lui faut étudier plus encore les mœurs de ses contemporains. En dépit de sa persévérance, ses autres tentatives d'écriture — la comédie *Le Bon parti*, transformée en *Quelle horreur ! ou l'Ami du despotisme pervertisseur de l'opinion publique*, puis la satire *Letellier* — ne seront pas davantage couronnées de succès. Tous ces grands desseins n'aboutiront jamais. En mouvement perpétuel, il travaille avec avidité, affûte son intelligence, se passionne pour le jeu social et prend garde à ne s'inféoder à aucun groupe de pensée : « Tout homme qui croit, parce que son voisin lui dit : *Croyez !* est un butor[58]. »

Sa curiosité ne lui fait jamais défaut. Séances du Tribunat, lectures philosophiques et scientifiques, conversations à bâtons rompus dans les cafés à la mode, représentations théâtrales, tout lui est matière à réflexion. Il observe et ne feint jamais. Tâcher de voir la vraie nature de tout, voilà sa principale motivation. Et ce en n'importe quelle circonstance, qu'il s'improvise tragédien en déclamant des vers dans le salon de sa maîtresse ou qu'il provoque le hasard en jouant quelques sous à la loterie. Plusieurs déménagements rythment ce bouillonnement continuel. Au mois d'avril, il loue une chambre rue Neuve-des-Augustins, où loge Félix Faure. En novembre, il prend pension au sixième étage de l'hôtel de Rouen, rue d'Angiviller, d'où il a vue sur la colonnade du Louvre. Deux ans plus tard, il s'installe dans un hôtel de la rue de Loi, avant de dénicher un logement rue Ménars.

S'enfermer dans les habitudes n'appartient décidément pas à sa nature.

Dans une lettre signée du 1er thermidor an X (20 juillet 1802) adressée au ministre de la Guerre, il démissionne de son grade de sous-lieutenant. Non qu'il soit versatile : la carrière militaire n'a simplement jamais été un choix. Deux mois plus tard, il est rayé de l'armée et redevient simple citoyen. À compter du 23 octobre 1802, Chérubin lui donne chaque mois un crédit de cent cinquante livres. Mais l'argent vient toujours à manquer, sans compter que sa pension est fréquemment versée avec du retard. Achats de livres rares, prises de leçons, mais aussi frais d'habillement — culotte de soie noire, pantalons en velours de coton milleraies, cravates de batiste fine... — qu'imposent ses tribulations mondaines : il est criblé de dettes. Sa mise, il est vrai, a « cet aimable désordre qui annonce un jeune hom[me] accoutumé à être bien, et dans les sociétés élégantes de ce pays[59] ». Incapable de subordonner sa manière de vivre à ses ressources, Henri dépêche à sa sœur des plaidoyers de plus en plus fréquents en faveur de l'augmentation des lettres de change paternelles. Chérubin porte son crédit à deux cents livres. S'il arrive à Henri de rendre grâce à sa générosité — « Je sens profondément tout ce que je te dois, et je te remercie chaque jour en mon cœur de me permettre d'employer à mon instruction un temps que tous les jeunes gens font servir à acquérir une fortune[60] » —, il le harcèle avec une telle régularité qu'il finit par provoquer l'ire de son patient grand-père :

Enfin de quoi s'agit-il ? D'un père qui donne 200 livres par mois à son fils. Pour quel objet ? Est-ce pour prendre un état ? Pour s'amuser à Paris et y éprouver des besoins que la comparaison des gens riches que tu vois te rend très pénibles. Tu proposes à ton père de te donner 20. 000 livres pour réaliser des projets que tu n'expliques pas. Où veux-tu qu'il les prenne ? [...] Il a besoin d'un habit cet hiver, et il se l'est épargné ; tes sœurs avaient besoin de robes, elles ont senti sa gêne et l'ont refusé. Il ne fait pas la moindre dépense pour lui, et celles que nécessite l'exploitation de ses domaines est bien entendue et triplera ton bien-être un jour. Je te dirais beaucoup d'autres choses que tu dois sentir sans que je te les explique. Une conversation d'une heure ferait plus de dix lettres. Vois ton avenir, et ne t'estime pas si malheureux[61].

À quoi bon parler d'avenir, quand c'est l'ici et maintenant qui importe ? Henri a la rancune tenace. D'autant qu'il estime que son peu d'assurance lui vient de l'habitude où il est de manquer d'argent.

Le 20 mai 1803, Bonaparte rompt la paix d'Amiens signée le 25 mars 1802. Trois jours plus tard, l'Angleterre déclare la guerre à la France. Le 24 juin, Henri part pour Grenoble, où l'attend la plaisante société de ses amis. Hors de portée des sollicitations parisiennes, il fait des économies et regagne la capitale en passant par Genève, visitant pour l'occasion une fabrique d'indiennes en compagnie de ses compatriotes Alphonse Perier, Alexandre Mallein et Félix Penet. Il est à Paris le 20 mars 1804, veille de la promulgation d'un Code civil qui renforce le pouvoir de la bourgeoisie, réhabilite la famille comme ciment de la société et proclame le droit de propriété. Henri ne s'en inquiète pas plus que des grands travaux parisiens et du nouveau découpage urbain. De ses cousines Rebuffel, qu'il visite aussitôt qu'il apprend le décès du mari de Madeleine, il critique en revanche la gaieté déplacée. Sont-ce les réminiscences de la mort de sa propre mère ? Il trouve Adèle, en particulier, d'une insensibilité affreuse.

Il reprend ses déambulations érudites avec Fortuné Mante, Louis Crozet, Louis de Barral et l'idéologue Joseph Rey, fréquente le médecin militaire Urbain Philippe Salmon dont les jugements l'influencent, et se déclare plus raisonnable qu'auparavant. Il ajoute à ses fréquentations les bibliothèques du Panthéon — actuelle bibliothèque Sainte-Geneviève — et de l'École de médecine. Son appétence pour l'instruction est sans limites. Parce que son dessein est « d'être simple, naturel et vrai dans le monde[62] », il lit Alfieri « comme contrepoison au méphitisme de bassesse[63] » qui trop souvent l'entoure. La fièvre le tourmente à intervalles réguliers, mais la vie parisienne a repris ses droits. Au théâtre, il s'émerveille de ce que les comédiens les plus laids parviennent à s'embellir du sentiment et de la passion. Si celui de Louvois n'a pas sa préférence — « Tout y est mauvais, pièces, acteurs et spectateurs[64] » —, s'il accorde peu de mérite au Montansier — rebaptisé Théâtre des Variétés en 1807 —, son assiduité au Théâtre-Français lui vaut d'admirer les plus grands acteurs de l'époque. Mademoiselle Contat, célèbre pour ses amours du siècle passé — les comtes d'Artois et de Narbonne, le prince de Lichtenstein, le marquis de Maupeou —, Mademoiselle Mars, tout aussi séduisante en amoureuse tragique qu'en effrontée et future égérie de la période romantique ; Fleury, François Joseph Talma, l'acteur favori du Paris révolutionnaire, ou encore le jacobin Henri Gourgaud, dit Dugazon. Tout en se familiarisant avec le répertoire, Henri apprend à discerner les perfections sans abdiquer ses préférences. Il louange *Bajazet*, se rase à *Iphigénie en Aulide*, plébiscite un *Tartuffe* dans lequel les acteurs se surpassent, réagit aux huées comme aux applaudissements.

En ce début de XIXe siècle, les représentations sont tumultueuses et le spectacle est tout autant au parterre que sur la scène : on y est aussi prompt au chahut et aux sifflets railleurs qu'à la franche gaieté. Lorsque éclate la polémique qui oppose les partisans de deux tragédiennes rivales, Catherine Joséphine Rafuin, dite Mademoiselle Duchesnois, et Marguerite Joséphine Wiener, dite Mademoiselle George, l'orchestre est escaladé et les coulisses prises d'assaut : « Comme dans les combats homériques, l'un d'entre eux d'abord s'était élancé tout seul sur la scène, et, fonçant jusqu'aux coulisses, il avait prétendu, au milieu des portants, et sous l'œil stupéfait des machinistes, dicter aux comédiens les volontés du parterre. Mais la police l'avait empoigné. Pour délivrer ce héros, de son métier "chirurgien", d'autres spectateurs s'étaient élancés[65]. » L'affrontement fait date. Reste à savoir à quel emploi les deux actrices vont être reçues au Français. La première triomphe en jouant Phèdre, Andromaque, Roxane, et a pour elle les enragés du parterre. La seconde, qui débute dans le rôle de Clytemnestre, a été recrutée par l'influente Mademoiselle Raucourt et a le soutien des critiques. Henri, qui n'a d'yeux que pour Mademoiselle Duchesnois, entre en lutte. Sous le pseudonyme de Junius, il répond d'une plume vengeresse aux attaques en règle du plus notoire d'entre eux, le titulaire du feuilleton dramatique du *Journal des Débats* Julien Louis Geoffroy. Les deux actrices, qui sont toutes deux élevées au sociétariat le 17 mars 1804, devront en définitive se partager les mêmes emplois. La querelle s'apaise. Crozet présente son ami d'enfance à Mademoiselle Duchesnois. Admis à sa loge, Henri prend bientôt l'habitude de lui rendre visite à son domicile. Leur relation n'ira néanmoins pas au-delà de cette démonstration d'amitié : les actrices ne brillent jamais autant que sous les feux de la rampe, et le plaisir théâtral est sacré.

Par sénatus-consulte du 18 mai 1804, le gouvernement de la République est confié à un empereur héréditaire : Napoléon Bonaparte. Le titre de maréchal, dignité civile abolie par la Convention le 21 février 1793, est rétabli. Quatorze titulaires, tous généraux en activité, sont promus dès le lendemain. Le Consulat a fait son temps. Le général de la Révolution s'est mué en monarque. Henri a perdu toute admiration pour celui qu'il aperçoit parfois aux Tuileries et dont il apprécie peu l'hypocrisie : « Il salue beaucoup et sourit. Le sourire de théâtre, où l'on montre les dents, mais où les yeux ne sourient pas [...][66]. » Le temps est loin où il s'enorgueillissait d'appartenir à l'armée de la campagne d'Italie.

Pour lui, l'année 1804 est marquée par d'autres événements. Le 30 juin, Noël Daru passe de vie à trépas : « Il y a une chose dont on ne loue jamais les morts et qui est cependant la cause de toutes les louanges qu'on leur donne : c'est qu'ils sont morts[67]. » Sacrifiant aux usages et assistant aux prières pour le défunt en l'église Saint-Thomas-d'Aquin, il remarque « la physionomie basse, et quelquefois méchante, des prêtres. Ceux qui avaient la meilleure avaient l'air stupide[68] ». Le 21 août, en compagnie de son cousin Martial, il prend ses premières leçons de déclamation avec le tragédien Jean Mauduit, dit La Rive : « En général, pour bien faire le plus, il faut savoir faire le moins. Ainsi, pour bien marcher, il faut savoir danser ; pour avoir un son de voix agréable, il faut savoir chanter ; de même, pour bien lire les vers, il faut savoir un peu déclamer[69]. » Ces leçons sont surtout une façon plus commode d'approcher l'univers des coulisses. La Rive l'exhorte au naturel : « Vous avez quelque chose qui prévient pour vous, et qui attire, en entrant dans un appartement[70]. »

Le 2 décembre, il assiste au cortège impérial :

Dimanche, 11 frimaire, jour du couronnement, nous n'avions pas le sou, Mante ni moi ; il vint me prendre à sept heures et demie, nous allâmes tout bonnement dans la rue S[ain]t-

Honoré, vers le café Français ; nous trouvâmes par hasard la députation de la garde nationale de l'Isère [...], par le moyen de qui nous vîmes parfaitement le petit cuistre portant la croix du pape vers les 10 heures un quart, ensuite le pape, et, une heure et demie après, les voitures de l'Empereur, et l'Empereur lui-même. [...] Je réfléchissais beaucoup toute cette journée sur cette alliance si évidente de tous les charlatans. La religion venant sacrer la tyrannie, et tout cela au nom du bonheur des hommes. Je me rinçai la bouche en lisant un peu la prose d'Alfieri[71].

À vingt et un ans, il reste fermement opposé tant à la monarchie qu'au goupillon.

Le 12 décembre, il quitte les cours d'art dramatique de La Rive pour ceux de Dugazon, qu'il juge supérieur et dont il va suivre les conseils jusqu'à son départ de Paris. Les leçons ont lieu au domicile du comédien, passage du Vigan. C'est là qu'il fait la connaissance de l'apprentie actrice Mélanie Guilbert, dite Louason, de trois ans son aînée. Leur relation est sérieuse, ils se parlent « avec l'intimité de deux grandes âmes qui s'entendent[72] ». Ne pensant qu'à débuter, elle ne souhaite pourtant pas s'encombrer d'un amant. Henri prend son mal en patience et s'attache chaque jour davantage. Qu'elle ait une fille n'est en soi pas un obstacle. Ses embarras pécuniaires prenant de l'ampleur, il emprunte à tout va. S'éterniser dans ce qu'il considère comme le dénuement le plus total n'est plus envisageable. Pourquoi ne pas faire fortune dans la banque, comme tant d'autres ? Le projet ne manque pas d'ambition, surtout pour un brillant sujet dont ce n'est ni la formation ni la vocation première. Il éprouve soudain la lassitude du grand monde et d'une vie passée au milieu de divertissements qui n'en sont plus. Il aspire à devenir « Beyle, épicurien, riche banquier, et s'amusant à faire des vers[73] ». Retiré dans ses terres de Saint-Isnier, Félix Faure n'est pas dupe : « Tu veux donc devenir banquier ? Ce sont-là des contes, mon cher, dont tu peux bercer ton père, mais moi qui ai l'avantage de te connaître, tu ne me feras pas croire que tu y penses sérieusement[74]. »

Fortuné Mante, qui vient tout juste de s'associer au négociant marseillais Charles Meunier, n'hésite en revanche pas à lui offrir son appui. Ensemble, ils tirent des plans sur une improbable comète. Et lorsque Mélanie annonce à son prétendant qu'elle vient d'obtenir un engagement au Grand-Théâtre de Marseille — actuel Opéra municipal —, l'occasion est trop belle pour ne pas la saisir : Henri fait d'une pierre deux coups. Il arrête deux places dans la diligence. Le 8 mai 1805, ils font route ensemble jusqu'à Lyon, d'où il bifurque seul pour Grenoble. Avec un peu de chance et beaucoup de persuasion, Chérubin ne sera pas hostile à ses demandes de fonds.

INTERMÈDE MARSEILLAIS

Personne dans sa famille, Pauline exceptée, n'accorde la moindre valeur à sa vocation commerciale. D'autant que le nouveau duel de la France et de l'Angleterre n'augure pas d'une conjoncture particulièrement favorable aux affaires. Entendant profiter de sa maîtrise de la mer pour s'attribuer le monopole du trafic, l'Angleterre remet le blocus en vigueur. Chérubin préfère hypothéquer l'avenir et attendre le retour à la réalité de son aîné pour lui confier une partie de l'exploitation de ses domaines agricoles. Henri s'entête. Le 25 juillet 1805 à sept heures du soir, il contemple la mer pour la première fois. Accueilli par Mante, il se loge à la Maison Rambert, où est descendue Mélanie. Mais il arrive les mains vides. Affecté par Charles Meunier à un poste de commis — son impécuniosité lui défend de prétendre à une autre fonction —, il s'initie aux us et coutumes de la maison d'importation de produits coloniaux et passe ses journées à la Douane, au Poids et à la Bourse. Ce noviciat est pénible et ennuyeux, qui le prive du loisir de lire. Il a besoin que son esprit travaille. Obsédé par le fantasme d'une rente confortable, il échafaude de nouveaux projets, allant jusqu'à annoncer aux siens qu'il est le père de la fille de Mélanie et la prénommant Henriette dans l'espoir de faire fléchir son grand-père. Peine perdue : on s'émeut de sa paternité, mais on lui demande de revenir à des ambitions plus raisonnables et Chérubin ne verse rien.

Henri, évidemment, n'a aucun talent pour le négoce, qui lui donne tout au plus « un peu de curiosité pour les événements politiques[75] ». Il était temps. Le soir, Mélanie répète ses rôles sous sa direction. À Marseille, le théâtre se compare avec peine aux salles parisiennes : « On joue la tragédie en dépit du sens commun. Si on jouait quelque tragédie que les Marseillais ne connussent pas, quelque bonne qu'elle fût, ils n'applaudissent que les vers qu'ils connaissent, bien ou mauvais, passablement ou mal rendus[76]. » Si les spectateurs font bon accueil à la débutante, au sens où ils l'écoutent sans broncher lors de sa première prestation, ils reprennent vite leurs habitudes : « [...] en général le public de ce pays-ci aime beaucoup les cris. Il n'y a que ça qui puisse le réveiller[77]. » À leur décharge, Mélanie ne montre pas de flagrantes dispositions pour la scène.

Aux premiers mois passés dans la fraîcheur d'une liaison toute nouvelle succède l'aigreur d'un quotidien miné par les contrariétés. Les deux amants se jalousent, se fatiguent l'un de l'autre. Ils se déprennent. L'amour se dénoue. Le hasard les avait réunis, c'est encore lui qui les libère : le Grand-Théâtre ferme ses portes et Mélanie retourne à Paris le 1er mars 1806. Elle prend sur elle de clore leur aventure :

> J'ai pu me faire illusion jusqu'à un certain point, mais mon cœur m'en dit plus que je n'en voudrais savoir ; tu m'aimes comme un jeune homme dont la conduite présente ne tire point à conséquence sur sa destinée future et dont le but unique est de passer le temps le moins désagréablement possible ; et j'ai pu me croire aimée de toi comme la compagne de ta vie ! Eh bien ! me trouves-tu assez ridicule ? Tu me diras peut-être que je me fâche. Non, je t'assure. Je n'ai pas même ce bonheur. J'ai une expérience si triste du cœur humain que

si je m'étonne des malheurs qui m'arrivent c'est de ne les avoir pas prévus, mais ils ne m'irritent plus[78].

Quelques semaines auparavant, Henri avait noté dans son *Journal* : « Je commence à trouver M[élanie] bête. Je me rappelle mille traits prouvant peu d'esprit[79]. » Il déménage rue Saint-Ferréol.

Conséquences de la défaite de Trafalgar aidant, les denrées coloniales sont surtaxées. Meunier s'apprête à faire banqueroute. Les prédictions de Félix Faure ont fini par rejoindre celles des Beyle-Gagnon. Pour tuer le temps, Henri boit du rhum brûlé, du punch et de l'eau-de-vie qui n'arrangent pas ses troubles gastriques, joue aux cartes presque tous les soirs, observe les mœurs de la province sous l'Empire et se lasse de tous : « Ils n'ont pas l'esprit de s'ennuyer de leurs plaisirs grossiers ; on se rassemble pour jouer le whist ou le boston, et cela dès dix heures du matin. Ces gens-là ne s'ennuient pas, par conséquent ils resteront toujours aussi stupides qu'ils le sont[80]. » Désœuvré, il s'assombrit. Qui pourrait prendre goût à « Ce silence et cette solitude à minuit sonnant[81] » ? Il a retrouvé ses livres, mais Paris et son activité trépidante lui manquent. La cité phocéenne ne lui offre aucun avenir. Sans cesse occupé à payer les dettes de son fils, Chérubin se plaint d'une situation qui ne peut plus durer. Henri se fait une raison : « J'ai donc encore besoin d'une occupation. Je n'ai pas assez de sagesse pour savoir m'en faire et remplir mon loisir, cela est évident[82]. »

La même question revient le hanter : que doit-il désirer ? Au fond, il n'en sait rien. À la ronde, il ne perçoit que désolation. Barral, contraint à s'engager par un père autoritaire, se désespère de pouvoir un jour quitter le service. Faure a laissé Paris derrière lui. Crozet « se voit pour la vie un sort ennuyeux[83] ». Bigillion se croit heureux, tandis que Colomb et Mallein sont les seuls à véritablement l'être. De Mante, il n'aura bientôt plus de nouvelles : Marseille a sonné le glas de leur amitié. Quant à sa propre humeur, il écrit : « [...] j'ai passionnément désiré être aimé d'une femme mélancolique, maigre et actrice. Je l'ai été et n'ai pas trouvé le bonheur continu. C'est, je crois, que ce bonheur continu est une chimère, que je n'ai pas la raison de tirer tout le bonheur possible de ma position. En général, la sagesse me manque infiniment ; au fait, je ne sais pas ce que je désire. En gros : Paris, auditeur, huit mille livres, répandu dans le monde du meilleur ton, et y ayant des femmes[84]. » À ceci près que n'est pas nommé auditeur qui veut. De guerre lasse, il se rallie aux conseils de son grand-père qui l'exhorte à écrire à son cousin Pierre : « Il me semble que tu as un moyen plus assuré de retourner à Paris et d'y être en bon ordre, c'est de te rapprocher de Daru qui t'aime et qui pourrait t'employer dans l'administration[85]. » Il s'exécute. Un ami de Marseille, Léon Lambert, corrige sa lettre. C'est qu'il faut du tact et un sens certain de la formule pour s'adresser à un conseiller d'État récemment élu à l'Académie française, même si Henri peine à voir en son piètre poète de cousin un immortel éclairé du bon usage des mots.

La solidarité familiale n'étant pas un vain concept, Gagnon père et fils donnent l'assaut. Le premier plaide la cause de son petit-fils auprès de Pierre, le second s'entremet pour son neveu auprès de Martial. Du côté des frères Daru, nul ne répond aux solliciteurs. Leurs occupations militaires les empêchent-elles de donner signe de vie ? Ce silence est-il une réponse comme une autre ? Les semaines passent. À Grenoble comme à Marseille, tous se rongent d'inquiétude. Conscient que Pierre lui tient vraisemblablement rigueur de sa désinvolture passée, Henri grille d'impatience. Son ancien camarade de l'École centrale Charles Cheminade, dont la sœur est liée à Alexandrine Daru, lui recommande d'entrer dans les bonnes grâces de l'épouse de son cousin. Henri attend chaque courrier « comme le messie[86] ». N'en pouvant plus de vivre aux aguets, il prend les devants. À la fin du mois de mai, pour la quatrième fois de son existence, il quitte la province pour Paris. Marseille ne l'a pas mené bien loin : il n'en éprouve aucun regret. Le 10 juillet 1806, il respire avec délectation l'air de la capitale.

Avant que de reprendre ses lectures boulimiques et ses habitudes au Théâtre-Français — il semble étrangement ignorer le décret du 29 juillet qui réduit à huit le nombre des théâtres autorisés à

Paris —, il s'empresse de rendre visite à Martial. Les retrouvailles sont cordiales, mais la réponse ne vient toujours pas. Henri s'épuise à faire sa cour aux occupants de la rue de Lille. Si son intimité va croissant avec le plus jeune des Daru, c'est Alexandrine qui lui permet de rompre un peu la glace avec Pierre.

Les exigences territoriales du « Grand Empire », la défaite autrichienne d'Austerlitz du 2 décembre 1805 et la disparition, via le traité de Presbourg, du Saint Empire romain germanique ont attisé les mécontentements. La pacification générale n'est pas à l'ordre du jour. Le 26 septembre 1806, le roi de Prusse Frédéric-Guillaume III adresse un ultimatum à Napoléon. Il réclame le retrait des sept corps de la Grande Armée en deçà du Rhin avant le 8 octobre. Le 6 octobre, les soldats français ont atteint le Danube. Le 20, la place forte d'Ulm capitule. La destinée de l'Empire est sur le point de se jouer.

Chez les Daru, on se prépare à la campagne d'hiver. Henri sent qu'il va devoir se rallier au régime, du moins en surface. Sous l'impulsion de Martial, il est reçu franc-maçon à la loge Sainte-Caroline — fondée le 18 mai précédent — au début du mois d'août. Son activité maçonnique sera de courte durée : après 1807, son nom disparaît des annuaires. La loge cessera quant à elle d'exister en 1815. Au diapason de la frénésie de grandeur d'une cour impériale qui se drape dans les titres, les honneurs et les dignités, il prend soin d'accrocher une particule à son nom : de Beyle sonne mieux pour qui aspire à faire rapidement carrière dans cette société nouvelle. La mémoire manque cruellement à celui qui fustigeait, il n'y a pas si longtemps, la dévotion paternelle à l'aristocratie… Le 30 septembre, Martial Daru épouse Charlotte Xavière Froidefond du Châtenet. Il quitte Paris pour l'Allemagne le 16 octobre 1806, au surlendemain de la victoire d'Iéna. Henri obtient de l'accompagner, « mais sans titre, voilà le revers de la médaille[87] ». Retour à la case départ.

AU SERVICE DE L'EMPIRE

Rendu à Metz, sa première pensée est pour Pauline : « Nous allons à Cobourg, mais l'empereur est sans doute bien en avant. Nous allons d'ici à Mayence, de Mayence à Wurtzbourg, de Wurtzbourg à Bamberg, de là, à Cobourg et de là, à la gloire[88]. » Les généraux prussiens se sont inclinés. Le 27 octobre à quinze heures, Napoléon entre dans Berlin, où il va recevoir leur capitulation. Faisant face à la statue de Frédéric II érigée sur la principale place de la capitale prussienne, il se découvre et salue, imité par l'ensemble de son état-major, avant de donner ordre que chaque régiment présente les armes en défilant devant le buste. Henri, qui ne fait pas mention de cet hommage solennel, y entre vraisemblablement dans la foulée. La campagne de Prusse est terminée. Le blocus continental est institué : les terres du Grand Empire se ferment aux marchandises anglaises. Henri ne va pas avoir le loisir de faire du tourisme, même s'il parvient à glaner quelques soirées de détente au Théâtre royal national dirigé par l'acteur et auteur dramatique August Wilhelm Iffland.

Le 29 octobre, une lettre de l'intendant général de la Grande Armée Pierre Daru décide de son emploi du temps : « Je vous préviens, Monsieur, que d'après les bons témoignages qui m'ont été remis sur votre compte, je vous ai nommé à un emploi d'adjoint provisoire aux commissaires des guerres pour en exercer les fonctions, sous mon autorité et sous celle des commissaires ordonnateurs employés à l'armée[89]. » Compensation à se retrouver sous la férule de son intraitable cousin, il va jouir d'un traitement fixe de deux cents francs par mois. Daru n'entend pourtant pas lui accorder la moindre trêve : le souvenir de son dilettantisme est trop profondément ancré dans sa mémoire. Henri, qui est installé vis-à-vis de l'arsenal, « dans un petit palais où il y a quatre colonnes qui soutiennent un balcon[90] », s'estime mal logé, mais convenablement vêtu et bien nourri. Conscient d'être mis à l'épreuve par son parent, il ne déplore que sa fatigue — « [...] mon esprit ne peut pas me rendre gai ou triste ; le pauvre diable est obligé de dormir[91] » — et l'allure générale de la ville, à laquelle il ne parvient pas à être sensible : « Berlin est situé sur une rue de sable qui commence un peu en deçà de Leipzig. Dans tous les endroits qui ne sont pas pavés, on entre jusqu'à la cheville ; ce sable rend déserts les environs de la ville ; ils ne produisent que des arbres et quelque gazon. Je ne sais pas qui a donné l'idée de planter une ville au milieu de ce sable [...][92]. » L'architecture baroque n'appartient pas à ses canons esthétiques.

Le 8 novembre, il part avec Martial pour Brunswick, non sans s'être au préalable procuré chez un libraire les quatre volumes des *Révolutions du Système politique* de Frédéric Ancillon — « une bonne provision contre l'ennui, *cette faim de l'âme*[93] ». Des différentes étapes de son voyage, Schœnebeck lui laisse le souvenir d'une omelette et d'une soupe faite avec quelques mies de pain, de la bière et des œufs ; Potsdam celui d'une visite au château de Sans-Souci et de l'appartement de Frédéric II, où il admire un volume de ses poésies portant les corrections manuscrites de Voltaire.

Le 27 novembre, la Grande Armée entre dans Varsovie avec Murat et prend ses quartiers d'hiver en attendant la contre-attaque du tsar Alexandre Ier. À Brunswick, Henri occupe « les fonctions de secrétaire d'une préfecture comme six fois celle de l'Isère[94] ». Il n'a pas une minute à lui. Le 25 décembre, une phase de répit se présente sous la forme d'une mission qui le mène à Paris par Göttingen, Cassel et Rastadt, auprès du ministre de l'administration de la Guerre. Le trajet est dépourvu d'agrément : « Il fait un temps affreux mêlé de pluie, de grêle et de neige ; il fait noir comme dans un four ; le vent éteint les bougies dans les lanternes de la voiture[95]. » Après un mois de congé, il regagne Brunswick le 5 février. Il vient d'avoir vingt-quatre ans.

C'est en pleine tempête de neige que commence trois jours plus tard la bataille d'Eylau, restée célèbre pour ses pertes considérables et sa charge historique de plus de dix mille cavaliers. La victoire est indécise : Napoléon se sait condamné à une campagne d'été. L'armée française est minée par le froid, le mauvais temps et les privations. La rigueur de l'hiver et les chemins défoncés retardent les arrivages et l'approvisionnement. Le conflit est pénible, même pour les vainqueurs. Urgence des mesures sanitaires, difficultés liées à l'habillement et à l'équipement : Henri a la charge de veiller à tout. Pierre Daru exige sans cesse rapports détaillés et procès-verbaux. Les activités officielles de son subordonné ne sont cependant pas si contraignantes qu'elles ne lui laissent la liberté de vaquer à quelques frasques amoureuses. Brunswick ne modifie en rien la courbe de sa vie intérieure. Il éprouve une violente passion pour Wilhelmine von Griesheim, la fille de l'ancien gouverneur de Brunswick, communément appelée Mina ou Minette par son entourage, et tente d'infléchir ses sentiments en faisant des avances à une autre, Mina von Treuensfels. Cette aventure s'annonçant comme un combat perdu d'avance, il « couche tous les trois ou quatre jours, pour les besoins physiques, avec Charlotte Knabelhuber, fille entretenue par M. de Kutendvilde, riche Hollandais[96] ». L'aristocratie locale fait d'autant plus agréable ménage avec l'occupant qu'elle est francophone, les intrigues et les bals vont bon train, il prend des leçons d'équitation, va au théâtre, excursionne, tire au pistolet et fréquente le café-concert le Chasseur-Vert installé en périphérie de la ville : il croit être heureux. Un duel avorté avec le grand chambellan de Münchhausen — qui « ne fut pas brave ce jour-là, ou plutôt [...] ne voulut pas se compromettre[97] » — et une brouille d'un mois avec Martial n'entament pas sa bonne humeur.

Mais le sentiment qu'il éprouve pour la culture du pays n'est assurément pas de l'admiration. S'il concède aux Allemands d'avoir « peut-être une poésie très touchante[98] », son absence de maîtrise d'une langue qu'il tente désespérément d'apprendre entrave sa capacité à pénétrer les textes. Les Idéologues occupent toute sa pensée et l'Italie qui est en lui l'empêche d'aborder la culture germanique sans préjugés : « Le voile qui me couvre le génie de la langue allemande est encore trop profond pour que je puisse donner plus de précision à mes idées[99]. » Sa curiosité toujours en alerte est pour la première fois mise en déroute. S'il demande au conservateur de la Bibliothèque de Wolfenbüttel, située à quatorze kilomètres de Brunswick, d'extraire pour lui de son riche catalogue les copies manuscrites de lettres écrites par le cardinal de Richelieu, des mémoires ou des annales, s'il perfectionne sa connaissance de Destutt de Tracy et de Shakespeare, approfondit l'étude de l'anglais et s'intéresse à Samuel Johnson, il boude la génération de Hölderlin et de Novalis. Il fait l'impasse sur Hegel, qui vient de publier sa *Phénoménologie de l'esprit*. Littérature et philosophie lui restant étrangères, il se replie sur l'observation de l'âme du Nord : « [...] la lecture de la Bible les a encore rendus niais et enflés[100]. » Habitué à la décontraction latine, l'esprit de sérieux ne lui plaît pas : « [...] nulle âme, nulle expression que celle du manque d'idées[101]. » La danse elle-même est dépourvue de grâce, qu'il juge « nette, dure et rapide[102] ».

Population, mœurs, climat, vie quotidienne, qualité de la poste et du transport : rien n'est assez raffiné pour le séduire. « La froideur des Allemands s'explique bien par leur nourriture : du pain noir, du beurre, du lait et de la bière ; du café cependant, mais il leur faudrait du vin, et du plus généreux, pour donner de la vie à leurs muscles épais[103]. » Les usages gastronomiques le rebutent, il peste contre tout. Il vilipende le *butterbrod* — « tranches de pain noir très minces entre lesquelles on a étendu du beurre[104] » —, la bière et le schnaps : « Ce régime rendrait flegmatique l'homme le plus emporté. À moi, il m'ôte toute idée[105]. » Des plaisirs de la table qui feraient trembler d'émotion n'importe quel embrigadé — les soldats se contentent alors de pain pétri avec de la mauvaise farine de seigle —, il dresse un tableau proche du calvaire :

Outre ce petit repas qu'on vous offre dans les auberges si vous y arrivez trop matin ou trop tard, vous trouvez vers les une heure le dîner, c'est-à-dire une soupe au vin ou à la bière, un bouilli, un immense plat de choucroute (ou choux fermentés avec des saucisses) ; c'est encore un mets bêtifiant. Arrive ensuite un rôti et une salade de racines de choux, je crois, ça a une odeur détestable, rarement d'herbages ; quand ils paraissent, ils sont presque tout simplement cuits à l'eau. Ce dîner, que l'on mange en enrageant, est accompagné de vin drogué ayant le goût de sucre [...]. Le souper se compose, je crois, d'une soupe et d'un rôti. Pour dessert, quelque pâtisserie, très peu de fruits, en général des fraises, mais allemandes, ça veut dire grosses, belles et sans parfum[106].

Il n'y a jusqu'au coucher dont il ne pense pis que pendre :

Qu'on se figure un matelas de plume où l'on enfonce ; à moitié de la longueur du lit s'élève un tas de coussins, de plume aussi, qui vous fait tenir assis quelque envie qu'on ait de s'étendre, le tout est recouvert d'un drap qui n'est pas arrêté par les bords. Pour couverture, un énorme sac rempli de plumes ; pas de drap, de manière que, comme tout le monde sue sous cette couverture, à laquelle la chaleur donne une épaisseur de deux pieds, on a l'agrément d'être en communication avec tous les voyageurs qui ont sué avant vous sous le même coussin. Je crois cependant que dans les bonnes auberges on les lave deux fois par an[107].

C'est peu dire qu'il n'a aucune réelle conscience des malheurs de l'armée et de la misère du peuple. La guerre est une chose, les activités qui en dépendent en sont une autre. Entre les deux, il semble y avoir une sorte d'épaisse couche isolante impénétrable. Henri bénéficie d'un logis confortable, mais l'habitat le désarme : les maisons « ont une drôle de figure[108] », des fenêtres en grand nombre d'une incroyable petitesse et il n'y a pas de double vitre, de volets ou de jalousies. En bref, le royaume de

Westphalie n'est pas l'Italie, et Brunswick ne ressemble en rien à Milan. S'il remarque avec étonnement l'abondance de jouets et de livres — avec estampes — destinés aux enfants, s'il vante le goût, « assez pur en général[109] », des autochtones en matière de gravures, il ne distingue de réellement touchant que la physionomie charmante de la blonde Wilhelmine von Griesheim. Il lui conservera un attachement sans faille : la chaste Mina figurera sur sa carte du Tendre jusqu'à son dernier souffle.

Le 14 juin, sept ans jour pour jour après Marengo, la bataille de Friedland fait rage. Königsberg capitule deux jours plus tard. Le 7 juillet, isolés sur un radeau au milieu du Niémen, Napoléon et Alexandre Ier signent le traité de Tilsit. L'alliance franco-russe est fragile, mais permet à l'Empire de reprendre des forces et de gagner du temps. La monotonie de ses fonctions administratives l'accablant, Henri réclame son incorporation dans l'armée active. L'intendant général de la Grande Armée fait la sourde oreille. Le 11 juillet 1807, il le nomme par décret adjoint titulaire aux commissaires des guerres. L'éternel mécontent est rivé à Brunswick.

L'expérience le vieillit. Resté fidèle à lui-même tout en ayant cessé de se leurrer — « On peut feindre un mois, deux mois, mais on revient à son vrai caractère. Je ne mets pas mon capital à avoir des femmes[110] » —, privilégiant les chemins buissonniers et les plaisirs de la marge à la morale classique, il accrédite la passion comme la longue persévérance d'un désir et répugne au mariage, qu'il trouve singulièrement à la mode autour de lui : « [...] Comment diable trouver dans l'union d'un homme et d'une femme les conditions nécessaires à faire naître ou à entretenir une passion ? [...] Quand l'amour existe vraiment dans le mariage, c'est un incendie qui s'éteint et qui s'éteint d'autant plus rapidement qu'il était plus allumé[111]. » Il l'estime aussi utile au bonheur des femmes — en leur offrant l'opportunité de prendre leur indépendance — que nuisible à celui des hommes, et encourage sa sœur à abonder dans son sens : « Vois un mari comme une *chose* et non pas comme un être. Il faut un cheval à un dragon pour vivre et un mari à une jeune fille[112]. » Mais à trop s'émanciper par procuration, Pauline a fini par se faire une idée romantique de la liberté : pour échapper à la mélancolie et à la claustration, elle sort travestie dans les rues de Grenoble. À l'évidence, elle ne passe pas inaperçue. L'épistolier s'empresse de la mettre en garde : « Ce qui rend les folies si fatales aux belles âmes logées dans des corps de femme, c'est qu'on leur suppose toujours pour cause une faiblesse méprisable en général. Le jeune homme le plus spirituel et le plus amoureux ne t'épouserait pas si vingt ou trente dames l'assuraient t'avoir vue courant les rues en habit d'homme[113]. » Depuis qu'il est parti pour l'Allemagne en octobre 1806, ses idées ont évolué. Non sur les principes, mais sur la manière de se conduire avec autrui : « Quand on a le malheur de ne pas ressembler à la majorité des hommes, il faut les regarder comme des gens qu'on a mortellement offensés, et qui ne vous souffrent que parce qu'ils ignorent l'offense que vous leur avez faite ; un mot, un rien peut vous trahir[114]. » Autrement dit, mieux vaut éviter par sécurité de se mettre la société à dos et respecter le décorum. Pauline ne recevra pas d'autre forme de réconfort : la libération pleine et entière des jeunes provinciales n'est pas à l'ordre du jour, même pour un esprit insubordonné.

Que reste-t-il d'enivrant à Brunswick, quand il ne privilégie ni ses activités intellectuelles — il travaille à une *Histoire de la guerre de la succession d'Espagne* — ni les plaisirs qui peuvent l'en distraire ? La musique à n'en pas douter, consolatrice de bien des déconvenues. Si celle du *Matrimonio segreto* le transporte comme au premier jour — « un petit air de Cimarosa que je fredonne d'une voix fausse me délasse de deux heures de paperasserie[115] » —, il fait la découverte de Mozart, « musicien né pour son art, mais âme du Nord, plus propre à peindre le malheur et la tranquillité produite par son absence que les transports et la grâce que le doux climat du Midi permet à ses habitants[116] ». Dans ce domaine comme dans tant d'autres, l'Italie prend le dessus. La nostalgie prend le pas sur la nouveauté.

Le 1er février 1808, une lettre de Pierre Daru le charge de l'administration des domaines du département de l'Ocker, annexés par l'Empereur. Le nouvel intendant semble peu sensible à cette évidente marque de confiance : « Je ne suis pas enthousiasmé de cette faveur ; je ne sais pas encore le cas que j'en dois faire[117]. » Sa correspondance prend de l'ampleur — les formules administratives n'ont désormais plus de secret pour lui —, il vérifie comptabilités et état des fournitures, recouvre les taxes, tient le compte des réquisitions, reçoit des sollicitations, s'emporte comme il se doit contre ses secrétaires et assiste à des dîners de cérémonie. Son autorité le flatte et sert ses intérêts : « Je suis ici un personnage : je reçois beaucoup de lettres dans lesquelles les Allemands me disent *Monseigneur*, les grands personnages français m'appellent *Monsieur l'intendant* ; les généraux qui arrivent me font des visites [...][118]. » Il songe à démissionner, « mais il faut y réfléchir longtemps[119] ». Une place indépendante et solitaire comme celle qu'il occupe lui convient, de toute évidence. Mais « Somme toute, comme dit Mirabeau, j'ai assez de Brunswick[120] ». À Grenoble, les siens sont endeuillés par la mort d'Élisabeth Gagnon, survenue le 6 avril. Le 25 mai, Pauline s'unit à François Daniel Périer-Lagrange. La rebelle délurée est rentrée dans le rang.

Apprenant que Napoléon a accordé une audience à Goethe les 1er et 2 octobre à Erfurt, Henri envie aux souverains le pouvoir de s'entourer de l'élite des artistes vivants : « Le poète aura probablement présenté ses pensées mères. L'Empereur peut donc avoir des idées beaucoup plus saines de cette littérature que le commun des hommes[121]. » Sans doute éprouve-t-il le regret de n'avoir pas eu l'opportunité d'être lui-même initié à ces lumières qui lui échappent.

Parce que les Daru sont en partance pour l'Espagne où les troupes impériales commandées par Murat affrontent une insurrection sans précédent, il caresse l'espoir d'être appelé à leur suite. Au lieu de quoi, le 11 novembre 1808, il reçoit l'ordre de gagner Paris. Le temps de plier bagage, il est de retour dans la capitale le 1er décembre.

Il prend pension à l'hôtel de Hambourg rue Jacob, et, rattrapant le temps perdu, court les distractions tout en prenant des leçons d'espagnol et de danse. Le 14 du même mois, une consultation médicale effectuée auprès du professeur de l'École de médecine Anthelme Richerand met un frein à son ardeur en confirmant les précédents diagnostics : « Les excroissances de la base du gland sont évidemment syphilitiques, et la fièvre et le malaise que le malade éprouve chaque soir sont aussi très probablement de même nature[122]. » Le traitement prescrit est méthodique : frictions mercurielles, décoction de racines de salsepareille, absorption à jeun de pilules de Belloste, gargarismes à l'eau et au vinaigre, onctions à base d'onguent napolitain et, surtout, arrêt pendant toute la durée du traitement du café, des liqueurs, du vin « pur » et des relations sexuelles. S'il se croyait quitte de la vérole, l'en voilà une fois pour toutes détrompé.

Le 28 mars, il reçoit l'ordre de se rendre à Strasbourg. Les jours précédant son départ, Alexandrine Daru, dont il a fini par s'éprendre, le déçoit en se comportant à son égard comme à l'ordinaire :

« Négligence, presque dédain ; elle me regardait comme on regarde un baril de poudre[123]. »

LA CAMPAGNE D'AUTRICHE

L'insurrection espagnole ayant ravivé les passions, les Allemands sont appelés par l'archiduc Charles d'Autriche à se soulever contre le joug de l'Empire. L'occupation militaire, ses abus de toutes sortes et ses réquisitions, ses pillages et sa maraude contribuent largement à la renaissance des hostilités. Nombreux sont les historiens et les écrivains qui changent de ton et sonnent le réveil du patriotisme sous couvert de supériorité de la culture germanique. Ce conflit prématuré s'annonce comme un désastre. Napoléon met en toute hâte une nouvelle armée sur pied. Des divisions entières de conscrits sont constituées. Le 10 avril 1809, l'armée autrichienne prend l'offensive en pénétrant en Bavière, en Saxe et au Tyrol. La ville de Munich est occupée. Le 12, Henri quitte Strasbourg, où il a séjourné pendant neuf jours. Il est employé auprès du comte Pierre Daru, intendant général des Armées d'Allemagne au Quartier Général impérial, et fait route en compagnie du commissaire des guerres Louis Cuny.

La guerre est omniprésente, mais suffisamment discrète à ses yeux pour qu'il puisse admirer à loisir la beauté des paysages tout au long du trajet qui les mène par Karlsruhe à Stuttgart. Ils suivent le cours du Rhin. Les montagnes, élevées, offrent d'agréables points de vue et le voyage s'avère fertile en sensations : « Cela m'inspire un sentiment favorable à l'Allemagne[124]. » Le prix des postes a augmenté, les chevaux sont rares et les conducteurs peu expérimentés. À Immunden, non loin de Pforzheim, ils versent dans un fossé dont ils ne sont tirés que par une brigade de sous-employés qui rejoignent leur affectation. L'auberge locale le met au supplice par son souper « jugé unanimement mauvais[125] » et ses « tristes coussins de plume qui servent de couvertures de lit[126] » ; il arrive à Ulm enrhumé et à Neubourg sous la grêle, non sans avoir croisé des régiments allemands de la Confédération du Rhin : « Tout a été charmant pour moi à Neubourg : beau pays, bel orage, ville bien bâtie, jolies filles, ce qui donne un vernis charmant à tout le reste[127]. » Les déplacements forment la jeunesse : il est « de plus en plus content des voyages [...]. Ils ont enseigné la véritable philosophie (celle de tourner tout au gai) aux animaux les plus débiles de cette terre[128] ». Cette vie, autrement dit, l'enchante : « Ici les choses à faire exigent tant de rapidité que je suis presque continuellement attentif[129]. » Il s'émerveille de ce qui l'environne, comme si la guerre ne constituait qu'un très poétique décor de théâtre : « Ingolstadt a une drôle de mine. Le plus beau, au milieu des canons, des fourgons, des soldats chantant qui vont à l'armée, des soldats tout tristes qui en reviennent blessés, des cris, du tapage général et infernal ; le plus beau, c'est une troupe de comédiens qui donne intrépidement des représentations[130]. »

Les retrouvailles avec Daru, partisan de « mener les jeunes gens avec des verges de fer, c'est le seul moyen d'obtenir des résultats[131] », se distinguent en revanche par leur absence de chaleur. S'il ne s'attendait pas à de franches démonstrations d'amitié de la part de son cousin, Henri s'estime négligé : « Jamais M. D[aru] ne m'aimera. Il y a quelque chose dans nos caractères qui se repousse. Il ne m'a parlé que sept à huit fois depuis notre entrée en campagne, et toujours c'était par exclamation profondément sentie : "*L'étourdi ! Un étourdi comme vous*[132] *!*" » Manifestement, son avancement n'est pas pour demain. Il se tient pour victime d'une complète disgrâce et se sent isolé au milieu des dix-sept commissaires des guerres qui l'entourent. Leur conversation lui déplaît et il ne cache pas son besoin d'éloignement. Ses camarades le lui rendent bien : « Les sots ont commencé par me trouver l'air ironique. L'ambitieux a vu en moi un rival et m'a flatté, mais sa haine me paraissait évidente. Les demi-ambitieux m'aiment peut-être moins encore. Les jeunes gens me trouvent sévère [...][133]. » Contraint de courber l'échine devant l'éternel bourreau de travail de la famille, l'intellectuel n'en méprise l'uniformité des habitudes et des caractères militaires que davantage. Dire des puérilités pendant douze heures d'affilée l'assomme : « L'avantage y est pour les parleurs *ad hoc* et *ab hac*, et je ne parle presque pas. [...]

Je voudrais bien parler, mais il s'agit d'avoir un flux de paroles plates ou communes à débiter[134]. »

Landshut, où il arrive le 24 avril, soit trois jours après la prise de la ville par les troupes impériales, le délivre pour un temps de ses récriminations : « Nous avons vu treize cadavres ennemis et des portes criblées de balles et de boulets[135]. » La ville lui fait pourtant l'impression de l'Italie : « J'y vis en une demi-heure cinq à six figures de femme d'un ovale beaucoup plus parfait qu'il n'appartient à l'Allemagne[136]. » Il a ordre de prêter main-forte à l'hôpital. Ce dernier est dans un invraisemblable désordre, l'économe y est « fripon et de mauvaise volonté[137] », mais les blessés sont légion et le travail ne manque pas. Il meurt de sommeil. Se lever devient un véritable crève-cœur. Autour de lui, tous « ont des mines de déterrés[138] ».

Les étapes se succèdent. Pfeffenhausen s'inscrit dans sa mémoire pour son bon lit de paille et son souper plus qu'honorable de pommes de terre frites, de veau à peu près cuit et d'excellente bière, ainsi que pour l'ambiance générale, pour une fois à la détente. Daru s'y montre même fort gai, « mais de cette gaieté qui ne me paraît que de la demi-gaieté[139] ». Les exigences du service absorbent plus que jamais toutes les pensées et tous les instants de l'intendant général. Henri ne va pas tarder à s'ouvrir lui aussi aux réalités de la guerre. Si le conflit armé a pu lui sembler jusqu'alors relativement abstrait, il s'impose à présent sans détour à son regard. Neustadt lui fait l'effet d'une « pauvre petite ville qui a la figure de la dévastation :

pas d'habitants, tout ouvert, tout cassé, tout rempli de paille et d'uniformes de toutes les couleurs[140] ». À Ebersberg, où l'armée française a livré de sanglants combats pour passer la Traun, il est accueilli par une trentaine de cadavres d'hommes et de chevaux qui traînent encore sur le pont : « [...] on a été obligé d'en jeter une grande quantité dans la rivière qui est démesurément large [...][141]. » Devant eux, la ville achève de brûler. Les rues sont envahies de cadavres carbonisés : « Il y en avait de tellement brûlés et noirs qu'à peine reconnaissait-on la forme humaine du squelette[142]. » Au château, quelque cent cinquante corps se consument. Avisant un très bel officier mort, un commissaire des guerres souhaite voir sa blessure : « [...] il le prend par la main ; la peau de l'officier y reste[143]. » Le spectacle, mais aussi l'odeur de la chair humaine grillée et réduite en bouillie, viennent à bout des plus résistants. La chaleur rend la puanteur plus insupportable encore. Henri défaille — « j'eus presque mal au cœur de ce spectacle[144] » — et entreprend de parler pour se distraire : « [...] il résulte de là qu'on me croit un cœur de fer [...][145]. » Les blessés, déposés dans les maisons au moment des combats, ont été rôtis vivants : « Les connaisseurs disent que le spectacle d'Ebersberg est mille fois plus horrible que celui de tous les champs de bataille possibles, où l'on ne voit enfin que des hommes coupés dans tous les sens, et non pas ces cadavres horribles avec le nez brûlé et le reste de la figure reconnaissable[146]. »

Le lendemain, Lambach l'impressionne par son incendie : « [...] une colonne de fumée pleine de lumière traversait la ville transversalement[147]. » Une quarantaine de maisons sont réduites en cendres. Comparé à la boucherie de la veille, ce n'est que « de l'horreur aimable[148] ». La marche sur Vienne se poursuit. Une halte à Enns lui offre un peu d'apaisement, même s'ils travaillent, mangent et se reposent à trente dans la même pièce. À Sankt-Pölten, où il admire l'abbaye de Mölck, sur le Danube, il loge dans une ancienne manufacture de coton à cent pas de la ville. Il se baigne dans une eau limpide, environné d'incendies : « La veille au soir, on en avait compté treize tout autour de l'horizon[149]. » Mais le rougeoiement du ciel a perdu ses attraits. Ebersberg, ses relents fétides et ses miasmes putrides l'ont guéri pour de bon de toute vision romantique de la guerre.

Le 10 mai 1809, les premières lignes de défense de la capitale autrichienne sont franchies par le maréchal Oudinot. Deux jours plus tard, soit un mois après l'occupation de Munich par les troupes de l'archiduc, Napoléon entre dans Vienne. Henri y prend ses quartiers et continue de remplir des tâches matérielles. Nommé intendant de la province de Vienne le 17 mai, Martial Daru demande à son frère l'autorisation de prendre leur cousin sous ses ordres. « M. Daru a répondu : "Fais la lettre, je la signerai"[150]. » À en juger d'après les apparences, voilà Henri viennois pour un an ou deux. Il travaille nuit et jour, même s'il bénéficie d'une tutelle autrement moins contraignante : « Vienne a un des plus beaux climats que j'aie vu. Il ne manque que le temps d'en jouir. Au milieu de tout cela, solitude pour le cœur[151]. » La capitale de la musique ne manque ni de théâtres — le *Don Juan* de Mozart est donné presque toutes les semaines au théâtre Widen — ni d'édifices remarquables. Ceux qui ont eu la bonne fortune d'échapper aux combats se délassent au Prater, « la plus belle promenade de l'Europe[152] », dans les jardins et les cafés. Henri s'acclimate.

Le 22 mai, de quatre heures du matin à six heures du soir, les armées s'affrontent à Essling. Les soldats de l'Empire sont exténués. Exposés à un feu soutenu, les corps d'infanterie intiment aux généraux de mettre pied à terre et de combattre au milieu d'eux. La révolte gronde, la mauvaise humeur est générale et les chirurgiens sont débordés. De part et d'autre les pertes sont considérables : on dénombre plus de quarante mille tués. Il n'y a ni vainqueur ni vaincu. Pour la première fois, le prestige de l'Empereur est atteint. La tuerie d'Essling ouvre l'ère des grandes hécatombes qui vont être la caractéristique des campagnes à venir. Henri n'en fait mention ni dans son *Journal* ni dans sa correspondance.

Le 15 juin, il assiste à l'église écossaise de Vienne — Schottenkirche — au *Requiem* de Mozart, joué en l'honneur du compositeur Joseph Haydn décédé deux semaines auparavant : « J'y étais, et en uniforme, au deuxième banc ; le premier était rempli de la famille du grand homme :

trois ou quatre pauvres petites femmes en noir et à figures mesquines. Le *Requiem* me parut trop bruyant et ne m'intéressa pas […][153]. » Dans la lettre qu'il envoie le même jour à Pauline, il préfère encourager sa cadette à profiter de sa liberté plutôt que de lui rapporter l'événement : « […] il faut que je t'écrive pour te féliciter de ta non-grossesse. Cours, galope, vois Milan, Gênes ou Berne. Les chaînes viendront bien assez tôt. Je n'ai jamais conçu cette manie d'avoir des enfants, de jolies poupées qui deviennent des sots à faire fuir, à moins d'une éducation forte et originale, et qui a la patience de donner une éducation[154] ? »

La bataille de Wagram, dont l'assaut commence le 6 juillet à l'aube, ne l'intéresse pas davantage que la précédente. Au point qu'il n'a aucune pensée particulière pour Martial, pourtant présent sur le terrain. La Grande Armée compte quelque vingt-sept mille tués et blessés. L'armistice est décrété le 12 juillet. Henri, « accablé de mal à la tête et d'impatience[155] », étendu sur une chaise longue, est resté cloué à Vienne par un accès de fièvre pendant toute la durée des opérations. Il sent monter en lui l'ennui qu'il attribue à un poste occupé depuis trop longtemps et projette de quitter tôt ou tard l'uniforme. L'arrivée le 2 août de Félix Faure, de passage à Vienne pendant une trentaine de jours, lui procure un plaisant interlude. Il lui fait les honneurs de la ville, l'emmène écouter une messe en musique à la chapelle de la cour et assister à la parade militaire quotidienne de Schönbrunn, où s'est établi l'Empereur. Si Faure semble impressionné par le rassemblement de troupes en provenance de l'ensemble des pays annexés comme par l'incroyable diversité de leurs uniformes, Henri n'y voit « que des moutons rassemblés pour être menés à la boucherie[156] ». Cette campagne désastreuse l'a indiscutablement désabusé.

À la fin du mois d'octobre, de nouveau en présence de la comtesse Alexandrine Daru, il déploie un zèle à toute épreuve pour un combat beaucoup plus personnel et bien moins sanglant. Soucieux de sa sûreté, il l'escorte dans ses déplacements. Et parce qu'elle est aimable avec lui comme avec tout le monde, il guette en vain le moindre signe d'encouragement. Mais il manque de hardiesse, ne sait pas prendre « ce ton galant qui permet de tout hasarder, parce que rien n'a l'air d'être dit sérieusement[157] ». D'un propos empressé au ton du sentiment, il n'y a pourtant qu'un pas. Il a beau critiquer Pierre Daru pour son sérieux inflexible et son manque d'esprit notoire, il n'est pas en mesure d'offrir à l'épouse de son cousin un séduisant contraste. Alexandrine, de fait, ne semble animée d'aucun penchant pour lui — comment pourrait-il en être autrement quand la timidité du jeune homme l'empêche de briser la glace ? —, et il reste silencieux. Le tableau est singulier : « [...] figure-toi un courtisan amoureux d'une reine[158] », confie-t-il à sa sœur. Il ne lui reste qu'à se consoler d'une flamme non partagée avec une certaine Babet : « Je ne m'inquiète pas beaucoup de cette fièvre de passion, parce que tout sera bientôt décidé, et qu'en cas de non-succès j'aurai bien vite oublié mes désirs brûlants[159]. » Le succès, pour une fois, ne se dérobe pas. À défaut d'un grand amour, Babet lui inspire au moins du désir et il l'inscrit au nombre de ses séduisants passe-temps.

La comtesse Daru quitte Vienne le 20 novembre avec son mari : « Moment de trouble, on se sépare, on s'embrasse, je n'agis pas[160]. » Leurs relations en sont toujours au même stade, mais son baiser à lui, du moins à ce qu'il lui paraît, « fut donné avec âme et reçu sans froideur[161] ». Il s'évertue à se duper tout en se reprochant son absence de galanterie et sa conduite : « Que doit-elle penser de moi[162] ? » Paraître à son avantage sera pour une prochaine fois.

Une mission, dont les raisons demeurent obscures, lui permet plus tard de s'absenter du quartier général et de passer quelques jours en Hongrie, mais la routine l'absorbe bientôt de nouveau. Il arrive à satiété. Placé sous les ordres du comte de Villemanzy, il quitte Vienne pour Linz, qu'il atteint le 15 décembre. Ses occupations administratives — il gère tout ce qui a trait aux chargements des bateaux et aux difficultés inhérentes à la navigation sur le Danube — l'enchantent tout aussi peu que ses soirées, occupées à d'inlassables parties de bouillotte avec ses pairs. Il tourne en rond : « Je m'arrête sur les bords du Danube à entendre de loin le bruit des tambours et des trompettes, et à chercher à me rappeler où j'étais à pareille heure (minuit et demi) les années précédentes[163]. » Le 2 janvier 1810, n'y tenant plus, il s'adresse au général Dejean, ministre de l'administration de la Guerre : « J'ai l'honneur de supplier Votre Excellence de vouloir bien m'employer en Espagne[164]. » Sans attendre la réponse, il quitte l'Autriche en toute hâte pour Paris, où il est rendu à la mi-janvier.

AUDITEUR AU CONSEIL D'ÉTAT

Il s'empresse de louer une chambre à l'hôtel d'Espagne rue du Colombier, « une maison éloignée du Palais-Royal et de ses pompes[165] ». C'est alors que Pierre Daru requiert pour lui une place d'auditeur au Conseil d'État. Pareille volte-face est inespérée. Pour accéder au titre, il lui faut cependant justifier, conformément au décret impérial du 28 décembre 1809, d'une fortune personnelle. Comme à son habitude, il tance sa famille. Chérubin, devenu entre-temps maire adjoint de la ville de Grenoble, cède aux instances de son fils et s'engage à lui accorder, par acte du 12 février 1810, une rente annuelle de six mille francs. Henri Gagnon se charge de rappeler Pierre Daru à ses engagements :

Vous avez eu la bonté de présenter Beyle au Prince archichancelier ; vous achèverez votre ouvrage en lui procurant un état honorable dont j'ai senti tout le prix à la première création de ces places. Elle serait encore plus avantageuse pour mon petit-fils s'il pouvait continuer de travailler sous vos ordres. C'est ce que j'ai toujours désiré le plus vivement, ainsi que lui. Il serait bien plus avancé s'il eût toujours suivi vos inspirations, mais tout serait réparé s'il est auditeur et employé auprès de vous, quelles que soient ses fonctions[166].

Les siens auront toujours pris à cœur de lui mettre le pied à l'étrier, lui épargnant d'endosser le rôle ingrat de solliciteur.

Henri, à qui ces actions conjuguées donnent des espérances fondées, n'a plus qu'à prendre du bon temps à Paris en guettant sa nomination : « Je n'ai pas de regrets de la vie que j'ai menée depuis quatre ans. Auditeur alors je serais préfet aujourd'hui, mais je n'aurais pas vu Berlin, Brunswick et Vienne ; Wilhelmine, Charlotte et Babet seraient des noms inconnus pour moi. Voilà beaucoup de noms, mais qu'importe qu'on cueille le bonheur sur une faible plante annuelle ou sur un chêne éternel[167] ? » Il reste évidemment lucide quant à ses ambitions véritables : « Je n'avais pas une envie d'être auditeur aussi grande que l'horreur d'aller recommencer mon triste métier de com[missai]re des guerres[168]. »

Pour éviter de mettre sa patience à l'épreuve, il effectue des allers-retours entre Paris et Plancy-sur-Aube, où réside Louis Crozet qu'il trouve « triste comme un bonnet de nuit[169] ». Il assiste à un *Mariage de Figaro* dans lequel Mademoiselle Mars « est plus divine que jamais[170] », lit *Les Affinités électives* de Goethe — « roman d'un homme d'un grand talent, mais qui pourrait toucher bien davantage[171] » —, flâne sur les boulevards, déjeune au café de Chartres, dîne aux Frères-Provençaux, et ne manque aucune occasion de se rendre auprès de la comtesse Daru.

Seul incident notable : il se démet le pouce gauche. La luxation est complète : « Cet accident me jette dans la réforme ; j'entreprends de me former une idée nette de l'histoire de la Révolution[172]. » Le projet ira à peine plus loin que son énoncé. Il jouit dans l'ensemble d'une tranquillité heureuse, tout juste perturbée par l'ordre, émanant du ministre de la Guerre, de choisir une nouvelle affectation. Si l'adjoint aux commissaires des guerres se décide pour Lyon, il entend gagner un maximum de temps avant que de se mettre en route, tant il lui semble avoir enfin « contracté les habitudes raisonnables qui assurent le bonheur[173] ». En d'autres termes, il est exempt de toute passion et s'accommode fort bien de sa solitude parisienne. Observant comme à l'accoutumée les goûts et les caractères, la capitale lui apparaît moins animée qu'à son départ, tant il lit d'inquiétude sur les visages. Il ne lui vient pas à l'idée de rendre la politique impériale responsable de l'effondrement moral du pays. C'est le *tatillonnage*, « ennemi secret mais très réel de la plaisanterie comique[174] », qui rend selon lui les conversations ridiculement graves. Depuis son retour, il ne ressent qu'insatisfaction à fréquenter les salons. À celui des dames Rougier de La Bergerie, « aussi pleines d'usage que vides d'esprit[175] », il éprouve « la plus grande quantité d'*ennui pur*[176] », tant une plate habitude de dignité pousse les uns et les autres à parler « comme des condamnés à entretenir la conversation[177] ».

La France, soudain, lui pèse : « [...] en Allemagne nous nous serions amusés ; en Italie la volupté se serait élevée au milieu de nous et nous eût fait suivre ses douces lois[178]. » À quoi bon s'obliger à faire des visites ennuyeuses à des indifférents ? Son cœur ne soupire d'aise qu'en présence d'Alexandrine Daru, qui bouleverse ses pensées et ses sentiments. Il aspire à devenir son intime, s'estimant « le seul amant qu'elle puisse avoir avec commodité, sans qu'il y paraisse[179] ». Il échafaude d'extravagantes constructions mentales : « [...] j'ai cru voir vingt preuves d'amour, mais nos tête-à-tête un peu froids tuent tout. Si elle avait un peu plus de rapports avec moi, nous serions convenus que nous nous aimons[180]. » À vingt-sept ans, Henri réagit encore comme un adolescent sans expérience. Son caractère romanesque l'emporte sur la raison. Il travaille malgré cela avec acharnement, occupant ses après-dîners avec beaucoup de soin et rarement sans plaisir : demi-tasse de café chez Hardy ou au café de Foy, cabinet de lecture au Palais-Royal, promenades, théâtre, invitations... Il n'est pour ainsi dire jamais chez lui avant minuit. Jour après jour, il s'affaire à décrypter les humeurs de la comtesse Daru avec la minutie obsessionnelle d'un entomologiste. Il croit un jour déceler chez elle un intérêt tendre ; se désole un autre de n'y trouver qu'une simple amitié. Ses yeux lui paraissent s'animer en sa présence, sa figure se couvre des couleurs de l'amour, il lui semble qu'elle cherche à lui prendre la main : il n'en finit pas de se perdre en d'invraisemblables conjectures. Le 1er mai, il fait l'acquisition d'un cabriolet à la mode et de cachets gravés à ses initiales : il a le sentiment d'avoir enfin accroché la véritable dignité, celle qui inspire le respect, et ne peut s'empêcher d'aller parader devant son cousin Martial.

Le 10 mai 1810, une lettre du comte de Cessac, ministre-directeur de l'administration de la Guerre, le rappelle aux réalités de sa fonction militaire : « Je vous préviens, Monsieur, que j'ai décidé de vous faire passer *à la 19e Division Militaire* à l'effet d'y exercer vos fonctions sous les ordres de Monsieur *Charmat* Commissaire ordonnateur de la *19e* division militaire, ainsi qu'il est et sera prescrit par les lois et les règlemens. En conséquence, je vous ordonne de vous rendre à *Lyon*, lieu de votre résidence, où M. *Charmat* vous fera reconnaître et mettre en fonctions, et vous adressera ses instructions sur le service dont vous serez chargé. La présente, dont vous m'accuserez réception, vous tiendra lieu d'ordre de service[181]. » Il lui est difficile, dès lors, de se dérober. Il tente bien d'obtenir l'appui de Pierre Daru pour échapper à cette corvée, mais ce dernier refuse de contracter obligation envers un ministre pour lequel il n'a aucune estime. Sa réponse est éloquente : « Tirez-vous de cette bagatelle comme vous pourrez[182]. »

Au risque de provoquer la colère de sa hiérarchie, Henri prend sur lui de ne pas obtempérer.

Lyon et le commissaire ordonnateur Charmat attendront. Il se délasse dans l'eau minérale des bains d'Albert, pique-nique à Ermenonville avec l'empressement du meilleur appétit, s'assoupit à un *Misanthrope*, se divertit d'une pièce risible mais remarquablement interprétée par Fleury, prend plaisir aux *Noces de Figaro* et monte sur la colonne Vendôme — « C'est la seule chose parfaitement belle que j'aie vu finir ici[183]. » Certaines de ses inclinations littéraires s'altèrent. Il prend ses distances avec Corneille et Racine — « [...] à tout moment j'y trouve des fautes[184] » — comme avec Jean-Jacques Rousseau qui, « s'il avait su s'abstenir d'une malheureuse pédanterie, eût été le Mozart de la langue française et aurait produit un bien plus grand effet que Mozart sur les cœurs des hommes[185] ». Le Tasse, dont il découvre les lettres avec admiration, prend en revanche place aux côtés de ses auteurs de prédilection. Il alterne sensations de bonheur et spleen dont il ne se débarrasse que par une forte fatigue corporelle ou une étude suivie et forcée. La nostalgie s'empare de lui à intervalles réguliers. Il a « le cœur trop plein des îles Borromées[186] ». Son emploi du temps varie peu :

> [...] lire le matin un livre où la sensibilité soit un peu en jeu ; vers les trois heures, faire quelques visites nécessaires ; dîner avec volupté, au frais, tranquillement ; le soir, être avec des femmes aimables ou aimées, fuir comme la mort les conversations d'hommes, l'aigreur, la vanité et le noir de la vie. Ce canevas est dérangé au moins trois ou quatre fois par semaine par des visites nécessaires. Si je n'ai pas, le soir, un

bon opéra-bouffe pour me rincer la bouche, le mépris que m'inspirent les gens que je visite finit quelquefois par de l'aigreur, et c'est alors que je rêve profondément sur la nature de l'homme. Lorsque je puis écrire, mon esprit, occupé de rendre exactement ma pensée, n'a pas le temps d'être affecté péniblement par la saleté du modèle[187].

Le 10 juin, il assiste à la fête donnée à l'Hôtel de Ville à l'occasion du mariage de Napoléon avec Marie-Louise d'Autriche — « soirée nulle pour le sentiment[188] » — et parvient, grâce à la comtesse Daru, à être introduit dans la salle du trône : « Il y a du monde, mais pas trop, et presque que des grands cordons de tous les ordres du monde, excepté de la Jarretière, je crois. J'ai le temps d'observer ces personnages-là : les divers degrés de nullité, de mérite, et les divers genres de hauteur[189]. » La pesanteur pédante de Cambacérès l'insupporte, il trouve un air sot et vide à son ministre de tutelle, mais il récidive quinze jours plus tard en se rendant à la fête donnée à l'École militaire par la garde impériale, où il peste d'être « encaqué avec de maudits bourgeois aux raisonnements assommants[190] ».

Le 3 juillet, il reprend *Letellier*. Pour avoir fait maintes fois le constat des connaissances lacunaires de ses contemporains, il projette d'écrire un mince volume in-8° contenant les vies des peintres, musiciens et écrivains qu'il juge indispensables. Le travail l'absorbe tout entier. Un seul élément manque à son bien-être : une maîtresse avec qui clore ses soirées. Quoi de plus plaisant que de raisonner de son bonheur d'ambition avec une jeune femme sensible ?

> Avec ma manière d'être, et mon mérite étant rehaussé par mon cabriolet, ma calèche, mes chevaux et ma trousse, j'aurais facilement une petite maîtresse, mais ma paresse est incapable de se donner des soins suivis pour cela. Pour que j'aie du plaisir avec une femme, il faut que rien ne vienne troubler l'illusion que je me fais, et à la première pensée basse que me laisserait voir ma petite grisette, mon caractère serait de lui donner une robe et de ne plus la revoir[191].

Quoi qu'il en soit, il fait trop de dépenses. Ses livres et son imposante garde-robe l'attestent. En l'état actuel de ses finances, mieux vaut donc continuer de fantasmer une improbable liaison avec Alexandrine Daru, même si elle « ne sent pas la musique[192] » et qu'il y a « diablement peu de romanesque et de mélancolie dans ce cœur[193] ». Pareilles considérations ne tempèrent pourtant pas ses soupirs : c'est encore à ses côtés qu'il se rend au théâtre de la cour, à Saint-Cloud.

Le 6 juillet, il se porte avec la foule à l'église des Invalides, où ont été déposés les restes du maréchal Lannes, duc de Montebello, décédé en mai 1809 des suites de blessures reçues au champ d'Essling — frappé d'un boulet qui lui fracassa la cuisse droite et la rotule du genou gauche, il fut amputé des deux jambes —, et qui doivent être transportés au Panthéon. La dépouille, momifiée à Schönbrunn alors que sa putréfaction se trouvait dans un état avancé, a été placée pour l'occasion dans un sarcophage. L'oraison funèbre est prononcée devant les autorités civiles et militaires. La cérémonie, lugubre, déplaît à Henri qui en retient non pas l'exécution d'extraits d'œuvres de musique sacrée de Mozart, mais le « Singulier applaudissement donné au chanoine Raillon, qui faisait caca sur la mémoire du général Lannes[194] ». S'il se presse cet été-là aux célébrations impériales, il regrette d'avoir manqué l'essentiel : l'incendie spectaculaire qui a éclaté lors d'une réception donnée au palais du prince de Schwarzenberg, et dont le Tout-Paris présent au moment du drame ne cesse de se faire l'écho.

Henri est officiellement nommé auditeur au Conseil d'État par décret du 1er août 1810. Il a vingt-sept ans, six mois et neuf jours. Son rêve est exaucé : la question lyonnaise est reléguée aux oubliettes. Pierre Daru, alors en mission à Amsterdam, écrit sur-le-champ au duc de Bassano :

> Je désire, car il faut toujours désirer quelque chose, qu'il soit employé de manière à travailler. Il a vingt-sept ans, il a acquis de l'expérience dans plusieurs campagnes et dans l'Intendance de Brunswick qu'il a exercée. Je le crois très propre à rédiger avec netteté, esprit et précision. Mes propres vœux seraient de le voir attaché à la Liste civile et à ma section ; si l'une et l'autre, l'une ou l'autre de ces choses est possible, je prie Votre Excellence d'agréer ma demande et l'hommage de ma reconnaissance et de mes respects[195].

Parce que son jeune cousin a su faire preuve de sérieux et de rigueur en remplissant ses fonctions, l'intendant général des armées a tiré un trait sur son incompétence passée.

Au fil des années, Henri est parvenu à mettre ses connaissances à profit. La clarté de son style et la précision de ses idées le corroborent : « Comment ai-je remporté cette victoire ? En faisant la conquête de M. Z. Comment cela ? En faisant que partout on lui dit du bien de moi, et lui faisant honneur dans tous les sens de ce mot. J'ai eu, pendant quatre ans, une conduite suivie, je n'ai fait de dépenses que pour cela[196]. » Gardant les pieds sur terre, il s'empresse toutefois de demander à conserver son grade d'adjoint titulaire aux commissaires des guerres et son rang d'ancienneté dans le corps, fruit de ces quatre années de travaux assidus. Si sa nouvelle carrière est susceptible de lui apporter à peu près tout ce qu'il peut espérer désirer, la prudence reste de mise. Il va d'ailleurs jusqu'à anticiper ses déboires financiers : « Pour réussir dans ce pays, il faut faire une dépense assez forte. La mienne, pour l'exercice de 1810, indépendamment des achats, montera à 8.000. Je ferai une pareille dépense cinq ou six ans, et, au bout du compte, j'obtiendrai une place qui vaut 24.000 fr. J'y arriverai avec 36.000 fr. de dettes, que je paierai en dix ans au plus. Il ne convient pas à la manière honorable, décente et grave, dont je vis ici dans la société, de faire des dettes usuraires[197]. » Voilà sa famille prévenue.

Le 22 août, il devient inspecteur de la comptabilité des Bâtiments et du Mobilier de la Couronne. Avant sa prise de fonction, il a encore le temps d'assister à la première représentation de la satire en dialogue *Les Deux Gendres* d'Étienne, de se laisser transporter par *Les Années d'apprentissage de Wilhelm Meister* de Goethe, de réfléchir en profondeur sur la littérature et d'écrire un testament dans lequel il charge ses amis Faure, Crozet et Lambert de placer ses fonds pour la création d'un prix littéraire annuel. Dès lors qu'il installe son bureau à l'hôtel du Châtelet, 121 rue de Grenelle — où habitent Pierre Daru et les siens —, il n'a plus le loisir de travailler à ses projets personnels ni de jouir sans entrave des plaisirs de la capitale, ainsi qu'il l'avait espéré. Non que ses horaires soient astreignants — « Le travail off[ici]el de ma place peut se faire en quarante heures par mois[198] » —, mais Pierre Daru lui impose des travaux étrangers à son affaire. « Je comptais pour cet hiver faire de mes occupations off[icie]lles la broderie de ma vie[199] », écrit-il en regrettant ce premier mouvement de naïveté. Ses attributions le privent de profiter de tout, tant elles sont multiples et l'absorbent. « Les affaires me pillent mon temps, je n'en ai pas pour huit à dix heures de travail ; cependant je ne puis pas suivre mon travail particulier. Le travail de réfléchir, du moins pour moi, ne se prend pas et ne se quitte pas comme un habit : il faut toujours une heure de recueillement, et je n'ai que des moments[200]. »

Il se consacre à l'inventaire général et raisonné des tableaux, statues, pierres gravées et autres monuments des arts existant dans les musées et les palais impériaux — il lui faut contrôler l'inventaire entrepris par Dominique Vivant Denon, alors directeur général des Musées —, gère les dépenses de fournitures effectuées dans le palais des Tuileries et les maisons qui en dépendent, ainsi que dans les palais de Fontainebleau, de Bagatelle et de Mousseaux. Il régit la situation du Trésor et l'administration des domaines de la Couronne en Hollande — territoire annexé à l'Empire le 9 juillet 1810 —, vérifie les mémoires des fournisseurs, exécute les mesures, rédige un nombre impressionnant de lettres et de rapports.

Le 11 octobre, le ministre de la Guerre répond favorablement à sa demande : Henri conserve non seulement son rang, mais perçoit en sus du traitement attaché à ses fonctions d'auditeur celui de non-activité de son grade d'adjoint. Par décret du 17 octobre, il est institué en qualité d'inspecteur auprès de l'Intendance générale de la Maison de l'Empereur. Au moins deux fois l'an, il va procéder à l'inspection et à la vérification des divers objets de comptabilité et d'administration du Garde-Meuble et des Bâtiments, assister à la réception des nouveaux meubles, rédiger un cahier d'observations, s'assurer des travaux effectués par les architectes, surveiller l'élaboration des budgets et les devis d'estimation. La location d'un meublé ne seyant pas à un jeune auditeur au Conseil d'État, il loue un appartement « simple, noble et frais, orné de charmantes gravures[201] » au quatrième étage du 3 de la rue Neuve-du-Luxembourg — actuelle rue Cambon —, à l'angle de la rue du Mont-Thabor, avec son confrère Louis Pépin de Bellisle — « [...] le plus beau garçon que je connaisse, le meilleur et le plus aimable à un peu de tristesse et de bon ton près[202] ». Leurs liens d'amitié se resserrent, ils courent ensemble les ventes d'estampes et les opéras.

Le 20 novembre 1810, Henri prête serment. Rompu aux rouages de l'administration militaire, il ne commet pas d'impair avec la machine impériale et va jusqu'à perfectionner son style rédactionnel. Si sa position est séduisante, son bonheur d'habit — le costume d'auditeur, avec ses broderies et son chapeau à plumet blanc, est « précisément aussi chargé qu'il convient à un jeune homme[203] » — et d'argent ne lui suffit pas : il lui faut aimer et être aimé. C'est ainsi que lorsqu'il apprend un soir la venue de Victorine Mounier aux Variétés, il y court à perdre haleine et tente, sans succès, de la reconnaître parmi les six jeunes femmes qui entourent Édouard. Est ce une bouffée de nostalgie ? Il sent son cœur s'ossifier : « Je suis comme ce célibataire qu'on pressait de se marier ; je n'aime point ou presque point et ne suis point aimé. Et dans cette société, on n'est ridicule, quand on a quelque usage, que par l'expression d'un sentiment dont vous ne pouvez pas vous défendre. On prend l'habitude d'afficher la dureté pour échapper au ridicule du tendre[204]. » Il est « chaste comme un diable[205] » et prend du poids. Sa santé, malgré la disparition momentanée des fièvres, n'est pas des plus rassurantes : « Le docteur Bayle me dit qu'encore trois ou quatre chaudes-pisses, je ne pourrai plus pisser qu'avec une sonde. Il me semble que depuis que je suis auditeur j'ai oublié mon tempérament. *Il alimente* peut-être le feu de ma tête[206]. » Ce feu ne le quitte à coup sûr jamais en présence de la comtesse Daru.

Au salon de Sophie Gay, mère de la femme de lettres Delphine de Girardin que lui présente Bellisle, il croise Madame Récamier, opposante notoire au régime impérial : « [...] elle a l'air de demander pardon d'être jolie[207]. » Statut oblige, il s'emploie à faire des visites d'ambition. Aller dans le monde le conduit à bientôt désirer une baronnie. Chérubin, qui se garde bien d'opposer un quelconque refus à ses pressantes demandes de constitution de majorat, laisse traîner les choses, espérant émousser avec le temps les prétentions démesurées de son aîné. Sa propre situation n'est pas des plus florissantes, contrairement à ce qu'Henri se plaît à imaginer. En tout état de cause, Chérubin n'est prêt à lui aliéner ni une de ses terres ni une de ses propriétés.

1810 se clôt par de divines *Noces de Figaro* — Henri en compare les différentes interprétations ; 1811 s'ouvre avec *La Molinara*, opéra de Giovanni Paisiello, le rival de Cimarosa en matière d'opéra bouffe italien, qu'il taxe de « pauvre musique[208] ». Il constate à cette occasion qu'il ne lui est désormais plus possible de prendre de nouvelles habitudes physiques. Si sa passion pour la musique reste inaltérable, il ne se sent pas la force d'apprendre un seul air au piano : « Cette disposition vient de mon amour pour mon art, et par conséquent pour la pensée, par laquelle je puis m'y perfectionner[209]. » Écrire a pris le pas sur ses autres activités. Même la danse, autrefois courtisée, ripe sur lui. Pareils apprentissages appartiennent à une autre vie.

À compter du 29 janvier 1811, la chanteuse et musicienne Angelina Bereyter, membre depuis 1809 de la troupe de l'*opera buffa* du Théâtre-Italien en qualité de *seconda e terza donna*, élit chaque soir domicile dans son lit. C'est la première fois qu'il vit avec l'une de ses maîtresses. L'expérience ne se renouvellera pas. D'un caractère patient, elle a fini par répondre à ses sollicitations. « Elle sait fort bien la musique, mais a le jugement faussé par la grossièreté de l'école française de ce moment[210]. » S'il lui reproche d'admirer des compositeurs qu'il juge sans envergure comme Henri Montan Berton et Étienne Henri Méhul, elle lui apprend des airs de Mozart et de Cimarosa et « écrit comme un ange[211] », ce qui rachète ses défauts. Passé le tourment de lettres anonymes qui les assaillent quotidiennement, rien ne vient troubler leur ménage. « Il me semble que mon bonheur physique avec Angéline m'a ôté beaucoup de mon imagination[212]. »

Ce qui est en revanche certain, c'est qu'il n'a en rien influé sur son amour de l'Italie. Parce qu'un auditeur y a été dépêché en mission, Henri témoigne à Pierre Daru de son envie de partir à Rome. Tout à son désir d'évasion, il se prend d'adoration pour les récits de voyage authentiques, se risquant à opposer « l'enflure pleine de prétention[213] » du *Corinne ou l'Italie* de Madame de Staël à la « véritable modestie[214] » du *Voyage d'Italien de Dalmatie, de Grèce et de Levant, fait aux années 1675 et 1676* de Jacob Spon. Il n'appartient assurément pas à la génération romantique. Apprenant la nomination de Martial Daru, le 12 mars, au poste d'intendant de Rome, il déchante, craignant que le voyage d'un auditeur ne soit perçu comme inutile : un intendant ne suffit-il pas pour prendre possession des musées et des bibliothèques ? Il voit juste. Pour comble, le cadet des Daru lui tient la dragée haute et il commence à s'ennuyer « à crever » chez ses cousins. La baronnie, quant à elle, fait du surplace.

Les termes de « beyliste » et de « beylisme » apparaissent pour la première fois sous sa plume à la date du 17 mars 1811. Il les applique aux âmes exigeantes, non aux tristes ou aux bilieux pleins de vertu. Pour Henri, la volupté vient du cœur et c'est lui seul qu'il faut suivre, à condition d'avoir de soi une connaissance juste et précise. Cette dernière n'étant accessible qu'aux caractères originaux que définissent une véritable indépendance d'esprit et une volonté énergique, le beylisme ne concerne, de fait, qu'une élite. Il ne s'écartera jamais de cette définition.

Le 20 mars, au matin, à dix heures tapantes, le jeune couple de la rue Neuve-du-Luxembourg est réveillé par le canon des Invalides, qui commence à tonner. Ils retiennent leur souffle. Au vingt-deuxième coup, qui annonce la naissance du Roi de Rome, des acclamations s'élèvent de toutes parts et la rue vibre sous les applaudissements. Napoléon a enfin un héritier. Au lendemain de cet événement impérial, Pépin de Bellisle emmène

« son esprit de détail, sa noblesse continuelle, mais aussi sa tristesse[215] » en Espagne, où l'attend un poste d'intendant. Henri n'ose montrer son affliction. Il se retrouve à présent aux prises avec un ennui mortel. Il veille au bon déroulement de la vente des chevaux et des voitures de réforme, dresse des procès-verbaux, inspecte le palais de Meudon pour juger de sa conformité à recevoir Madame Mère, vérifie la comptabilité du Musée Napoléon et du Musée spécial de l'École française, mais il a de nouveau besoin d'occupations fortes. Il a digéré celles de sa place : « Elles ne peuvent plus occuper que mon temps et non mon esprit[216]. » La rumeur d'une guerre avec la Russie enflant, il espère pouvoir être rendu à une armée active. En l'attente, la société des hommes le rappelle d'une manière désagréable à la réalité.

Car si son rang lui a ouvert les portes d'une société qui le grise, si son manque d'assurance s'est mué en aplomb par la grâce de ses fonctions et s'il ne désespère pas d'une vie matérielle encore plus confortable, Henri n'est pas pour autant un courtisan. Il revendique sa place dans le monde, mais refuse de se plier à ses lois. Une conversation plate le met en fuite, il abhorre les physionomies rebutantes et tout ce qui n'appartient pas aux seules sphères de la pensée. Cet esprit subversif se sait par ailleurs susceptible : « [...] la *folie* de m'amuser à m'imaginer qu'on m'insulte pour composer ensuite des réponses bien hautes et bien insolentes, et me voir donnant des soufflets. [...] Cela me rend extrêmement susceptible, comme Alfieri tuant

Élie pour lui avoir tiré un cheveu. Ma folie est presque du même genre[217]. » Conscient de devoir rendre de nombreuses visites, il se laisse emporter par un caractère qui s'oppose à ce qu'il cultive une société : « Je me dégoûte de plus en plus de la canaille humaine et ne suis jamais plus content que quand, renfermé chez moi, je n'entends pas même sonner[218]. »

Le comte Pierre Daru est nommé ministre secrétaire d'État le 17 avril 1811. Pour changer d'horizon, Henri part quant à lui pour Rouen — « c'est un exécrable trou, inférieur même à Grenoble ; tout ce qu'il y a de plus contraire au grandiose[219] » — et la mer — « L'odeur du goudron m'a rappelé vivement Marseille et Mélanie[220] » — en compagnie de Félix Faure et de Louis Crozet avec qui il a des discussions sérieuses et exemptes d'amour-propre : « Ces messieurs n'ont qu'un seul défaut, qui est de n'être pas assez plaisants, mais de se piquer quelquefois des plaisanteries. C'est ce que j'appelle le ton bourgeois[221]. » Rien ne trouve plus grâce à ses yeux. Son manège auprès de l'épouse de son cousin ne peut pas durer éternellement. Il est pour une fois fermement décidé à agir.

Le 31 mai, en la propriété de Bécheville de Pierre Daru, Henri livre la bataille d'Alexandrine. Entre sa déclaration enflammée — « Vous n'avez que de l'amitié pour moi, et moi je vous aime passionnément[222] » — et la réponse de l'intéressée — « Elle me répondit que je ne devais pas songer à cela, que je ne devais voir en elle qu'une c[ousine] qui avait de l'amitié pour moi[223] » —, la situation est rapidement tirée au clair. « J'avais besoin de rire, car je me sentais une violente envie de pleurer[224]. » Sa fierté est blessée d'avoir fait sa cour sans réciprocité. Il rentre en calèche, bredouille, après avoir attendu en vain qu'on le retienne, et réveille Angelina à onze heures du soir passées : « Depuis mon arrivée, Paris est pour moi l'ennui sec[225]. » Contre toute attente, il refuse pour autant de s'avouer vaincu.

Parce que la nouveauté seule est source de plaisir, il se lasse de sa maîtresse auprès de laquelle il « ne b[ande] qu'avec effort et ne d[écharge] qu'en songeant à une autre femme[226] ». Privé de but qui le captive, son humeur s'en ressent. Pierre Daru s'en aperçoit-il ? Le 17 août, il l'autorise à prendre un congé. Le 25, Henri arrête une place dans la diligence qui part pour Milan quatre jours plus tard et décide de passer sa soirée à Versailles, où il voit jouer les eaux pour la première fois. Il se garde bien de prévenir son cousin de sa destination et lui parle tout au plus d'un voyage de quelques jours : « [...] je me cache soigneusement du ministre : les eunuques sont en colère permanente contre les libertins. Je m'attends même à deux mois de *froid* à mon retour. Mais ce voyage me fait trop de plaisir ; et qui sait si le monde durera trois semaines[227] ? »

En mission en Hollande, Daru ne découvrira la réalité que beaucoup plus tard. « [...] Tu m'annonces qu'il t'arrive des lettres pour Beyle », écrit-il début octobre à Martial, toujours en poste à Rome. « Il m'avait parlé d'une absence de quelques jours pour ses affaires, et, comme il n'en a pas si loin, je ne pouvais pas m'imaginer qu'il fît une pareille escapade sans s'informer si cela était dans les convenances, et si on n'aurait pas besoin de lui ailleurs. Je ne puis pas trouver décent qu'il m'en ait fait mystère. C'est une légèreté de plus[228] [...]. » Lorsqu'il apprend la raison profonde de son départ pour l'Italie, sa colère éclate : « Passe d'aimer l'opéra bouffe, mais les bouffonnes ce n'est pas de bon goût, et quand on désire avancer et parvenir à des postes qui supposent de la confiance, il faut se conduire autrement[229] [...]. » Henri n'a précisément que faire des convenances, n'en déplaise à son si austère parent : il est et restera un esprit libre porté par sa sensibilité et ses sentiments.

CAP SUR L'ITALIE

Le 7 septembre, aux alentours de cinq heures, une fois réglés les détails de la douane, Henri atteint la capitale de la Lombardie. Il est aussitôt ému par « une certaine odeur de fumier particulière à ses rues. Cela, plus que tout le reste, me prouvait apparemment que j'étais à Milan[230] ». Après avoir pris logement pour deux nuits à l'Albergo del Pozzo, vanté par Goldoni comme « un des plus fameux hôtels garnis de Milan[231] » — Henri s'installe par la suite à l'Albergo Reale, via dei Tre Alberghi —, il déambule « sur le Cours de cette porte Orientale où, tout jeu de mots à part, s'est passée l'aurore de ma vie[232] » et se presse à la Scala : « Quand j'y entrai, un peu d'émotion de plus m'aurait fait trouver mal et fondre en larmes[233]. » Angela Pietragrua n'a pas quitté ses pensées. Onze ans ont passé depuis leur première rencontre, mais ses souvenirs ne sont pas amortis pour autant. Tout au contraire, ils ont été vivifiés : « Je ne puis faire un pas dans Milan sans reconnaître quelque chose, et, il y a onze ans, j'aimais ce quelque chose parce qu'il appartenait à la ville qu'elle habitait[234]. »

Dans Milan retrouvé, Henri n'éprouve que des sensations délicieuses et ne tarde pas à se faire annoncer chez Angela, à qui il trouve « plus d'esprit, plus de majesté et moins de cette grâce pleine de volupté[235] » qu'autrefois. Il lui confesse ses élans passés, elle l'invite à sa loge et lui présente sa demi-sœur Rosalbina Lamberti, dont le salon est l'un des plus en vue de la ville. Son observatoire va être autant la société d'Angela que la loge de Mme Lamberti. Il se procure des livres et une canne — « J'ai pensé qu'une canne me rajeunirait de quatre ans. Cela a fort bien réussi ; je me suis trouvé avoir dans la main une douzaine de tours de canne qui prouvent, à n'en pas douter, un homme du grand monde et un homme à femmes. Ainsi, je n'ai plus les mains derrière le dos, *à la papa*[236] » — et fréquente sans exception tous les théâtres. Il admire les peintures à fresque des églises, visite le palais de Brera, prend ses habitudes chez le meilleur traiteur français de Milan dont le restaurant est installé dans l'immeuble même de la Scala, apprécie l'architecture milanaise et vitupère, en comparaison, la saleté parisienne :

Il faut crier à ces habitants de Paris qui se croient si avancés pour les choses de police et de propreté : « Vous êtes des barbares, vos rues exhalent une odeur infecte, vous ne pouvez pas y faire un pas sans être couverts d'une boue noire, cette boue qui donne un air dégoûtant au peuple obligé de marcher à pied. Cela vient de l'idée absurde d'avoir fait de vos rues un égout général. C'est dessous les rues qu'il faut mettre les égouts. Voyez les rues de Milan. Propreté parfaite, rouler extrêmement doux pour les voitures, marcher doux pour les piétons, et cependant à Milan on n'a que des cailloux, on n'y connaît pas les pavés de Fontainebleau[237]. »

Ses liens se resserrent jour après jour avec Angela, qui lui conte non seulement l'histoire de sa rupture avec Louis Joinville, mais prend l'habitude de clore leurs rendez-vous par un « *al rivederci questa sera al teatro* », « à ce soir au théâtre », qui l'enchante. Ses souvenirs étaient exquis, ils se sont mués en réalité et Henri se retrouve follement épris. Rien n'assombrit son bonheur, jusqu'au moment fatidique où sa timidité reprend le dessus : « [...] dès cet instant un noir affreux remplit mon âme[238]. » La Scala ne procure plus d'enchantement au mélomane, il sombre dans la mélancolie : « Je rentrai chez moi furieux, c'est-à-dire que j'aurais trouvé du plaisir à déchirer des chairs sanglantes si j'avais été Lapon, parce que j'aurais été occupé, et par conséquent distrait, et ensuite parce que j'aurais été consolé en faisant acte de puissance[239]. » N'ayant rien à déchiqueter, il se jette par dépit sur l'*Almanach royal*, qu'il parcourt avec une extrême attention. Mais il affiche la mine d'un fou furieux. Sa rage ne cesse d'augmenter. Rage de quoi, à propos ? D'à peu près tout : il se prend de sentiments de colère contre ses voisins de parterre, se reproche d'avoir manqué de dignité en demeurant trop longtemps dans la loge de son aimée, envoie promener son laquais pour des broutilles... Il n'est jusqu'aux souvenirs de Milan qui ne parviennent plus à l'émouvoir.

Le 12 septembre, il se fait violence et déclare sa flamme. Elle s'attendrit et pleure, ils s'embrassent et se tutoient, mais elle ne lui cède pas : « Pars, pars ; je sens qu'il faut que tu partes pour ma tranquillité ; demain, peut-être, je n'aurai plus le courage de te le dire[240]. » Ne lui a-t-elle après tout pas confié qu'elle trouve les intrigues pareilles au mariage — « On a du plaisir les quatre premiers mois, et l'on bâille ensemble un an ou deux, par respect de l'opinion[241] » ? Henri a certes le projet de visiter l'Italie, mais il ne peut se résoudre à quitter la Lombardie. Malgré son trop de raison, elle doit pouvoir l'aimer. Son sort est lié à sa décision : il a le choix entre être son amant et rester, ou partir et ne jamais le devenir. Le dilemme, à tout prendre, est trop lourd à porter et Milan lui devient sur-le-champ invivable. D'autant qu'il connaît la complexité de ses humeurs : « Je maudis bien sincèrement mon orgueil. Si elle ne m'eût pas aimé, j'aurais eu des moments affreux, l'idée de n'être pas aimé de cette femme rare m'eût poursuivi au sein de tous les plaisirs. Elle m'aime, et l'ennui me saisit. C'est avoir en soi un principe de malheur. Que je voudrais avoir un ami qui portât sans cesse le fer rouge dans cette partie de mon âme[242] ! » Il arrête le jour de son départ au 22 septembre et écrit à Crozet : « Je crois que, de retour à Paris, je vais devenir avare et flatteur pour avoir de l'argent et des congés[243]. » Le 21 au soir, il remporte la victoire si longtemps désirée. Il a pris soin d'en inscrire la date et l'heure exactes sur ses bretelles : il peut laisser Milan sans regret.

Il traverse Lodi, Crémone, Mantoue et Modène — « la plus propre et la plus gaie des villes d'Italie visitées par moi[244] » —, avant d'atteindre le terme de sa destination, Bologne, dont le théâtre « annonce la province, il paraît nu et pauvre[245] ». Les édifices le frappent par leur simplicité extrême et leur air de grandeur ; il emploie ses journées à visiter les galeries et ne se lasse pas des toiles du peintre Reni Guido dont un portrait de femme lui rappelle Wilhelmine von Griesheim. Le 25 septembre, il part pour Florence, qu'il découvre sous la tempête : « Ce temps, qui eût été beau à contempler d'un château au milieu des Apennins, n'était pas ce qu'il fallait pour voir des tableaux dans les églises, lieux naturellement obscurs[246]. » Son premier hommage est pour Alfieri, dont le tombeau a été installé dans l'église Santa Croce aux côtés de ceux de Michel-Ange, de Machiavel et de Galilée — « Il faut avouer que peu d'églises sont honorées de tels tombeaux. Cela donne quelque envie de se faire enterrer[247] ». Le monument le fait « rougir avec mélancolie des mauvaises caisses en plâtre où sont Racine, La Fontaine, Boileau et Molière, je crois, tous ensemble dans un coin du musée des Monuments français[248] ». Le théâtre le déçoit, qu'il juge également trop provincial par rapport à celui de Milan, mais il goûte les promenades le long de l'Arno tout autant que les palais et les musées, même si peu d'œuvres ont sa préférence : « Tous leurs christs sont des niais. Hier seulement j'en ai vu un qui se démène [...][249]. » Sans compter les anges dénombrés en pagaille au haut des tableaux ! « C'est diminuer l'effet gratuitement : dès que le martyr voit des anges, il n'a presque plus de mérite[250]. »

Après une visite de pure courtoisie à sa cousine Adèle Rebuffel, dont le mari, Alexandre Petiet, est intendant de la liste civile en Toscane, Henri se rend à Rome par une route qu'il trouve abominable et qui lui rappelle fortement la Champagne. Visiteur appliqué, il court les petits théâtres, fait la tournée des édifices et apprécie, entre autres, le Colisée : « Ce n'était qu'un théâtre. Il est plus qu'à moitié ruiné. / Il m'a ému jusqu'aux larmes, et Saint-Pierre m'a laissé très froid[251]. » Il croise la meilleure société chez son cousin Martial Daru, qui habite au palais du Quirinal dont il dirige les travaux de rénovation en tant qu'Intendant des Biens de la Couronne, et fait la rencontre du sculpteur Antonio Canova. Martial lui conseille-t-il vivement de ne pas quitter Rome ? Il lui répond qu'il n'a pas le temps d'être prudent.

Début octobre, il est à Naples, logé dans une chambre de l'Albergo Reale, place du Château, d'où il a vue sur le Vésuve. Abordant la capitale de la Campanie en dehors de la société, il ne s'y plaît pas. « Le peuple de Naples crie à tue-tête et demande toujours[252] », les chevaux de fiacre vont trop vite sur un pavé qui fait frémir, les cafés sont remplis de gens occupés à gesticuler, le *lacrima-christi* est imbuvable — « C'est du vin ordinaire de Bourgogne dans chaque bouteille duquel on eût fait fondre deux livres de sucre[253] » —, la musique est pauvre — « La bonne musique m'eût ranimé[254] » — et il ne voit pas l'enfer bouillir au fond d'un cratère du Vésuve. S'il avait eu accès à une société comparable à celle de Milan, la vue des lieux, mêlée d'observations sur les mœurs, lui aurait assurément donné plus de plaisir. Henri est ainsi fait : toute découverte, pour être complète, doit pouvoir s'accompagner d'une étude en profondeur de l'homme. Il visite Pompéi et Herculanum en compagnie de Louis de Barral et de Léon Lambert, tous deux en poste à Naples, bâille à l'opéra de Gaspare Spontini *La Vestale* et admire le théâtre San Carlo malgré son plafond vétuste. Il a beau éprouver pour son périple un intérêt bien réel — « Je vois beaucoup mieux les mœurs en voyageant ainsi au hasard[255] » —, rien ne rivalise pour lui avec la capitale lombarde. Sur la route du retour, il fait halte à Ancône chez Livia Bialoviska, croisée à Brunswick en 1808, qu'il trouve « libre et plongée dans l'ennui[256] ». Tout à son aventure milanaise, il n'entreprend rien pour la distraire.

Après un mois d'absence, il rentre à Milan. Il excursionne à Varèse où il dévore les textes très à la mode du poète gaélique Ossian — dont l'existence a donné lieu à une sérieuse controverse —, retourne aux îles Borromées, visite Parme et rejoint Angela Pietragrua à Madonna del Monte. Son arrivée, imprévue, la contrarie. Leur liaison est selon elle connue de son époux, elle semble alarmée et décrète qu'il leur faut redoubler de prudence. La jalousie du mari est-elle avérée ? Cache-t-elle à son amant quelque rival ? Le doute est de mise. L'escapade italienne touche bientôt à sa fin et l'amant malheureux se prépare à rentrer. Une dernière visite à l'atelier du peintre Raffaelli, un ultime coup d'œil à la galerie de l'Archevêché, et c'est le départ pour Paris. Il emporte la ferme intention de revenir en Italie pour la voir plus à son aise.

LA CAMPAGNE DE RUSSIE

Une diligence le ramène dans la capitale française le 27 novembre 1811. Il écrit à Pauline :

> Figure-toi un homme dans un bal charmant, où toutes les femmes sont mises avec grâce ; le feu du plaisir brille dans leurs yeux, on distingue les regards qu'elles laissent tomber sur leurs amants. Ce beau lieu est orné avec un goût plein de volupté et de grandeur ; mille bougies y répandent une clarté céleste ; une odeur suave achève de mettre hors de soi. L'âme

sensible qui se trouve dans ce lieu de délices, l'homme heureux est obligé de sortir de la salle de bal ; il trouve un brouillard épais, une nuit pluvieuse et de la boue ; il trébuche trois ou quatre fois et enfin tombe dans un trou à fumier. Voilà l'histoire abrégée de mon retour d'Italie[257].

Son cousin Daru ne lui a pas réservé, on s'en doute, le meilleur accueil. Sa porte lui est d'ailleurs fermée. Henri ne lui en tient pas rigueur : « [...] *bisogna dire che quell'uomo eccellente aveva ragione**. » Son escapade clandestine a déplu et il sait bien qu'il est allé trop loin.

La reprise de ses activités d'auditeur et d'inspecteur auprès de l'Intendance générale de la Maison de l'Empereur comme les retrouvailles avec Angelina Bereyter suffisent dans un premier temps à absorber son esprit. Son programme est rempli à satiété et son nouveau supérieur, Jean Baptiste Nompère de Champagny, duc de Cadore, n'entend pas se passer un seul instant de ses services. Bientôt, la routine journalière l'emporte. Son amour pour Alexandrine pâlit. Il lui avait promis en partant de revenir plus raisonnable : il a tenu parole. C'est donc sous les auspices de l'épouse de son cousin qu'il est invité à dîner à l'hôtel d'Estrée, 81 rue de Grenelle, où la famille Daru s'est transportée. Pierre l'accueille avec sa mine des grands jours. Il faudra patienter encore un peu pour qu'il adresse la parole en premier — et avec le sourire — à son incorrigible cousin.

* « Il faut dire que cet excellent homme avait raison », *Journal*, in *Œuvres intimes I*, Gallimard, coll. « Bibliothèque de la Pléiade », Paris, 1981, p. 821.

Le 4 décembre, Henri entreprend l'écriture de l'*Histoire de la Peinture en Italie*. Il emprunte des livres à la Bibliothèque impériale, rue de Richelieu, s'active à relancer son affaire de baronnie qui lui tient tant à cœur et ne modifie en rien les habitudes de son couple malgré une lassitude certaine : « J'ai toujours Ang[elina] qui me fait de bonne musique ; mais l'amour est comme une fièvre qui vient en même temps à deux personnes ; celui qui est le premier guéri est diablement ennuyé par l'autre [...][258]. » Il demande à partir en mission. Abonné au *Journal de l'Empire*, il sait que le tsar Alexandre Ier fourbit ses armes et que le conflit est en marche. La Grande Armée est en alerte depuis l'été 1811.

Le 8 avril 1812, Napoléon reçoit un ultimatum du souverain russe qui vaut déclaration de guerre. Stationnées en Allemagne, les troupes françaises s'ébranlent. Le 9 mai 1812, l'Empereur quitte Saint-Cloud. Le 16, il est à Dresde. Le 29, il prend le commandement de la Grande Armée. La France déclare officiellement la guerre à la Russie le 21 juin. Cette campagne va consolider la suprématie du régime impérial ou précipiter son effondrement. Trois jours plus tard, sept cent mille hommes franchissent le Niémen. Napoléon entre le 28 juin dans Vilna sans rencontrer de résistance.

Le 25 juin, Chérubin fait donation à son fils de la maison qu'il a fait construire à Grenoble à l'angle de la rue Bonne et de la place Grenette. À charge pour Henri de s'acquitter de la totalité des impositions annuelles de la propriété. Mais ce dernier n'a pas le temps de se réjouir de cette soudaine bonne fortune : ses vœux d'action sont exaucés. « Ma femme a fait un petit voyage au Havre pour distraire sa mère de ses chagrins », écrit Pierre Daru, alors en Lituanie, à son frère Martial. « Elle est de retour ; Beyle était leur cavalier. J'ai écrit, d'après son désir, pour le faire venir ici[259]... »

Le 23 juillet 1812, Henri se met en route pour Vilna en tant que courrier de l'Empereur, une mission qui entre dans ses attributions officielles. Il a auparavant pris soin de demander de l'argent à son père : outre la nécessité d'acheter des chevaux sur les bords du Niémen, il a contracté envers son tailleur « une dette criarde de 2.010 fr.[260] ». Chérubin fait ce qu'il peut. Pour Henri, ce n'est pas assez : « Mon père m'a envoyé 2 000 fr. Il croit avoir beaucoup fait, mais en vérité ce n'est rien. Les pères de Paris donnent tous 3 ou 4 000 fr. à leur fils pour ce voyage[261]. » Malgré son ressentiment, il a le cœur léger : sa passion pour Alexandrine est morte « *by the sight of the mediocrity of the object*[*] ». Quelques heures avant son départ, il vient prendre les ordres de l'impératrice à Saint-Cloud. « Cette princesse vient de m'honorer d'une conversation de plusieurs minutes sur la route que je dois prendre, la durée du voyage, etc., etc., en sortant de chez Sa Majesté, je suis allé chez Sa Majesté le roi de Rome ; mais il dormait, et Madame la Comtesse de Montesquiou

* « Par la vue de la médiocrité de l'objet » (lettre à Pauline Périer-Lagrange du 14 juillet 1812, *Correspondance générale*, tome II, Honoré Champion, 1998, p. 336).

vient de me dire qu'il était impossible de le voir avant trois heures ; j'ai donc deux heures à attendre. Ce n'est pas commode, en grand uniforme et en dentelles. Heureusement je me suis souvenu que ma place d'Inspecteur me donnerait peut-être quelque crédit dans le palais. Je me suis présenté, et l'on m'a ouvert une pièce qui, dans ce moment, n'est pas habitée[262]. » En attendant le lever du poupon impérial, il profite de ses derniers instants de calme au beau milieu de la verdure. Son périple ne sera pas de tout repos. L'archichancelier Cambacérès l'en a averti la veille en lui souhaitant d'être plus heureux que l'un de ses collègues, qui a mis vingt-huit jours pour arriver à destination. Henri voyage « avec une pauvre petite calèche viennoise, écrasée de mille paquets[263] ». Il emporte deux énormes portefeuilles et cinquante paquets particuliers, dont une lettre de l'impératrice Marie-Louise pour son époux.

À la mi-août, il a rejoint Pierre Daru, qu'il maudit d'être toujours aussi insensible aux beautés sentimentales qui le charment, et bivouaque à soixante lieues de Moscou. Depuis Vilna, il perçoit la misère de l'armée. Son humeur est maussade : « Je suis au pied d'un bouleau mort, dans un petit bois plein de poussière, vexé depuis 9 heures que nous sommes arrivés par la poussière, le manque d'eau, de livres, la saleté du sol composé d'anciennes feuilles, de branches sèches et de fourmis[264]. » Il n'a pas de linge de rechange et ne peut communiquer qu'avec des sots : « Voilà un mal-être complet[265]. » Pour comble d'agacement, leurs voisins, des mamelouks, ont établi leurs lieux d'aisance à trente pas de l'endroit où ils se sont installés. Il a décidément connu des jours meilleurs, mais parvient à se délasser le temps d'une soirée en compagnie de Louis de Barral, avec qui il peut enfin s'entretenir d'Angela Pietragrua. Il considère qu'il a vieilli : « Comme l'homme change ! Cette soif de voir que j'avais autrefois s'est tout à fait éteinte ; depuis que j'ai vu Milan et l'Italie, tout ce que je vois me rebute par la grossièreté. [...] Dans cet océan de barbarie, pas un son qui ne réponde à mon âme ! Tout est grossier, sale, puant au physique et au moral[266]. » Il ne dépend que de lui seul d'être plus actif que les autres, mais il n'y éprouve aucun plaisir.

L'incendie de Smolensk, vidée de ses habitants, met un peu de baume sur son mal-être :

> Cela nous parut un si beau spectacle que, quoiqu'il fût sept heures, malgré la crainte de manquer le dîner (chose unique dans une telle ville), et celle des obus que les Russes lançaient, à travers les flammes, sur les Français qui pouvaient être sur le bord du Borysthène, nous descendîmes par la porte qui se trouve près la jolie chapelle ; un obus venait d'y éclater, tout fumait encore. Nous fîmes en courant bravement une vingtaine de pas ; nous traversâmes le fleuve sur un pont que le général Kirgener faisait construire en toute hâte. Nous allâmes tout à fait au bord de l'incendie, où nous trouvâmes beaucoup de chiens et quelques chèvres chassés de la ville par l'embrasement général[267].

Un spectacle aussi rare valait bien de risquer la perte du dîner et les réprimandes de l'autorité.

Le 7 septembre, les armées française et russe s'affrontent à Borodino, sur les bords de la Moskova. L'artillerie canonne, les combats sont acharnés. Au terme de la rencontre, les survivants abandonnent un champ de bataille apocalyptique, tant les cadavres font état d'innombrables blessures. L'Empereur a perdu vingt-cinq mille hommes et quarante-sept généraux, mais la route de Moscou lui est ouverte. Il y pénètre une semaine après, le 15 septembre, à la tête de son état-major. Silencieuse et vide, la ville aux coupoles dorées confère une sensation d'épouvante. À deux heures du matin, sans avertissement, des incendies éclatent. Aidés par le vent du nord, ils vont s'éterniser cinq jours durant. La chaleur est torride, les vitres explosent, il est impossible de rester dans les appartements. Henri note que l'incendie « garnissait toute l'atmosphère jusqu'à une grande hauteur, d'une fumée cuivreuse[268] ». Obligé de fuir le brasier à son tour, il cède à un réflexe qui n'appartient qu'à lui : « Je pillai dans la maison, avant de la quitter, un volume de Voltaire, celui qui est intitulé *Facéties*[269]. »

Autour de lui, plutôt que de dépareiller de magnifiques éditions reliées en maroquin rouge, on met les habitations à sac dans l'espoir d'y dénicher du vin et des vivres, parfois même des nappes damassées susceptibles de servir de draps. Ses domestiques sont bientôt ivres, au diapason de ceux de l'ensemble des officiels présents à ses côtés. Les flammes gagnent du terrain avec une rapidité étonnante. D'énormes brandons retombent dans les rues en une saisissante pluie de feu. Les incendies se propagent de quartier en quartier, la capitale est ravagée : son gouverneur, le comte Fédor Vassilievitch Rostopchine, fait pratiquer avec succès la politique de la terre brûlée.

> Nous sortîmes de la ville, éclairée par le plus bel incendie du monde, qui formait une pyramide immense qui était comme les prières des fidèles : la base était sur la terre et la pointe au ciel. La lune paraissait, je crois, par-dessus l'incendie. C'était un grand spectacle, mais il aurait fallu être seul pour le voir. Voilà la triste condition qui a gâté pour moi la campagne de Russie : c'est de l'avoir faite avec des gens qui auraient rapetissé le Colisée et la mer de Naples[270].

Il soupe hors du tumulte de poisson cru, de figues et d'un vin blanc qui le rend malade. Cette journée est l'une des plus « ennuyeusement pénibles[271] » de sa vie.

La Grande Armée, qui a traversé toute l'Europe à pied, n'est pas en mesure d'aller plus loin. L'Empire n'en a pas non plus les moyens. Installés au milieu des décombres dans des hangars de fortune bâtis de planches calcinées, les soldats pillent pour améliorer leur ordinaire de mauvais brouet noir et de morceaux de cheval encore saignants. L'indiscipline règne. En l'attente d'une proposition d'armistice, Napoléon s'établit au château de Pétrowskoïe, la résidence d'été des tsars. Alexandre Ier n'enverra aucun messager.

Henri est la proie d'une extrême fatigue. La fièvre le reprend et il souffre d'un mal de dents de tous les diables, mais son séjour moscovite est l'occasion d'une révélation : « *Credo ch'el amor mio per Cimarosa vienne di ciò ch'elli fa nascere delle sensationi* pareilles *a quello che desidero di far nascere un giorno. Quel misto d'allegria et di tenerezza del Matrimonio è affato congeniale con me*[*]. » L'écrivain en devenir a cessé de s'encombrer de théories.

Huit jours de solitude lui donnent le goût d'une reprise de *Letellier*. Le 6 octobre, le nouvel intendant général de la Grande Armée, le général Mathieu Dumas, le charge de la Direction générale des approvisionnements de réserve et de la gestion de la rentrée des réquisitions, une fonction de la plus haute importance. Henri a désormais autorité sur les intendants de Smolensk, qu'il rejoint, le 16 octobre, avec un convoi de mille cinq cents blessés escorté par deux ou trois cents hommes. La retraite de Russie est ordonnée trois jours plus tard. Mieux vaut se retirer que se risquer à hiverner.

Le 7 novembre, soit quarante-huit heures avant l'armée française, Henri entre à Smolensk après avoir essuyé deux attaques de cosaques. La ville est privée de tout. Il repart pour Vilna : « J'ai tout perdu et n'ai que les habits que je porte. Ce qui est bien plus beau, c'est que je sois maigre. J'ai eu beaucoup de peines physiques, nul plaisir moral ; mais tout est oublié et je suis prêt à recommencer

* « Je crois que mon amour pour Cimarosa vient de ce qu'il fait naître des sensations semblables à celles que je désire faire naître un jour. Ce mélange d'allégresse et de tendresse du *Matrimonio* est tout à fait congénial à moi » (*Journal*, *op. cit.*, p. 828).

pour le service de Sa Majesté[272]. » La lassitude est générale, tant le froid devient insoutenable. Il seconde Pierre Daru et semble être l'un des rares à affronter la situation sans faiblir. Obligée de reprendre la route de l'aller, par le nord, la Grande Armée, jadis victorieuse, n'est plus qu'une horde de loqueteux affamés.

Si les distances imposent des marches épuisantes, si le ravitaillement est un problème insoluble, la Bérézina s'impose, quant à elle, comme un obstacle de taille. Prévoyant l'encombrement des ponts, Henri, parti rejoindre le quartier général de Königsberg — il a laissé Smolensk derrière lui le 11 novembre —, décide de la franchir le soir qui précède la déroute. Bien lui en prend. L'armée russe a détruit, à Borisov, l'unique pont qui enjambe la rivière. Dans la nuit du 25 au 26 novembre, les compagnies de pontonniers s'affairent à construire au plus vite deux ponts sur chevalets. Les troupes commencent à traverser le 27 novembre. Le lendemain, la bataille fait rage. La rupture d'un pont provoque le désastre. Les pontonniers du général Éblé le reconstruisent, plongés à mi-corps dans l'eau glacée. Le courant charrie les cadavres. L'armée passe, incendiant les ponts derrière elle. Les traînards, autrement dit des milliers de blessés, sont laissés sur l'autre rive. La campagne de Russie se solde par un désastre. S'il n'avait été porté par son instinct, Henri Beyle n'y aurait probablement pas survécu.

Le 30 décembre, il quitte Königsberg en traîneau d'acajou pour Dantzig — « où j'ai vu qu'il grillait d'aller », écrit Pierre Daru, « parce qu'il avait peur ici[273]... ». Il vient d'apprendre la perte de son cousin Gaétan Gagnon, fils de son oncle Romain. Le jeune homme, comme quelque vingt mille autres, a été abandonné sur la route entre Vilna et Kowno au prétexte qu'il avait les pieds gelés et ne pouvait suivre la cadence. Les pertes s'élèvent à quatre cent mille hommes, compte non tenu des prisonniers. Pierre Daru écrit à Romain Gagnon : « Ses parents auront à se reprocher d'avoir voulu lui faire faire ce voyage malgré moi ; je n'avais pas voulu l'emmener de Paris, on me l'a envoyé à Moscou[274]... » Ayant séjourné à Berlin, Henri rentre à Paris le 31 janvier 1813 au soir en passant par Brunswick, Cassel et Francfort. Le cauchemar est terminé. Le démantèlement de l'Empire commence. Henri vient d'avoir trente ans et n'est plus le même homme. De Smolensk, il avait confié à Félix Faure : « Ce voyage seul me paie ma sortie de Paris en ce que j'y ai vu et senti des choses qu'un hom[me] de lettres sédentaire ne devinerait pas en mille ans[275]. »

DERNIER TOUR DE PISTE SOUS NAPOLÉON

Henri Beyle est indéniablement marqué par les six mois qui viennent de s'écouler. S'il n'a pas été contraint de défendre chèrement sa vie les armes à la main, la campagne de Russie a été pour lui une expérience traumatisante. La rigueur hivernale — la température a frôlé la barre des – 40° —, les restrictions, l'épuisement physique et les risques encourus ont contribué à endurcir son caractère : « Je suis actuellement dans un état de froideur parfait, j'ai perdu toutes mes passions. Je n'ai point bu les plaisirs de Paris avec cette avidité du cerf qui se désaltère [...][276]. » Opéras et dîners glissent sur lui comme de l'eau sur du papier huilé. L'envie même d'écrire se fait désirer. Il a perdu les cahiers de l'*Histoire de la Peinture en Italie* dans la débâcle et ne se sent pas le cœur à recommencer : « Cette passion-là reviendra-t-elle ? Je n'en sais rien. Je me sens mort dans ce moment. Un vieillard de soixante ans n'est peut-être pas plus froid[277]. » Il sait, par habitude, qu'il lui faut exécuter une chose pendant qu'il en est épris : « [...] sans amour je ne vaux rien. [...] Mon génie (dans le sens du *Génie du christianisme*) est donc inconstant, c'est-à-dire n'est pas amoureux longtemps[278]. » Il a perdu le goût des petits cercles civilisés mais continue, par reconnaissance, de se montrer chez Pierre Daru qui n'entrave pas ses velléités d'existence sans histoire.

De ses conquêtes amoureuses, il ne lui reste plus rien. Angela Pietragrua ne donne plus signe de vie ; Angelina Bereyter est reléguée au rang d'amical souvenir ; et pour des raisons dont il ignore le fondement, Alexandrine Daru semble avoir sonné l'heure de sa disgrâce. Mélanie Guilbert, devenue l'épouse d'un général russe, paraît dans la capitale sans y être attendue : « On ne rallume pas des cendres, voilà la théorie[279]. » Sa santé le déconcerte — « Depuis deux jours, je mange trois fois plus qu'à l'ordinaire et j'ai toujours faim, le café ne m'anime pas l'esprit, le vin bu le matin ne me donne pas envie de dormir[280] » —, il a une mine épouvantable et rédige un deuxième testament : « Cela n'en est pas moins ridicule, même revenant de Moscou[281]. » Lorsque son appétit pour le travail intellectuel se ravive, il met en ordre ses idées sur la comédie, fréquente le cabinet littéraire de la rue de Grammont, réfléchit sur les caractères et arrête le plan de *Letellier*. Mais il conserve un grand froid moral.

À Saint-Cloud, il assiste à la première représentation de *L'Intrigante*, comédie en cinq actes et en vers d'Étienne. Le style est bouffi, la pièce « ne fait un petit pas qu'au quatrième acte[282] », le public dépérit d'ennui mais Napoléon, flairant des éléments subversifs contre le régime impérial, l'interdit. « L'absurdité des raisonnements des gens de la cour est d'un palpable charmant[283] » : Henri s'empresse d'acheter les deux derniers exemplaires de la pièce chez un libraire. Une censure répondant à l'autre, il se fait prêter le discours de réception de François-René de Chateaubriand à l'Académie française — le texte ayant déplu à Napoléon, l'écrivain fut prié de le remanier, s'y refusa et ne fut pas reçu —, qu'il analyse au café de Foy :

Je voudrais que l'opinion publique n'admît au nombre des gens de lettres que les hom[mes] de cette force. Ils connaissent les couleurs du style. Un tel discours est un billet d'entrée. Une fois admis, je le trouve médiocre et irrémédiablement médiocre, en ce qu'il manque de raison ; il est faux. [...] Cha[teaubriand] pèche contre le bon ton en parlant trop de lui. Ses louanges sont des énigmes ; enfin il ne pense pas. Cet homme *shall not outlive his century**. Je parierais qu'en 1913 il ne sera plus question de ses écrits.

Le futur Stendhal n'a rien d'un oracle, et c'est tant mieux : il ne croira pas non plus, quelques années plus tard, à la pérennité de ses propres textes.

La vulnérabilité de l'Empire français ne faisant plus de doute en Europe, il n'est guère surprenant que se forme une nouvelle coalition déterminée à réduire la France à ses frontières de 1791. Le 14 février 1813, Henri assiste à l'ouverture de la session du Corps législatif au cours de laquelle Napoléon demande à ses représentants de voter les textes qui lui permettront de se remettre en campagne. Le 22 février, la Prusse signe un traité d'alliance avec la Russie. Le 17 mars, elle déclare la guerre à la France. Le 14 avril, l'Autriche rompt à son tour son alliance avec l'Empire et propose sa médiation. Deux jours plus tard, Napoléon a rejoint à Erfurt sa nouvelle armée, essentiellement composée de conscrits. Inexpérimentés, ces « Marie-Louise » vont apprendre le métier des armes en marchant. Désabusé de n'avoir été nommé ni préfet ni maître de requête, Henri, qui n'a pas non plus été récompensé par la croix bleue pourtant

* « Cet homme ne survivra pas à son siècle » (*Journal*, *op. cit.*, p. 852-853).

distribuée à tous vents, espère bien échapper à la campagne de Saxe. Celle de Russie aurait dû lui promettre plus d'avantages qu'aux autres, il n'en a rien été. Au nom de quoi devrait-il participer à la suivante ? Il n'a pas eu le temps de se reposer et ne souhaite pas obtenir d'intendance — « il vaut mieux passer une année tranquille à Paris avec un petit tour en Suisse ou en Italie [...][284] » —, mais il reçoit son ordre de départ : « Jamais événement ne m'a fait plus de peine. Je vais devenir barbare et mort pour les arts[285]. »

Le 19 avril, il est en route pour Mayence. Le 20 mai, il observe le feu nourri de Bautzen et « tout ce qu'on peut voir d'une bataille, c'est-à-dire rien[286] ». Le 6 juin, Pierre Daru cherche à envoyer un auditeur expérimenté à Sagan, en Silésie : « Je lisais, exprès, derrière les autres, ayant une espérance vague de n'être pas désigné et d'aller passer dix ou douze jours, des cinquante que l'armistice a encore [à] durer, à Venise[287]. » Le sort s'acharne : c'est bel et bien lui qui est nommé.

Son intendance à Sagan commence le lendemain — « Je règne, ma chère Pauline, mais comme tous les rois je bâille un peu[288] ». Il parvient à emprunter un piano, se fait prêter des livres par le fondé de pouvoir général de la duchesse de Courlande et plaide sa cause auprès de son cousin pour remplacer Martial à Rome, sitôt la place vacante. Il est accablé d'une charge de travail considérable qui ne lui laisse aucun loisir. « Comme je n'ai aucun sentiment tendre ici, les filles me font horreur[289]. »

Le jour anniversaire de son départ pour la Russie, il consigne dans son *Journal* : « Quelle année que celle qui s'est écoulée depuis un an ! Pour que rien n'y manquât, il y fallait une int[endan]ce et une maladie[290] ! » Il a été servi. La forte fièvre mâtinée de violents accès de délire qu'il contracte a au moins le mérite de l'envoyer en convalescence à Dresde. Il atteint la capitale de la Saxe le 28 juillet, juste à temps pour assister à une représentation du *Matrimonio segreto*. Il est à bout de forces.

Le 12 août 1813, l'Autriche déclare la guerre à la France. C'est la curée. La chute du camp impérial semble inéluctable. Le jour suivant, l'état de santé d'Henri s'aggrave, qui le prive d'une mission à Francfort. Il est malade depuis deux mois. Pierre Daru lui donne la permission de rentrer à Paris. Henri prend le chemin du retour le 14 août, date à laquelle le maréchal prussien Blücher déclenche les hostilités. Lorsque se déroule la bataille de Dresde, il a retrouvé la capitale avec mille francs en or et trente et un napoléons en poche. Il met alors sa sœur Pauline dans la confidence : « Grand secret, S.E. le Duc de C[adore], enchanté de ma mine, m'a permis d'aller me mettre en espalier dans le midi, pour avoir un peu chaud. Je vais donc à Milan. Pour le public, c'est Cularo et ma famille. C'est précisément ce que je faisais il y a deux ans et deux jours[291]. » En chemin, il confesse à Alexandrine Daru : « Je suis las. Je voudrais bien qu'on m'oubliât jusqu'à ce que M[arti]al ou M. Petiet quittent leur poste[292]. »

Le 7 septembre, il aperçoit le Dôme de Milan. Il est encore très faible, son inconfortable voyage en chaise de poste l'ayant particulièrement épuisé, mais il apprend « à chercher le bonheur avec plus d'intelligence[293] ». Théâtres, opéras, peintures, visites : il occupe ses loisirs sans toutefois ressentir l'ivresse des séjours passés. Sa santé, trop languissante à se remettre, en est possiblement la cause. Angela Pietragrua, peu disponible et souvent absente, en est peut-être aussi une autre. Il soupçonne l'existence d'un rival et s'installe dans la pénible situation d'un homme dans l'expectative. Restent heureusement la lecture et la rédaction de ses observations sur les mœurs italiennes : « Je ne b[ande] pour aucun livre, et ce n'est que dans cet état heureux que je lis avec fruit, avec augmentation de mon magasin d'idées, ou plutôt avec rectification de mes idées, et approche toujours plus voisine de la vérité. Elle est pour moi (dans la connaissance de l'homme) comme une peinture recouverte d'une couche de chaux ; sans cesse quelque parcelle de chaux tombe, et j'approche de cette vérité désirée[294]. »

Ses moments de plaisir sont éphémères. Les considérations du médecin et philosophe Pierre Jean Georges Cabanis sur la mémoire l'intéressent au plus haut point — « La chose qui me manquera le plus tôt lorsque je vieillirai, ce sera la mémoire[295] », puis il découvre le lac de Côme et Venise, et glane quelques bribes d'intimité avec Angela dans sa villégiature de Monza, mais peine à se créer une occupation. Doit-il se désespérer de ne pas représenter pour sa maîtresse autant que ce qu'a été son ancien supérieur Louis Joinville ? N'a-t-il pas le droit de se voir à son tour accorder l'amour d'une femme aussi rare ? Son séjour s'assombrit de surcroît avec la nouvelle de la perte de son grand-père Gagnon, qui s'éteint à Grenoble le 20 septembre.

Ses affaires le ramènent le 14 novembre à Paris. Il demande à être exempté de la conscription au vu de ses états de service et obtient gain de cause, mais sa fonction d'auditeur lui vaut d'être rappelé dans le département de l'Isère pour la formation du contingent dans la levée de trois cent mille hommes. Placé sous les ordres du sénateur Jean Denis René Lacroix de Chevrières, comte de Saint-Vallier, il a pour mission de l'accompagner à Grenoble et de l'assister dans sa charge, qui consiste à assurer la défense du territoire national dans la 7e division militaire. Être affecté à Grenoble est une punition. Rien ne pouvait lui arriver de pire : « *My sister*, cette bonne tête, n'eut pas un moment d'illusion et me plaignit sincèrement, voyant bien l'étendue du fumier dans lequel je tombais[296]. »

Le 5 janvier 1814, il foule avec dégoût le sol de sa ville natale. Contraint les deux premières nuits de dormir chez son père, il loue une chambre au plus vite. « J'ai eu dans cette chambre quelques moments de solitude qui sont les moins infectés d'ennui et d'envie de vomir morale que j'ai passés à Grenoble[297]. » La défense de la région n'est pas une mince affaire. Il faut organiser les gardes nationales et les corps francs, observer l'ennemi qui stationne dans le voisinage, concentrer les troupes, gérer la fabrication des cartouches, approvisionner la garnison, anticiper d'éventuelles révoltes, faire appliquer les arrêtés, et même rallier Chambéry. Il se jette avec zèle et intelligence dans le travail, mais périt de contrariété. Les préfets Fourier et Finot lui donnent du fil à retordre, sa santé ne le soutient pas. La besogne est trop forte, au point que le comte de Saint-Vallier demande qu'une décoration soit remise à son talentueux collaborateur. Henri tombe dangereusement malade et ne quitte plus son lit. Son supérieur accède à sa demande de rappel à Paris.

Le 27 mars, après un bref crochet à l'hôtel de Hambourg, rue Jacob, il regagne son domicile parisien. Le 30 mars, les belligérants combattent sur les pentes de Montmartre et à Pantin. Les événements l'indiffèrent. « Tout le monde s'est bien conduit, pas le moindre désordre[298] », écrit-il à sa sœur, sous-entendant que rien n'a été brûlé ni pillé. Les dégâts, en comparaison des incendies de Moscou, n'ont évidemment pas la même ampleur. D'autant qu'Auguste de Marmont, maréchal de France et responsable de la défense de la capitale, entame des pourparlers le jour même et signe l'armistice dès le lendemain. Napoléon s'efface de la scène politique. Le 1er avril 1814, à l'instigation de Charles Maurice de Talleyrand, le conseil général de la Seine proclame le rétablissement de Louis XVIII, petit-fils de Louis XV et frère cadet de Louis XVI, exilé depuis vingt-trois ans. Henri apprend à cette date que ses appointements sont supprimés. Le 3 avril, la déchéance de l'Empereur est prononcée par le Sénat. Le 6, il abdique sans conditions.

Le 7 avril, Henri « adhère avec empressement aux actes passés par le Sénat depuis le 1er avril 1814* ». S'il n'a jamais caché son hostilité aux Bourbons, il tente de sauvegarder ses prérogatives et, à défaut, d'être au moins porté sur l'*Almanach royal* comme Inspecteur honoraire du Mobilier de la Couronne. Ce faisant, il entreprend les démarches nécessaires à l'obtention d'une place en Italie. Il n'est pas un cas isolé : « Grands et petits ont suivi leurs intérêts sans songer au *qu'en dira-t-on*[299]. » Privé de l'aide d'un Pierre ou d'un Martial Daru, trop estampillés partisans du régime impérial, ses appuis sont désormais réduits et il doit se débrouiller seul. Les places sont d'autant plus rares que « trente mille nobles qui ne savent rien faire affluent par toutes les diligences pour tout demander[300] ». Ne voyant rien poindre de concret, aux prises avec la perspective d'une infortune à laquelle il n'a pas été habitué, il réclame à son oncle le versement de ce qu'il a hérité de son grand-père et décide, puisque Chérubin la lui a cédée, de vendre la maison.

Le traité de Fontainebleau lui en ayant garanti la souveraineté, Napoléon embarque pour l'île d'Elbe le 28 avril, sous bonne garde. Le 3 mai, Louis XVIII fait son entrée dans Paris. Les Bour-

* [Le nom du destinataire ne figure pas sur l'autographe] 7 avril 1814 (*Correspondance générale*, tome II, *op. cit.*, p. 521).

bons ont été rétablis sur le trône : c'est le début de la première Restauration.

Henri se préoccupe de l'impression de l'essai auquel il travaille depuis le 10 mai, *Vies de Haydn, de Mozart et de Métastase*, sur les presses de Pierre Didot, jubile à la lecture de *De l'esprit de conquête et de l'usurpation dans leurs rapports avec la civilisation européenne* de Benjamin Constant, et profite de ses dernières soirées parisiennes. Malgré la situation, il est encore susceptible de passions :

Je sors des Français où j'ai vu *Le Barbier de Séville*, joué par Mlle Mars. J'étais à côté d'un jeune officier russe, aide de camp du général Waïssikof (quelque chose comme cela). [...] Cet aimable officier, si j'avais été sa femme, m'aurait inspiré la passion la plus violente, un amour à l'Hermione. J'en sentais les mouvements naissants ; j'étais déjà timide. Je n'osais le regarder autant que je l'aurais désiré. Si j'avais été sa femme, je l'aurais suivi au bout du monde. Quelle différence d'un Français à mon officier ! Quel naturel, quelle tendresse chez ce dernier ! [...] Si une femme m'avait fait une telle impression, j'aurais passé la nuit à chercher sa demeure. Hélas ! même la comtesse Simonetta ne m'a fait une telle impression que quelquefois[301].

Son beylisme n'autorise aucune censure en ce qui concerne l'appréciation de la beauté. De ce strict point de vue comme de tant d'autres, il est d'une stupéfiante modernité.

Le 3 juillet, il troque son appartement de la rue Neuve-du-Luxembourg pour la chambre très commune d'un hôtel garni au 27 de la rue du Mail. Sans poste et sans emploi, criblé de dettes, il vient de prendre le parti de se retirer à Milan : « [...] vivre ici dans une demi-misère m'est impossible aujourd'hui, lié comme je suis, presque seulement avec des gens riches[302]. » Que peut-il espérer en France, où il n'a droit à rien ? Le 20 juillet 1814, il quitte Paris. Sa carrière militaire appartient au passé. Henri Beyle a trente et un ans.

Les années milanaises (1814-1821)

L'AMOUR MEURT, MAIS NE SE REND PAS

La désagrégation de l'Empire devant les armées de l'Europe coalisée, la chute de « l'Aigle » et le retour de l'ancienne noblesse ont mis un frein aux ambitions parisiennes d'Henri Beyle. Désabusé de la vanité des uniformes, lassé de la société des hommes, « dégoûté du métier d'aud[iteu]r et de la bêtise insolente des puissants[1] », il tâche de mettre ses affaires en train de l'autre côté de la frontière et s'efforce de trouver son équilibre dans les temps nouveaux. Il escompte, entre autres, l'éventuelle mutation à Naples de son ancien condisciple de l'École centrale de Grenoble Jean Antoine Plana, qui lui serait d'un précieux secours. Dans l'expectative d'une situation qui lui agrée, Henri s'occupe prioritairement de ses désordres de cœur. Après une halte, dans le nord du département de l'Isère, au château de Thuellin où résident Pauline et François Daniel Périer-Lagrange, il arrive à Milan le 10 août 1814. Le peu de chaleur de ses retrouvailles avec Angela Pietragrua brise net ses élans. Prétextant une violente réaction anti-française attisée par le retour des Autrichiens en Lombardie, arguant du risque de se compromettre en s'affichant avec lui, elle l'éloigne au plus vite. À quoi bon perdre son temps avec un ancien fonctionnaire impérial à la santé altérée, destiné à vivoter sans fortune, et selon toute apparence privé d'avenir ? Angela Pietragrua n'est pas à court d'amants. Devenu indésirable, Henri n'est pas dupe — « Je ne puis être juge de la haine qu'on a contre le Français, puisqu'on le reçoit très poliment et que ce n'est qu'à elle qu'on a osé la témoigner. Je puis donc avoir des soupçons et la croire inconstante[2] » —, mais accepte docilement de se soumettre à cet exil forcé. Du 29 août au 13 octobre 1814, il parcourt l'Italie en proie aux tourments de la jalousie, non sans avoir au préalable offert à sa maîtresse de venir vivre à Venise ou dans une autre ville de son choix avec lui. Elle diffère évidemment sa réponse. S'il est conscient de l'imminence de sa défaite, Angela reste l'objet constant de ses pensées et Henri n'est pas homme à abdiquer sans livrer un dernier combat.

De Gênes auquel il dénie tout pittoresque, il s'embarque pour Livourne, qu'il atteint après cinquante-cinq heures de navigation, par grand vent, sur un bâtiment de soixante-dix tonneaux. Son absence de mal de mer lui ouvre « une voie aussi simple qu'économique pour voir les grandes villes[3] ». Ne trouvant rien de remarquable à cette cité ceinte de remparts et privée d'opéra, il est bientôt rendu à Pise, qu'il visite sous une pluie battante. Parmi les « désagréables » tableaux anciens qu'abrite la chapelle du Campo Santo, il ne trouve son bonheur qu'avec une madone peinte d'une grande perfection — « C'est une beauté bien moderne, bien existante, on sent le plaisir qu'on aurait à faire céder la peau de ces joues charmantes par le poids d'un baiser[4]. »

Le 23 septembre, un voiturin le dépose à Florence. L'Arno est presque à sec, mais les fêtes par lesquelles la ville célèbre le retour du grand-duc de Toscane Ferdinand III sont à ce point somptueuses qu'elles valaient bien, à elles seules, le déplacement. Il reprend goût à ses pérégrinations culturelles, fréquente le cabinet littéraire de Molini où il relit *Jacques le Fataliste* — qui avait produit sur lui, en 1805, « l'effet de l'esprit le plus agréable[5] » —, et hésite entre partir pour Rome ou abréger son exil. Après deux jours à Bologne et quelques heures à Parme passés à voir les peintures du Corrège et « à peu près tous les tableaux de ces deux villes[6] », il rentre à Milan le 13 octobre, impatient de se mettre à la disposition d'Angela. Leur entrevue est tout aussi décevante que la précédente : elle le vouvoie et rompt sous un prétexte fallacieux — il est resté quinze jours sans lui écrire ! —, mais lui donne rendez-vous pour le lendemain. S'il n'est donc qu'à demi accablé, il se défend de tout optimisme irréfléchi et se laisse même effleurer par « quelques idées de finir, comme un jocrisse, par un coup de pistolet[7] ». Ces incessantes ruptures de ton et d'attitude désarçonnent son esprit sentimental. Seul un excès de travail peut lui permettre de traverser un pareil détroit d'affliction. Il se fortifie à la lecture de Destutt de Tracy, s'emporte contre la servilité monarchique de Fénelon, fait la tournée rituelle des loges de la Scala et suit l'actualité avec attention, même s'il affirme être résolu à déraciner chez lui toute idée politique : « Je méprise autant les gouvernés que les gouvernants, et c'est toujours le dernier observé qui me semble le plus haïssable[8]. »

Ses relations épistolaires avec sa sœur Pauline se limitent, pour l'essentiel, à la charger de mille et une commissions : envoi de boîtes de cachous utiles à son crédit auprès des dames de la société milanaise, transport d'innombrables caisses et ballots de livres, demande de lettres de change, paiement de diverses créances... Sans compter qu'elle est instamment priée de tout mettre en œuvre pour accélérer la liquidation de la maison, projet qui la déshérite et contre lequel Chérubin s'arc-boute de toutes ses forces en accusant son fils de provoquer sa ruine. Si Henri a des soucis de trésorerie constants, si ses amours suivent la courbe irrégulière des caprices de sa maîtresse, ses occupations littéraires le mobilisent et il travaille assidûment à son *Histoire de la Peinture en Italie* : « Depuis le 13 octobre, *the day of my arrival till today* 18 décembre, *I work* ferme *being crossed in love. From the half of November,* uniquement *on the stile*[*]. »

* « Depuis le 13 octobre, jour de mon arrivée jusqu'à aujourd'hui 18 décembre, je travaille ferme étant contrarié en amour. Depuis la mi-novembre, uniquement sur le style » (*Journal, op. cit.*, p. 922).

L'année 1814 se clôt par la mort d'Alexandrine Daru, survenue le 26 décembre des suites d'un accouchement qui s'était pourtant déroulé sans incident. Dans la lettre qu'il lui adresse pour lui annoncer la tragédie, son cousin Pierre a troqué sa sévérité légendaire pour un désespoir sans fond : « L'esprit le plus juste, le caractère le plus égal, les sentiments les plus doux, tout cela est perdu. Vous ne la retrouverez plus quand vous reviendrez à Paris. Vous n'y verrez qu'une famille en larmes et un père qui se trouve isolé au milieu de sept enfants. [...] Je vous embrasse, le cœur oppressé de douleur[9]. » Henri tait le drame dans son *Journal* alors qu'il y glisse une allusion à la disparition de Mademoiselle Raucourt, mais fait part de son chagrin à Pauline : « Ah ! ma chère amie, quelle affreuse nouvelle m'apprend le journal qu'on m'apporte ! La mort de Mme Daru. C'était, après toi, la meilleure amie que j'eusse au monde ; je ne puis t'écrire. Adieu. *Achille est mort, grands dieux, et Thersite respire*[10] *!* »

L'heure du désenchantement semble avoir sonné. La sortie parisienne, le 28 janvier 1815, des *Vies de Haydn, de Mozart et de Métastase* lui offre un réconfort de courte durée.

Si son goût musical s'est indéniablement affiné au fil des années — « À force d'être heureux à la Scala [...], j'étais devenu une espèce de connaisseur[11] » —, ses connaissances dans le domaine de l'histoire de la musique, quant à elles, avoisinent le néant. C'est peu dire qu'il en a une parfaite conscience. En publiant sous le pseudonyme prudent de Louis Alexandre César Bombet les *Vies de Haydn, de Mozart et de Métastase*, Henri Beyle vient d'entrer officiellement en littérature par un plagiat. Ce dernier serait peut-être passé inaperçu si sa publication n'avait attisé l'intérêt de l'homme de lettres et musicologue italien Giuseppe Carpani, lui-même auteur d'un essai sur Haydn édité en 1812, qui décide d'interpeller publiquement son homologue dans la *Gazzetta di Milano*. Sa critique est éloquente :

Je n'avais pas l'honneur de vous connaître, et je ne l'aurais pas encore, s'il ne vous avait pris, comme vous dites, envie de devenir auteur, en imprimant chez Didot en 1814 des lettres françaises sur le célèbre compositeur Haydn. Mon libraire ne les eut pas plus tôt reçues, qu'il me les présenta, ornées de votre nom révéré. Haydn, les beaux-arts, des lettres, Paris !... Quelle chance ! Sans tarder, j'ouvre le livre, et je vois, dès les premières lignes, que *vos* lettres sont en réalité *les miennes*, mes *Haydine*, imprimées il y a deux ans chez Bucinelli à Milan et accueillies avec tant de faveur par le public italien et français, mes *Haydine* que vous n'avez fait que traduire* !

Pour le musicologue, le plus grave ne réside cependant pas tant dans le pillage de son matériau que dans la dénaturation de son propos :

[...] en me volant les quatre cinquièmes de mon bien, vous y avez ajouté un cinquième du vôtre. Ce cinquième, direz-vous, vous ne l'avez pas fait. À quoi je vous réponds : Ce cinquième, gardez-le ; d'abord je n'aime pas le bien d'autrui ; ensuite, il ne vaut vraiment pas la peine que je le prenne. Mais je dois vous remercier aussi de cette infidélité comme traducteur ; car, avec vos tripatouillages, vous avez fait une œuvre disparate qui prouve immédiatement la contrefaçon. [...] Pourtant, tout en vous étant reconnaissant de m'avoir vous-même donné les moyens de me défendre, j'ai à me plaindre de certains de vos procédés. Pourquoi avoir omis mal à propos certains passages de mes *Haydine* ? Pourquoi en avoir dénaturé d'autres, tantôt par ignorance, tantôt par esprit de malice ? [...] Vous ne vous êtes pas contenté de me voler mon enfant : vous lui avez arraché les yeux, coupé les oreilles, abîmé les formes ! Si seulement vous l'aviez laissé tel que vous l'avez trouvé dans son berceau** !

* « *Io non ebbi mai l'onore di conoscervi, né l'avrei ora, se non vi avesse preso, come voi dite, il ticchio di divenir Autore, stampando per Didot nel 1814 certe Lettere Francesi sul celebre Maestro Haydn. Il mio libraio, appena ricevutele, me le presenta ier l'altro freggiate del vostro riverito nome.* Haydn, Arte, Lettere, Parigi *! che più ! Apro impaziente il libro e vedo, alle prime linee, che queste* vostre *Lettere sono le* mie *Haydine, da me stampate due anni prima in Milano pel Buccinelli, ed accolte con tanto favore dal Pubblico Italiano e d'Oltremonti, da voi recate in Francese* » (lettre de Giuseppe Carpani du 18 août 1815, *Correspondance générale*, tome II, *op. cit.*, p. 625).

** « [...] *che voi nel dare quattro quinti di mio, avete inserito nel libro un quinto di vostro, ed oh (parlo per voi) non l'aveste fatto ! Questo quinto illegittimo io ve lo rendo per intero ; primieramente perché io non amo quel d'altri, poi perché non val la pena ch'io me ne innamori. Ma vi devo ringraziar anche di questa infedeltà come Traduttore, men-*

Et il conclut son réquisitoire lapidaire : « Montrez-vous reconnaissant de ma modération en ne répondant rien : vous m'éviterez ainsi la peine d'avoir à faire taire en moi les sentiments que, dans des cas analogues, les auteurs volés ne se gênent pas pour exprimer*. »

Quoiqu'en mauvaise posture, Henri ne se prive pourtant pas de répondre par voie de presse, indifférent aux foudres de l'intéressé. Piqué au vif, ce dernier s'empresse de renchérir :

> [...] contrairement à votre affirmation, vous n'assistiez pas, en 1808, à Vienne, à la seconde exécution de la *Création* en italien. Aux preuves s'écorche l'âne, dit le proverbe toscan. À nous deux, donc. Vous dites que le concert eut lieu dans une salle du palais du prince Lobkowitz où se trouvaient quinze cents personnes. Vous rêviez donc les yeux ouverts, en lisant mes *Haydine* ? Comment les avez-vous si mal comprises ? Vous n'avez donc pas vu que le concert fut donné, non pas dans le palais en question, mais dans la salle de l'Université, qui ce jour-là, en effet, contenait plus de quinze cents personnes. Toute la ville de Vienne peut en témoigner, et je vous

---

tre avete fatto cosi un'Opera a due colori che mostra di slancio i caratteri della contrafazione. [...] *Ma nel confessarmi grato delle armi che m'avete voi stesso ammannite per mia difesa, io devo lagnarmi di voi per certi passi ommesi male a proposito, per altri stravisati per ignoranza, altri per determinata malizia.* [...] *Voi non solo m'avete involato il moi parto, ma gli avete qua e là cavati gli occhi, mozzate le orecchie, sfregiate le forme. L'aveste almeno lasciato quale il trovaste nella sua culla !* » (*Correspondance générale*, tome II, *op. cit.*, p. 626-627).

* « [...] *ma voi dovete altresi mostrarvi riconoscente a questa mia moderazione col non rispondere parola. Mi evitereste così la pena di più oltre comprimere i sentimenti che in somiglianti casi sogliono gli Autori derubati manifestare senza ritegno* » (*Correspondance générale*, tome II, *op. cit.*, p. 628).

défie de trouver dans le palais du prince Lobkowitz, sauf dans les écuries, une salle pouvant contenir plus de deux cents personnes. [...] Vous dites encore que, quand les *Saisons* furent données pour la première fois, vous (c'est-à-dire moi) êtes allé chez Haydn pour lui dire comment avait réussi sa musique. Et moi je vous dis encore que vous avez rêvé. Haydn dirigeait lui-même les *Saisons* : il n'avait donc besoin ni de votre visite ni de la mienne pour en avoir des nouvelles. Traduisez-moi un peu mieux : l'histoire sera plus fidèle*.

Il ne manque ni d'arguments ni d'exemples concrets. Quand Henri n'a pas plagié le texte initial, il a inventé ce qu'il ignorait et parsemé le texte de considérations personnelles parfois sans rapport avec le sujet. Si sa méconnaissance des rudiments de la musique est flagrante, son incapacité à ruser en diluant ses emprunts l'est tout autant. N'est pas un habile mosaïste qui veut. Dans le cas présent, il est difficile de plaider le plagiat involontaire. Giuseppe Carpani porte l'estocade : « Je suis fatigué de battre un mort. Relevez-vous, si vous

* « [...] *giacché Voi vi chiamate, non foste presente in Vienna alla seconda esecuzione della* Creazione *in Italiano l'anno 1808, malgrado la vostra asserzione e malgrado che quello fosse l'anno in cui vorreste far credere d'avervi scritte le* mie *Lettere. Alle prove si scortica l'asino, dice il Toscano. A noi. Voi dite che quel Concerto si tenne in una* sala di casa Lobkovitz *dove erano* mille cinquecento persone. *Voi sognaste ad occhi aperti. Avreste dovuto legger meglio il mio testo ed avreste visto che fu dato nella Sala dell'Università. Ivi : "la sala dell' Università conteneva più di 1 500 persone". Tutta Vienna ne fu testimonio, Padron mio, e vi sfido poi a trovare in casa Lobkovitz fuori della stalla un luogo che contenga più di 200 persone.* [...] *Voi dite che quando furono date per la prima volta le* Stagioni *di Haydn, Voi (cioè io), andaste dall'Haydn per dirgli come era riuscita la sua musica. Ed io vi dico anch qui che sognate. Haydn la diresse egli stesso e non aveva mestieri della vostra visita, nè della mia, per saperne le nuove. Traducetemi meglio, e la storia andrà a dovere* » (lettre de Giuseppe Carpani du 20 août 1815, *Correspondance générale*, tome II, *op. cit.*, p. 633-634).

avez un reste de vie musicale ; et, si vous êtes mort en musique, employez donc les jours qui vous restent à vivre, à autre chose qu'à voler les livres d'autrui et vous en faire passer pour l'auteur*. » Il se le tiendra d'autant plus pour dit que les musiciens Antonio Salieri — premier maître de chapelle de la Cour impériale et royale de Vienne —, Giuseppe Weigl — musicien des Théâtres impériaux et royaux de Vienne — et Carlo Frieberth — musicien de la Chapelle impériale et royale —, le Conseiller de Légation de Saxe à la Cour impériale et royale d'Autriche Griesinger et Marianna von Kurzbeck, élève et amie du compositeur Haydn, signent une déclaration commune entérinant l'acte de plagiat. L'hagiographe Louis Alexandre César Bombet n'est plus.

La polémique rebondira toutefois le 26 mai 1816 dans *Le Constitutionnel* :

> *Les Lettres sur Haydn*, que tous les amateurs de la symphonie ont lues et goûtées, furent, il y a six mois, l'objet d'une réclamation assez plaisante de la part de M. Carpani, de Milan ; il prétend que M. César Bombet n'en est point l'auteur, mais le simple traducteur. M. Bombet nous écrit à son tour pour réclamer, et renvoyer à son adversaire l'accusation de plagiat. Nous sommes fort embarrassés dans cette grave contestation ; les pièces probantes manquent absolument. Du reste, l'ouvrage méritait d'être traduit en français, s'il est italien ; en italien, s'il est français. Le livre de M. Bombet, original ou copie, se vend à Paris, chez P. Didot, rue du Pont-de-Lodi[12].

* *« Io sono stanco di battere un morto. Alzatevi se avete un resto di vita musicale ; e se in musica siete morto, spendete un po'meglio i giorni veri che vi rimangono che nell'involare i libri altrui e spacciarvene per autore » (Correspondance générale*, tome II, *op. cit.*, p. 635).

Giuseppe Carpani publie sa réponse dans l'édition du 20 août. Soutenu par Louis Crozet, Henri, se faisant passer pour le frère dudit Bombet, tente de clore le débat dans un billet non dénué d'humour inséré dans *Le Constitutionnel* du 1er octobre 1816 :

> Je le prierais de nous faire connaître ses droits sur les questions que M. Bombet a approfondies le premier touchant les vraies causes des plaisirs produits par les arts, et particulièrement par la musique ; sur les jugements exquis que M. Bombet nous donne sur les grands compositeurs ; je prierais encore M. Carpani de nous dire s'il aurait la charmante prétention d'avoir servi de modèle *au style plein de grâce, plein d'une sensibilité sans affectation, et qui n'exclut pas le piquant qui, peut-être, est le premier mérite de l'ouvrage de M. Bombet.* Mais je m'aperçois qu'à mon tour je deviens un Hercule, que je pille M. Carpani, que je tombe dans le sérieux et dans l'ennuyeux. M. Bombet, qui n'aime pas ce style moderne, et qui pour tout n'a eu garde de dérober le sien à M. Carpani, M. Bombet, qui est mon frère aîné, me fera sûrement de grands reproches de la liberté que je prends d'ennuyer le public en son nom[13].

Le 30 octobre, Giuseppe Carpani jette les hauts cris et se dresse contre ce Bombet nouveau-né, revendiquant la paternité de deux cents pages sur les deux cent quatre-vingt-sept du plagiaire. Plus tard, historiens et critiques feront la part de ce qui revient à T. C. Winckler et à C. F. Cramer dans la biographie de Mozart, et à Giuseppe Baretti dans celle du librettiste d'opéra Métastase. Mais les *Vies de Haydn, de Mozart et de Métastase* n'essuieront pas d'autres reproches du vivant de leur auteur.

Lassé de son insularité, incapable de se résigner à son sort, Napoléon débarque le 1er mars 1815 à Golfe-Juan et marche sur Paris, rallié à chaque étape par les effectifs de l'armée royale. En France, l'impopularité des Bourbons s'est accrue et nombreux sont ceux qui espèrent le réveil des passions révolutionnaires. Dix-huit jours plus tard, menacé par le « vol de l'Aigle », Louis XVIII se réfugie précipitamment à Gand. Le 20 mars au matin, la France se retrouve privée de gouvernement. Napoléon regagne les Tuileries sans rencontrer de résistance. Mis au ban de l'Europe par les coalitions alliées qui refusent toute négociation, il va être obligé de reprendre l'offensive : « L'apparition de l'Empereur a mûri de dix ans la fermentation de la France. En ce sens, elle est heureuse. Elle a épargné à la France un peu de sang et beaucoup d'*avilissement* moral[14]. »

Ce renversement de situation ne déjoue toutefois pas les projets du *Milanese* qui, s'il prête attention aux Cent-Jours, n'envisage pas de rentrer à Paris pour autant. Sous quel prétexte s'y rendrait-il d'ailleurs ? Et surtout avec quels moyens, lui qui s'avère contraint de gravir peu à peu les étages de son logement en raison de la légèreté de sa bourse ? « Je ne retournerais que si le Bâtard me faisait une pension ; il n'en fera point, ni je ne lui en demanderai. Donc je reste. La mort de Mme Daru m'ôte tout regret[15]. » Pour l'occasion, il signe « Don Flegme » la lettre qu'il envoie à Pauline.

Le 30 mai, sa sœur Zénaïde se marie avec son ami Alexandre Mallein. La réaction fraternelle se limite à un seul commentaire : « J'apprends que mon père a donné 30.000 à Zénaïde en la mariant. Comment se justifiera-t-il aux yeux des honnêtes gens, en ne traitant pas un fils à cheveux blancs comme une de ses filles ? Ma seule ressource est la maison. Mais il paraît que les intrigues de mon père font peur et que personne n'a le courage de servir un pauvre diable absent[16]. » Sa santé, une nouvelle fois, décline et il doit subir de nombreuses saignées.

Le 18 juin 1815 à vingt et une heures trente, la défaite de la bataille de Waterloo provoque la déroute de l'armée française. La retraite est ordonnée cependant que les armées coalisées contre « l'usurpateur » passent la frontière. Le 22 juin, de nouveau vaincu, Napoléon dicte l'acte de sa seconde abdication et quitte la capitale pour Rochefort. Sa demande d'asile au gouvernement anglais aboutit à sa déportation dans l'île de Sainte-Hélène. Le 3 juillet, les troupes de Wellington et de Blücher occupent Paris. La capitulation est signée. Henri l'apprend dans « le triste trou de Padoue[17] » où il a rejoint Angela : « [...] tout est perdu, même l'honneur[18] ». Sa haine de la royauté reste farouche, même s'il n'aurait pas dédaigné un poste sous le gouvernement de Louis XVIII. Au moment où ce dernier remonte sur le trône et où commence la seconde Restauration, il découvre « la vie à la vénitienne, les femmes dans les cafés et la société ne finissant qu'à deux heures du matin[19] ». L'espoir de faire prochainement souche à Venise avec sa maîtresse ne l'empêche pas d'écrire : « Le parti de l'éteignoir triomphe[20]. » Et un peu plus tard : « L'extinction de la famille des B[ourbons] eût été utile à la France[21]. » C'est ce que pense probablement aussi le garçon sellier Étienne Louvel, qui espérera cinq ans plus tard anéantir la race régnante.

Le 22 juillet, Henri arrive seul à Venise, tombant de sommeil et passablement irrité. Il loge à l'hôtel Regina d'Inghilterra, réputé pour être l'un des meilleurs de la ville — à ceci près qu'il se caractérise par une absence de canif pour tailler les plumes — et découvre la beauté, les cafés, les salons et la liberté de mœurs de la cité des Doges : « Ce pays, dans l'état actuel, est peut-être encore le plus gai de l'Europe. La facilité de faire connaissance y est étonnante. On s'assied à côté d'une femme, on se mêle sans façon de la conversation, on répète trois ou quatre fois ce procédé ; si l'on se plaît on va chez elle, et en quinze jours, à la première fois qu'on se trouve en gondole, on la branle[22]. » Mais son bonheur à lui consiste « à être solitaire au milieu d'une grande ville, et à passer toutes les soirées avec une maîtresse[23] ». Pour y parvenir, il aspire à la venue d'Angela de tous ses vœux. Venise est, en tout état de cause, le séjour qui convient le plus à son tempérament. Il songe d'autant plus sérieusement à s'y établir qu'il sent sa passion pour les déplacements s'assagir : « Le nouveau ne s'empare plus de toute mon âme[24]. » Cette modération n'est pas sans raison : le travail lui fait défaut en voyage. Les campagnes napoléoniennes, également, l'ont refroidi : « L'aspect sale sous lequel on découvre l'humanité dans les positions difficiles, en un mot ce que j'ai vu en Russie, me dégoûte des voyages un peu dangereux. Plus d'Amérique, à peine Constantinople. En Italie, il ne me manque que Ferrare. Je verrai la Suisse, une fois, en allant à Paris. Il ne me manque de considérable que l'Angleterre, mais je ne bande pas pour ce pays de puritains[25]. » Il sait, de toute évidence, qu'il ne rentrera pas de sitôt en France, « un pays sans liberté et sans gloire[26] ». Lorsqu'il retourne à Milan au mois d'août, la brouille avec Angela s'annonce définitive. L'inévitable se produit après une brève réconciliation : « L'amour est tué le 15 octobre 1815[27]. » Abattu, il n'a d'autre recours que de travailler sans relâche à l'*Histoire de la Peinture en Italie* en dépit de son état de santé. Le 1er décembre, les deux amants se donnent définitivement congé.

Les tableaux qui ont été restitués à l'Italie par la France après la bataille de Waterloo, exposés à l'Archevêché en janvier 1816, lui offrent un répit entre deux saignées. Il souffre de pléthore et d'étouffements. Le 23 février, il a achevé son *Histoire de la Peinture en Italie* et relit l'essai de théorie esthétique de Richard Payne Knight, *An Analytical Inquiry into the Principles of Taste*, « *for* glaner *somewhat** ». Louis Crozet, chargé de la relecture du manuscrit et des relations avec l'imprimeur, est enthousiaste : « Tes apostrophes sont vives ; elles ne sont pas piquantes, elles mordent ; excellent pour nous et pour toi, mauvais pour la foule, cruel et dangereux pour ceux qui s'élèvent dans cette foule[28]. »

Le 8 mars, Henri se fait saigner pour la quinzième fois depuis son arrivée en Italie. Il est indisposé par des battements d'artère nerveux et note le lendemain dans ses carnets : « *I thought of death this morning*** . » Shakespeare le distrait de ses tourments. Le 5 avril, vraisemblablement porté par le désir d'arranger ses finances, il est à Grenoble.

DE GRENOBLE À LONDRES

Il n'a pas repris contact avec les siens depuis dix jours qu'il met au point un projet de résolution familiale. Effrayé d'apprendre que Chérubin est proche de la ruine et doit de cent cinquante à deux cent mille francs, il convainc ses sœurs et beaux-frères de le pousser à vendre la maison : « Quel que soit l'effet de la vente qui est l'unique et dernier remède, nous ne pouvons nous repentir

* « Pour glaner quelque chose » (*Journal*, *op. cit.*, p. 958).
** « J'ai pensé à la mort ce matin » (*ibid.*, p. 959).

d'avoir engagé mon père à prendre le seul expédient qui nous reste et auquel il faudrait tôt ou tard en venir. Notre malheur est que le respect personnel qu'il inspire l'empêche de s'entendre dire sur sa fortune les tristes vérités dont le rapport unanime nous parvient de tous les côtés[29]. » La gravité de la situation est telle qu'il passe sous silence la dissolution de l'École polytechnique, prononcée le 13 avril pour cause de ralliement des élèves en faveur de l'Empereur pendant les Cent-Jours. En entend-il seulement parler ? Il assiste, en revanche, au mouvement insurrectionnel déclenché le 4 mai dans sa ville natale. Fomenté par l'ancien émigré Paul Didier qui est parvenu à lever quatre ou cinq cents insurgés, le complot vise de toute évidence à renverser Louis XVIII. De violentes échauffourées éclatent dans les rues. La répression est immédiate : Grenoble est placée en état de siège et les condamnations pleuvent de tous côtés. Arrêté le 13 mai en Savoie, le meneur est guillotiné le 10 juin.

Chérubin s'est démis sans explication de ses fonctions officielles quelques heures avant le début des événements. Huit jours après l'exécution de Didier, Henri plie bagage sans faire mention du complot dans ses carnets. Il se trouvait, pourtant, aux premières loges. Était-il à ce point préoccupé par ses affaires familiales et par sa santé ? À peine arrivé à Milan, il consulte un médecin en toute hâte. À trente-trois ans, fort de quatre-vingt-quatorze kilos, il souffre d'une fièvre erratique, de sueurs anormales, d'étourdissements, de palpitations, d'engourdissements de la moitié gauche du corps, de montées de sang et de douleurs nerveuses à la tête. S'il ne présente plus pour l'heure de signes extérieurs d'affection syphilitique, son affaiblissement lui fait craindre le pire : « Quand j'ai mal aux nerfs, les palpitations, l'engourdissement à gauche, je crains la mort, je remarque l'âge des gens de lettres dont je lis la vie. Avec la santé me revient le mépris de la mort[30]. » C'est alors qu'il regrette de n'être plus amoureux. Mais sa solitude ne l'empêche pas de conclure que l'arrêt de leur liaison est une plus grande perte pour Angela que pour lui : « Mme de Staël a bien raison : *dans la société* il n'y a que les sots qui soient fripons[31]. »

Sa fréquentation de la Scala lui permet de rencontrer, dans la loge de l'aumônier d'Eugène de Beauharnais Lodovico di Breme, le Tout-Milan libéral et ses nombreux sympathisants, parmi lesquels le poète anglais Lord Byron, « *charming angel's* profil* », et l'homme politique John Cam Hobhouse. « Ils m'ont illuminé, et le jour où ils m'ont donné les moyens de lire *the Edin*[*burgh*] *Review* sera une grande époque pour l'histoire de mon esprit [...][32] », confie-t-il à Louis Crozet. « Byron, Byron est le nom qu'il faut faire sonner ferme. L'*Ed*[*inburgh*] *R*[*eview*] le place immédiatement après Shakespeare pour la peinture des passions énergiques[33]. » La découverte du périodique occasionne une révolution non négligeable dans

* « Charmant profil d'ange » (*Journal*, *op. cit.*, p. 963).

ses idées. Voilà qui atténue la très rigide réponse du ministre de la Guerre à ses demandes répétées de versement de la demi-solde de son grade : « Avant de prononcer sur cette réclamation il est nécessaire que vous me fassiez connaître par des attestations authentiques en quelle qualité vous avez été employé depuis le 1er avril 1814 et quelle a été votre conduite pendant l'absence du Roi en 1815[34]. »

Le 8 décembre, il s'installe à Rome afin d'étudier *in situ* le *Jugement Dernier* et de rédiger une vie de Michel-Ange, sorte de petit appendice à l'*Histoire de la Peinture en Italie*. Il y met un point final à Naples, où il réside pendant un mois environ à compter du 28 janvier, et retrouve Milan le 4 mars 1817. Le 13 avril, une diligence le conduit auprès de sa sœur dont le mari, François Daniel Périer-Lagrange, est décédé le 14 décembre 1816. Après une halte à Plancy-sur-Aube chez Louis Crozet, il gagne Paris pour remettre les ultimes corrections de son manuscrit à Pierre Didot. Il s'entend avec l'imprimeur Adrien Egron, sis au 37 de la rue des Noyers, pour la publication de *Rome, Naples et Florence en 1817* dont il a achevé la rédaction et s'empresse, pour tromper l'attente de la parution de ces deux ouvrages, d'embarquer pour Londres où il parvient le 3 août 1817.

Descendu au Tavistock Hotel de Covent Garden en compagnie de Jean Joseph Marie Schmit van Dorseläer, ancien employé au ministère de la Police sous l'Empire, devenu intrigant et espion politique, et d'Edouard Edwards, commissaire dans l'armée anglaise d'occupation du duc de Wellington, il visite la ville avec ses nouvelles connaissances. Certes, l'intérieur de Saint-Paul « est un cloaque, comparé à celui de Saint-Pierre[35] », mais flâner dans les rues londoniennes s'avère un vrai plaisir et il apprend par deux demoiselles anglaises, non sans surprise, ce que contiennent les « grands godets de verre remplis d'une gelée jaune de fort bonne mine et au frais dans de la glace[36] » qui l'intriguent tant dans les cafés : « *C'été de la dgélée de piaî de voô*[37]. » « Certainement, jamais des demoiselles françaises, surtout pour un objet de gastronomie, n'eussent parlé à deux hommes[38]. » Le « pays de puritains » ne manque finalement pas d'agrément. De musées en dîners au « *Beefsteack-house* », de librairies en soirées à l'opéra ou au Surrey Theatre où il constate que les femmes, d'ordinaire habillées avec pruderie, « sont étrangement décolletées au spectacle et dans les sociétés[39] », il prend du bon temps et rentre enchanté à Paris.

CELUI PAR QUI LE STENDHAL ARRIVE

Le 2 août 1817, le *Journal de la Libraire* annonce la sortie de l'*Histoire de la Peinture en Italie*, par M.B.A.A. — Monsieur Beyle Ancien Auditeur —, en deux volumes. Le 13 septembre, la *Bibliographie de la France* annonce celle de *Rome, Naples et Florence en 1817*, par M. de Stendhal, officier de cavalerie. À son retour d'Angleterre, Henri peut enfin tenir ses livres entre les mains. Au premier, aux deux tiers plagié, il aura travaillé pendant deux années de quatre à six heures par jour, entremêlant aux idées des autres ses digressions sur l'art, l'Histoire, l'esthétique et la politique — « Il est vrai que je me suis formé le style, et qu'une grande partie du temps que je passais à écouter la musique *alla Scala* était employé à mettre d'accord Fénelon et Montesquieu qui se partagent mon cœur[40]. » Ayant davantage œuvré d'après les gravures que sur les originaux, il n'exclut pas de consacrer encore deux pleins volumes à ce sujet. C'est avec *Rome, Naples et Florence en 1817* qu'il signe pour la première fois du pseudonyme de Stendhal, emprunté à la ville natale, en Prusse saxonne, du critique d'art Johann Joachim Winckelmann, Stendal, qu'il a vraisemblablement traversée en 1806. Par l'originalité de sa composition et l'aisance d'un style nourri par le feu de l'improvisation, l'ouvrage est d'un contenu plus personnel et s'impose comme une première réussite.

Une fois expédiées les affaires courantes et chargé Louis de Barral des envois personnels de ses livres, Henri n'a plus aucune raison de s'éterniser à Paris. Lors de son séjour, il a renoué avec le baron Adolphe de Mareste, qui va devenir son confident le plus intime, et fait la connaissance de Joseph Lingay, secrétaire du ministre de la Police Élie Decazes et membre actif du *Journal des Débats*. Le 6 septembre, il a rencontré le philosophe Antoine Louis Claude Destutt de Tracy, qui lui a remis son *Commentaire sur « L'Esprit des Lois » de Montesquieu* en remerciement de l'*Histoire de la Peinture en Italie.* Il est temps, désormais, de prendre le chemin du retour : « À Paris, je vis sur une surface agréable, mais dès que je veux approfondir, je trouve le tuf le plus pauvre et le plus sec. À Milan, je vis sur une surface légèrement ennuyeuse par le manque de vie, mais dès que je veux approfondir, soit illusion, soit réalité, je trouve les sensations les plus brillantes, les plus passionnées, les plus exemptes de toute langueur[41]. »

Il parvient à destination le 21 novembre 1817 en compagnie de sa sœur Pauline, qu'il entend arracher pour quelques mois à sa province et à la douleur du deuil. Il l'installe dans un logement indépendant du sien, lui loue une loge à la Scala et s'occupe de littérature au moment où « les Romantiques se battent ferme contre les Classiques[42] ». Il se revendique « du parti de l'*Edinburgh Review*[43] », autrement dit des premiers. Le 26 novembre, il met en chantier sa *Vie de Napoléon.*

IL N'Y A PAS D'AMOUR HEUREUX

S'il se pique de politique et pourfend les ultraroyalistes à tout propos — « je suis ouvertement un chien de libéral, pour tout potage[44] » —, s'il participe activement à la bataille du *romanticisme* et passe « de sept heures à minuit chaque jour à entendre de la musique et à voir deux ballets[45] », rien ne mobilise autant sa flamme que Matilde Dembowski, à qui il a été présenté le 4 mars 1818. Il s'éprend passionnément d'elle et consigne ce jour-là dans ses cahiers : « Le grand danger de la civilisation, c'est l'absence de danger. Voyez Paris[46]. » Née Viscontini vers 1790, mariée dix-sept ans plus tard à l'officier polonais Jan Dembowski qu'elle quitta en raison de son caractère irascible et brutal, celle qu'il appelle Métilde va se placer d'emblée hors d'atteinte, récalcitrante à la dévotion qu'il lui porte. Il ne pansera jamais les plaies causées par cet amour non partagé. Quelques semaines à peine se sont écoulées depuis leur première rencontre qu'elle prend aussitôt ses distances :

The 29th March he has had un coup sensible dans le plus profond de son cœur, un coup qui confirme les choses dans lesquelles *he is* timide. *The* M[atilde] lui marquait de la bienveillance ; il semblait que *her soul* entendit la sienne. Tout à coup *the servant* lui a dit deux fois qu'elle n'était pas chez elle ; il l'a vue aujourd'hui ; *she has not said* qu'il y avait longtemps qu'elle ne l'avait vu, et la conversation languissait. Au lieu de la voir *every* trois jours, il ne la verra que dimanche prochain. Cet événement a couvert d'un crêpe toute la journée*.

* « Le 29 mars il a eu un coup sensible dans le plus profond de son cœur, un coup qui confirme les choses dans lesquelles il est timide. M[atilde] lui marquait de la bienveillance ; il semblait que son âme en-

À Milan, riche république adonnée aux arts et à la volupté, la situation devient intolérable comme dans le reste du pays : « Les cris des nobles et des prêtres, ces grands ennemis de toute civilisation, auraient, je crois, converti à l'Autriche les esprits de ces riches et voluptueux bourgeois qui, à Milan, font le fond de la population ; mais par principe de justice et d'honnêteté, bête à l'allemande, le g[ouverneu]r a voulu appliquer à l'Italie les lois paternelles faites pour les lourds habitants du Danube[47]. »

Pour favoriser la mise en place de cette législation, les tribunaux ont été renouvelés et les juges italiens renvoyés. Le peuple gronde, les conspirations vont bon train et les espions pullulent. Cette atmosphère électrique n'est pas pour déplaire à son esprit frondeur, d'autant que le monde des lettres se déchire et qu'il vient d'entrer en contact avec un mouvement d'idées proches des siennes : « [...] la guerre des rom[antiques] et des classiques va jusqu'à la fureur à Milan ; ce sont les *verts* et les *bleus*. Toutes les semaines, il paraît une brochure piquante. Je suis un romantique furieux, c'est-à-dire je suis pour Shak[espeare] contre Racine, et pour lord Byron contre Boileau[48]. » Lorsqu'il ne combat pas la plume à la main — il écrit *Qu'est-ce*

---

tendît la sienne. Tout à coup le [la] domestique lui a dit deux fois qu'elle n'était pas chez elle ; il l'a vue aujourd'hui ; elle n'a pas dit qu'il y avait longtemps qu'elle ne l'avait vu, et la conversation languissait. Au lieu de la voir tous les trois jours, il ne la verra que dimanche prochain » (*Journal, 1818-1842*, in *Œuvres intimes II*, Gallimard, coll. « Bibliothèque de la Pléiade », 1982, p. 6).

que le romanticisme ?, *Des périls de la langue italienne*, *Ouvrage de grammaire*, *Du romanticisme dans les beaux-arts* —, il passe « trois soirées ou plus, chaque semaine, de onze heures à deux heures après minuit, avec Mme Elena Viganò, fille du grand comp[osit]eur de ballets[49] », au cercle de laquelle il a été admis. Il ne tarde bientôt pas à abandonner la particule devant son patronyme, incompatible avec son ralliement au clan des libéraux : « Plus de "de" *for me*[*]. »

Le 2 avril, il se met en route pour Grenoble, via Turin et Chambéry, en raison d'un procès qui touche aux intérêts de Pauline. Il repart seul le 5 mai « de ce pays *haïssant* et respirant l'*assassinat*[50] », laissant sa sœur souffrante dans le Dauphiné. Leur cohabitation milanaise ne sera pas appelée à se renouveler, tant Henri estime avoir été sévèrement puni de sa sollicitude fraternelle : « Mme Perier s'est attachée à moi comme une huître, me chargeant à tout jamais de la responsabilité de son sort. Mme Perier avait toutes les vertus et assez de raison et d'amabilité. J'ai été obligé de me brouiller pour me délivrer de cette huître ennuyeusement attachée à la carène de mon vaisseau, et qui bon gré mal gré me rendait responsable de tout son bonheur à venir. Chose effroyable[51] ! » Se brouillèrent-ils réellement ? Leur correspondance, en tout état de cause, se tarit. Adolphe de Mareste, qu'il charge de faire le lien avec ses imprimeurs pari-

* « Plus de "de" pour moi » (lettre à Adolphe de Mareste du 22 avril 1818, *Correspondance générale*, tome III, Honoré Champion, 1999, p. 117).

siens comme de tout ce qui a trait à ses multiples commandes de livres, a désormais la primeur de ses réflexions politiques et littéraires.

À Milan, Henri se passionne pour les articles publiés dans *Il Conciliatore* de l'un des principaux promoteurs du *romanticisme*, le philosophe Ermès Visconti, et se désole du peu d'intérêt de la France sur cette question : « Voulons-nous la tragédie à la *Xipharès* ou la tragédie à la *Richard III* ? [...] Votre attention, à vous autres Français, est absorbée par la politique. Pour quarante ans, la littérature va donc se réfugier dans les pays qui n'ont pas encore le bonheur de pouvoir appliquer à leur syphilis le *mercure* des deux Chambres. Quand la France sera guérie, la littérature y reparaîtra aussi belle et plus vigoureuse que jamais, et la cause de Racine tient aux *carrosses du roi*, où M. de Chateaubriand nous apprend qu'il eut l'honneur de monter avant d'aller écouter les bruits du désert[52]. » La censure sévissant, les journaux se font rares et il constate amèrement que « hors Londres et Paris, il n'y a pas de conversation. Il y a des monstres, des Canova, des Rossini, des Viganò ; mais les lumières ne sont pas répandues[53] ». Avec qui pourrait-il ici partager son enthousiasme pour Helvétius — « C'est le seul Français qui raisonne[54] » —, Bentham — « dont le génie est Montesquieu perfectionné[55] » — et Constant ? À qui faire part de sa répulsion pour les *Considérations sur les principaux événements de la Révolution française* de Madame de Staël — « ouvrage contradictoire et puéril, s'il en fut jamais, et à genoux devant le plus grand mal de la société actuelle, *la noblesse*[56] » — et de son mépris pour Chateaubriand — « Chateaubriand n'est pas un demi-Ménandre, c'est un quart de Burke[57] » ? Dans l'Italie soumise au joug autrichien, son esprit boulimique et éclairé se sent isolé. On s'y occupe beaucoup de musique, mais le débat d'idées est bien plus fructueux par voie épistolaire. Les controverses suscitées par la doctrine mêlant modernisme littéraire et libéralisme de ceux qui évoluent autour de Lodovico di Breme ne lui suffisent pas.

Repoussé par Matilde qui l'oblige à espacer toujours plus ses visites, Henri fait une excursion d'une semaine, au mois d'août 1818, « *per i colli di Brianza*, entre les deux branches du lac de Como, de Lecco à Como[58] », avec l'avocat libéral Giuseppe Vismara qu'il compte alors au nombre de ses intimes : « Quelle variété et quelle vivacité dans nos occupations et nos sensations de la journée ! Voilà voyager[59]. » Il a beau reprendre ses habitudes à la Scala et au café Veronese de la place du Dôme, toutes ses pensées sont aimantées par celle qu'il idolâtre. Ses lectures ne sont pas non plus épargnées : « *Read* René *with the* convenable tristesse *thinking to* M[atilde]. Sans elle je n'aurais pas pu l'achever*. »

Pendant presque un an, il se jette à corps perdu dans l'écriture. Mais il souffre le martyre et reste incapable de brider son tempérament. Matilde

* « Lu *René* avec la convenable tristesse en pensant à M[atilde] » (*Journal, op. cit.*, p. 27).

s'étant absentée en Toscane au début du mois de juin 1819 afin de visiter ses deux fils, pensionnaires au collège San Michele de Volterra, il ne résiste pas à la tentation de l'y poursuivre, convaincu qu'il est de passer inaperçu en chaussant des lunettes vertes, en changeant d'habit et en attendant la nuit pour sortir. Il ne souhaite que l'entrevoir et la savoir proche de lui. Mais son stratagème fait long feu : à l'instant même où le hasard les met en présence, il ne lui vient d'autre réflexe que d'ôter ses lunettes. Pour Matilde, la coupe est pleine. Exaspérée, elle l'accuse de chercher à la compromettre. Il s'empresse de se justifier :

> Ah ! Madame, qu'il est aisé à l'homme qui n'a pas de passion d'avoir une conduite toujours mesurée et prudente. Moi aussi, quand je puis m'écouter, je crois ne pas manquer de discrétion ; mais je suis dominé par une passion funeste qui ne me laisse plus le maître de mes actions. Je m'étais juré de m'embarquer ou au moins de ne pas vous voir, et de ne pas vous écrire jusqu'à votre retour ; une force plus puissante que toutes mes résolutions m'a entraîné aux lieux où vous étiez. Je m'en aperçois trop, cette passion est devenue désormais la grande affaire de ma vie. Tous les intérêts, toutes les considérations ont pâli devant celle-là. Ce funeste besoin que j'ai de vous voir m'entraîne, me domine, me transporte. Il y a des moments, dans les longues soirées solitaires, où, s'il était besoin d'assassiner pour vous voir, je deviendrais assassin. Je n'ai eu que trois passions dans ma vie : l'ambition de 1800 à 1811, l'amour pour une femme qui m'a trompé de 1811 à 1818, et, depuis un an, cette passion qui me domine et qui augmente sans cesse[60].

Fuyant le sombre théâtre de sa mésaventure, Henri se réfugie à Florence et à Bologne jusqu'à la fin du mois de juillet, écrivant à Matilde force lettres dans l'espoir de réparer son erreur. Le décès de son père, survenu à Grenoble le 20 juin 1819, l'oblige à gagner la France aussitôt qu'il en prend connaissance. La perte de son géniteur ne lui cause aucune tristesse, tant sa rancœur s'est renforcée avec les années. En chemin, il se prend à rêver au confortable patrimoine qui est supposé l'attendre et caresse des projets chimériques. Rendu le 10 août à Grenoble, il tombe des nues. Chérubin ne lui a quasiment laissé que des dettes : « Tout ce que la haine la plus profonde, la plus implacable et la mieux calculée peut arranger contre un fils, je l'ai éprouvé de mon père[61]. » Une fois la succession réglée et le partage des biens effectué — il propose à ses sœurs de leur en céder à chacune le tiers —, il ne reste à Henri qu'un maigre capital. En d'autres temps, il s'en serait accommodé. Aujourd'hui, il lui est difficile de rester insensible à de pareils outrages de fortune. Cruellement désappointé par cet héritage rachitique, miné par la lenteur de la liquidation du patrimoine paternel, il gagne Paris sans ardeur : « 18 septembre 1819, *I am* blasé*. » Devra-t-il y tenter fortune ? Les remous de la vie politique française ne l'y incitent pas : « Le moins affligeant serait d'avoir trente heures de travail par semaine à exécuter dans un bureau, mais à peu près aux heures qui me conviendraient[62]. » Pour s'en être

* « 18 septembre 1819, je suis blasé » (*Journal*, *op. cit.*, p. 34).

déjà ouvert à Adolphe de Mareste, il ne se berce pas d'illusions :

> Je suis persuadé qu'à Paris je serais *haïssant*, c'est-à-dire malheureux. Je paye par cet excès de sensibilité désordonnée l'enthousiasme et le bonheur que j'ai trouvés dans plusieurs moments de ma carrière, par exemple, à l'entrée à Berlin, le 26 octobre 1806. D'ailleurs vous connaissez ma mortelle répugnance pour les bas de soie, et je m'éloigne chaque jour davantage de la jambe fine qui convient au solliciteur[63].

Après avoir voté aux élections législatives du 11 septembre et donné sa voix à l'abbé Baptiste Henri Grégoire, ancien évêque constitutionnel et ancien Conventionnel régicide soutenu par le parti libéral — son élection en Isère sera invalidée par la Chambre des députés le 6 décembre —, il reprend le chemin de Milan le 14 octobre 1819 : « Départ *by the* malle-poste*. » Il s'inquiétera plus tard de l'interdiction du *Conciliatore* par la police autrichienne. Pour l'heure, l'accueil de Matilde lui cause une amère sensation de déjà-vu : « *The 23*, enfin, *after tot sospir, I find but a cool* réception**. » Elle ne lui ouvrira plus sa porte qu'une fois par quinzaine, prohibant par avance toute référence à l'amour dans leurs conversations. Si Henri plaide une dernière fois en sa faveur — « [J'ai un malheureux caractère qui est fait pour aimer et pour être enthousiaste, et je manque de prudence, même dans les affaires les plus pro-

* « Départ par la malle-poste » (*Journal*, *op. cit.*, p. 37).

** « Le 23, enfin, après tant de soupirs, je ne trouve qu'une froide réception » (*ibid.*).

saïques[64]] » —, elle campe sur ses positions et il ne lui reste qu'« à tuer les heures pour tuer les jours[65] », le temps qu'arrive le rendez-vous attendu.

Le 29 décembre 1819, tandis que réapparaissent les symptômes d'une maladie vénérienne trop familière, il décide d'entreprendre la rédaction de *De l'Amour*. Comment rendre compte de sa passion contrariée, sinon en la transcendant par des considérations plus générales ? Il en jette aussitôt les grandes lignes sur le papier :

> Il y a quatre espèces d'amour : 1° L'amour-passion, celui de la religieuse portugaise, celui d'Héloïse, etc. 2° L'amour-goût, celui qu'on sent généralement à Paris ; c'est un tableau où il ne doit pas entrer d'ombres noires, rien de désagréable sous aucun prétexte. 3° Le plaisir physique : à la chasse à cheval, trouver une belle et fraîche paysanne qui fuit dans les bois (comme à Fontainebleau, septembre 1811). Tout le monde connaît le dernier ; quelque bilieux et malheureux que soit le caractère, on commence par là à seize ans. 4° L'amour de la vanité, comme un beau cheval. Quand une fois nous connaîtrons parfaitement l'amour-passion, l'amour-goût, qui n'en est qu'une diminution, qu'une nuance affaiblie, sera facile à connaître[66].

Dans cette œuvre qui traite la passion comme une fièvre, c'est-à-dire « invasion, point culminant, finalement mort ou guérison* » et dont le plan « est la marche naturelle des choses** », il développe la célèbre théorie de la cristallisation,

* « *Invasione più alto grado, finalmente morte o guarigione* » (lettre à Antonio Benci du 3 mai 1824, *Correspondance générale*, tome III, *op. cit.*, p. 423).

** « *è l'andamento naturale delle cose* » (*ibid.*).

donnant au mot une acception nouvelle — « J'ai inventé un mot nouveau. J'ai appelé *cristallisation* cet acte de folie qui vous fait voir toutes les perfections de l'objet aimé* » :

> Aux mines de sel de Salzbourg, on jette, dans les profondeurs abandonnées de la mine, un rameau d'arbre effeuillé par l'hiver ; deux ou trois mois après on le retire couvert de cristallisations brillantes : les plus petites branches, celles qui ne sont pas plus grosses que la patte d'une mésange, sont garnies d'une infinité de diamants, mobiles et éblouissants ; on ne peut plus reconnaître le rameau primitif. Ce que j'appelle cristallisation, c'est l'opération de l'esprit, qui tire de tout ce qui se présente la découverte que l'objet aimé a de nouvelles perfections[67].

On lui prêtera l'intention d'avoir voulu écrire un traité philosophique, voire une physiologie.

Le 11 janvier 1820, contre toute attente, le ministre de la Guerre lui accorde le titre nécessaire à la perception des arrérages du traitement de non-activité de son grade. Ses sentiments amoureux lui donnant de plus en plus de fil à retordre, Henri ne s'éloigne guère de Milan. Il s'accroche à une certitude : « Je n'habiterai jamais la France. Les Français me font venir *la pelle di cappone* à force de déplaisir, d'éloignement, de déplaisance, de mépris**. »

L'assassinat du duc de Berry, poignardé aux

* « *Ho fatto una parola nuova. Ho chiamato* cristallizzazione *quell'atto di pazzia che vi fa vedere tutte le perfezioni nell'oggetto amato* » (*ibid.*, p. 424).

** « Les Français me font venir la chair de poule à force de déplaisir, d'éloignement, de déplaisance, de mépris » (*Journal*, *op. cit.*, p. 43).

portes de l'Opéra de Paris le 13 février 1820 par Étienne Louvel, entraîne la chute du gouvernement Decazes et marque la fin de la période modérée de la seconde Restauration. Les ultras accusent les libéraux de complicité avec le meurtrier, la France se déchire dans les affrontements politiques et la droite s'empare du pouvoir : c'est le retour des lois d'exception supprimant les libertés individuelles et le rétablissement de la censure. En des temps aussi troublés et aussi peu cléments envers les idées libérales d'un beyliste révolté, mieux vaut sans doute pour Henri continuer à courir les spectacles et les bals masqués de la capitale lombarde. Au mois de mars, il s'autorise une escapade à Bologne et à Mantoue. Le 21 mai, il contracte une fluxion de poitrine à l'occasion d'« une délicieuse promenade en bateau, sur le Tessin et le Po, pour aller voir les jardins de Belgiojoso[68] ».

Dans l'intervalle, il apprend par un médecin qu'il est victime d'accès de goutte, que cette dernière « attaque d'abord l'estomac et que la tête ne souffre que *per consenso*[69] ». Ces crises douloureuses ne l'empêchent pas d'affiner le style de *De l'Amour* : « Il écrit encore effrayé sous la dictée d'une grande passion. Voilà ce que le lecteur doit deviner. Donc, comme c'est la vérité, ne pas trop polir[70]. »

Ne trouvant pas d'issue à son marasme sentimental, Henri prend conscience de l'irréversibilité de la situation et, s'avouant vaincu, renonce à conquérir Matilde. Le 3 juin, au moment où jeunes royalistes et jeunes libéraux en décousent dans Paris, il termine la première rédaction de *De l'Amour*.

FIN DE PARTIE : « LE *DISTACCO AMARO** »

Le 4 juin, par ordonnance, le gouvernement français interdit les rassemblements. Trois jours plus tard, Étienne Louvel est guillotiné en place de Grève. Manifestations et affrontements se poursuivent. « Je n'ai pas osé vous écrire durant vos grands ou petits troubles de Paris, car je ne sais encore quelle idée m'en faire[71] », écrit-il à Adolphe de Mareste. Est-ce la conséquence de l'insurrection libérale qui éclate dans le royaume de Naples du 2 au 9 juillet ? À la fin du mois, de lourds soupçons pèsent sur Henri :

> Il m'arrive le plus grand malheur qui pût me tomber sur la tête. Des jaloux, car qui est celui qui n'en a pas, ont fait circuler le bruit que j'étais ici agent du gouvernement français. Il y a six mois que ça circule. Je me suis aperçu que plusieurs personnes cherchaient à ne pas me saluer ; je me fichais rondement, lorsque le bon Plana m'a écrit la lettre que vous recevrez. Je ne lui en veux point. Cependant voilà un terrible coup ! [...] Jamais la bonhomie milanaise ne pourra comprendre ma vie philosophique, et que je vis ici avec 5 mille fr. mieux qu'à Paris pour 12 mille fr. [...] Il y a trois mois que je n'ai pas été admis dans une société parce qu'une personne impartiale a dit : « S'il vient, plusieurs personnes (il est vrai

* « Le départ amer » (lettre à Adolphe de Mareste du 6 juin 1821, *Correspondance générale*, tome III, *op. cit.*, p. 346).

que ce sont des gens qui me haïssent) se retireront. » Je n'ai su cela qu'il y a deux heures. Voilà le coup le plus sensible que j'aie eu dans ma vie[72].

Comment détromper ses connaissances milanaises ? Louis Crozet, qui reconnaît « qu'il eût été bien préférable qu'Henri eût suivi les conseils de ses amis et qu'il n'eût pas coopéré à sa réputation en se travaillant pour avoir un caractère hautain et des manières larges[73] », a peu d'espoir quant à un éventuel retour à la normale :

> [...] le mal est fait et je ne vois pas ce que nous pourrions y apporter de remède. Lui-même n'y peut rien, car dès qu'un soupçon semblable a été exprimé, il n'est pas possible de l'extirper tout à fait. Eût-on prouvé cent fois la fausseté de l'assertion, il y a toujours des gens qui craignent, d'autres qui la propagent par malignité et il est impossible que dans toute occasion les ennemis n'en profitent pas. [...] son état, sa fortune et sa manière de vivre devaient faire naître le soupçon et ce serait d'ailleurs un coup d'adresse de l'administration autrichienne pour le discréditer auprès des libéraux qu'il fréquentait sûrement de préférence à tous les autres[74].

Il encourage Mareste et Plana à faire entendre raison à leur ami commun et à le persuader de quitter Milan au plus vite, mais il sait à quel point « ce caractère a tant d'inconstance alliée à sa fierté[75] » et ne peut jurer de sa réaction. Henri confirme d'ailleurs ses craintes, qui résiste à l'adversité en mettant en chantier la tragédie romantique *La Comtesse de Savoie* et en s'adonnant à son passe-temps favori de mélomane. Son plaisir ne consiste-t-il pas « à avoir l'imagination occupée[76] » ? Il n'est de toute façon pas prêt à se réconcilier avec la France. « Quatre heures de musique tous les soirs me sont devenues un besoin que je préférerais à Mlle Mars et Talma[77]. » Il profite de sa solitude pour dévorer les pièces de Shakespeare — « Le talent de Shak[espeare] était le plus grand qui ait existé dans le genre dramatique, mais la philosophie de son siècle et la science étaient courtes[78] » —, juge *Les Joyeuses Commères de Windsor* et *Beaucoup de bruit pour rien* ennuyeuses, apprécie *Comme il vous plaira* et *Henry V* et décrète « *Antoine et Cléopâtre*, assez froid, *Timon*, raisonnable, mais froid[79] ». Dans la foulée, il s'emporte contre Schlegel, jette sur le papier ses antipathies du moment — « Voltaire, extrêmement et toujours, Mme de Staël, Buffon[80] » — et s'interroge sur son ennui croissant pour les vers, « étant moins exacts que la prose[81] ».

En bref, il met tout en œuvre pour s'arracher à son dépit amoureux : « Il faut que l'imagination apprenne les droits de fer de la réalité. C'est pour cela que, pour guérir d'une grande passion, la distraction du grand monde et d'une vie agitée convient mieux que la solitude. Cela est encore plus vrai pour guérir la jalousie[82]. » Mais la distraction du grand monde n'est pas aisée pour qui en est désigné comme le paria. Son moral décline, tout l'indiffère. « Je suis devenu *very cool* sur la politique*. » Au point qu'il ne s'intéresse pas à la

* « Je suis devenu très calme sur la politique » (lettre à Adolphe de Mareste du 30 août [1820], *Correspondance générale*, tome III, *op. cit.*, p. 300).

tentative d'insurrection libérale de la « conspiration du Bazar » du 19 août et de l'arrestation, en France, de cent trente-huit conjurés : « On parlait hier soir d'une grande conspiration à Paris. Je m'en f[ous][83]. » L'Italie le déçoit : « Les journaux libéraux sont pleins d'exagération sur le libéralisme de l'Italie. À Rome, tout est prêtre, laquais ou maquereau de prêtre ; les nobles, bêtes comme des pots ; il n'y a pas le plus petit élément de libéralisme[84]. » La révolution est mûre dans d'autres villes, tout le monde a la fièvre et bien des régions s'agitent, mais à Milan comme à Venise, « toutes les langues sont libérales, mais *the heart wants a little** ». Suspect aux yeux des Autrichiens qui le soupçonnent d'intelligence avec la *Carbonaria*, société secrète fondée en 1815 et véritable foyer du libéralisme, il redouble de vigilance dans sa correspondance, déjà fortement codée, pour déjouer les tracasseries de la censure.

Le 25 septembre 1820, Henri expédie le manuscrit de *De l'Amour* à Adolphe de Mareste, dont il attend avec impatience le retour critique. Souffrant d'une inflammation de la prostate, il s'alite pendant dix-huit jours et se fait saigner à trois reprises. Tout l'ennuie. « Le théâtre de la Scala a été la platitude même depuis que les hommes de génie s'en sont écartés[85]. » Les valeurs de la déclamation lyrique ayant évolué, l'opéra traditionnel des Cimarosa, Sacchini et autres Paisiello qui

* « Toutes les langues sont libérales, mais le cœur manque un peu » (lettre à Adolphe de Mareste du 10 octobre [1820], *Correspondance générale*, tome III, *op. cit.*, p. 304).

enflammaient son cœur ne sont plus d'actualité et l'on ne donne à présent presque que du neuf, Hérold ou Meyerbeer : « Cela est plus utile à l'art et moins à nos plaisirs. Cet usage, le contraire du goût français, qui est d'admirer du *vieux beau* reconnu pour tel, imprime un cachet au goût italien[86]. » Rossini, qu'il lui a été donné de rencontrer à plusieurs reprises, se répète, de son point de vue, à l'envi. En bref, il n'y a plus d'Italie que le nom. Tout ce pour quoi il a vécu et s'est passionné semble avoir brutalement disparu.

Au début de l'année 1821, Henri affronte une réalité éprouvante : les deux volumes rouges ont manqué leur destinataire et se sont en apparence égarés. Le sort s'acharne contre lui : « Je suis mortellement ennuyé de *l'Amour*, s'il faut refaire un manuscrit de toutes les notes indéchiffrables que j'ai fait jeter dans un sac il y a six mois, je suis mort[87]. » Se résoudra-t-il à repêcher ses idées dans un tel fatras ? Rien n'est moins sûr. C'en est trop. Son moral est au plus bas. Des années plus tard, il se remémorera cette époque malheureuse :

> En 1821, j'avais beaucoup de peine à résister à la tentation de me brûler la cervelle. Je dessinais un pistolet à la marge d'un mauvais drame d'amour que je barbouillais alors [...]. Il me semble que ce fut la curiosité politique qui m'empêcha d'en finir ; peut-être, sans que je m'en doute, fut-ce aussi la peur de me faire mal[88].

Dans le nord de l'Italie, les libéraux piémontais fomentent l'agitation. L'armée autrichienne restaure l'absolutisme et fait la chasse aux patriotes italiens. Une répression sans précédent frappe le pays. Giuseppe Vismara s'exile à temps mais est condamné à mort par contumace. Le 1er avril, Henri prend une décision :

> *I believe, my dear friend, that I have* enfin *took* la plus pénible résolution *in all my life, that of coming back to Bruxelle's hotel. I have had,* il y a quelques heures, *a letter from* Cularo, *after what I should be mad if I did not take a* parti. Rien au monde ne peut être plus pénible pour moi. *I will have only three thousand for the remain of my life after this year. I have an intention of going to* Cularo, *and I will wait there for three thousands, with what I shall make my* entrée *in Lutece somewhat in may**.

Le 5 mai 1821, l'opinion française s'émeut de la mort de Napoléon à Sainte-Hélène. Comme nombre de ses contemporains, Henri, qui réprouve la politique de la Restauration, se prend à célébrer l'ex-général de la Révolution. L'image du défenseur des peuples remplace le souvenir du despote conquérant. La légende napoléonienne entre en campagne.

Le 13 juin 1821, après avoir passé une dizaine de jours sur les bords du lac de Côme, Henri

* « Je crois, mon cher ami, que j'ai enfin pris la plus pénible résolution de toute ma vie, celle de revenir à l'hôtel de Bruxelles. J'ai eu, il y a quelques heures, une lettre de Cularo après quoi je serais fou si je ne prenais pas un parti. Rien au monde ne peut être plus pénible pour moi. J'aurais seulement trois mille [francs] pour le reste de ma vie après cette année. J'ai l'intention d'aller à Cularo, et j'attendrai là les trois mille [francs], après quoi je ferai mon entrée à Lutèce aux alentours de mai » (lettre à Adolphe de Mareste du 1er avril 1821, *Correspondance générale*, tome III, *op. cit.*, p. 339).

prend congé de Matilde. « Quand reviendrez-vous ? me dit-elle. — Jamais, j'espère[89]. » Il ignore qu'il n'aura pas l'occasion de la revoir. « Cette âme angélique cachée dans un si beau corps[90] » quittera la vie le 1er mai 1825. Il fait ses adieux définitifs à Milan, où il a vécu les deux plus grands drames d'amour de son existence : « Cette ville où je croyais ne pouvoir demeurer sans mourir, je ne pus la quitter sans me sentir arracher l'âme ; il me semblait que j'y laissais la vie, que dis-je ? qu'était-ce que la vie auprès d'elle ? J'expirais à chaque pas que je faisais pour m'en éloigner[91]. » Il parvient au Saint-Gothard en passant par Airolo, Bellinzona et Lugano, dont la simple évocation le fera encore frémir en 1832 :

> Je voulus passer le Saint-Gothard à cheval, espérant un peu que je ferais une chute qui m'écorcherait à fond, et que cela me distrairait. Quoique ancien officier de cavalerie, et quoique j'aie passé ma vie à tomber de cheval, j'ai horreur des chutes sur des pierres roulantes et cédant sous les pas du cheval. Le courrier avec lequel j'étais finit par m'arrêter et par me dire que peu lui importait ma vie, mais que je diminuerais son profit, et que personne ne voudrait plus venir avec lui quand on saurait qu'un de ses voyageurs avait roulé dans le précipice[92].

Les montagnes suisses franchies, il traverse « l'affreuse et plate misère de la Champagne[93] ». À trente-huit ans, Henri Beyle rentre en France sain et sauf, mais le cœur anéanti : « 1821, 21 juin, *giungo at* Paris*. »

* « 1821, 21 juin, j'arrive à Paris » (*Journal, op. cit.*, p. 54).

Les années parisiennes (1821-1830)

UNE ACCABLANTE MONOTONIE

Sitôt rendu « dans cet étroit Paris, patrie du genre petit, mais par sa grandeur et le peu d'attention qu'on peut donner à son voisin, ville où la jalousie, l'envie, la pique d'amour-propre sont aux trois quarts paralysées[1] », Henri Beyle s'installe à l'hôtel de Bruxelles au 45 rue de Richelieu, où il était descendu lors de son bref séjour parisien de 1819. Son compatriote et ami Adolphe de Mareste, « le Piémontais le plus sec, le plus dur, le plus ressemblant à la Rancune (du *Roman comique*) que j'aie jamais rencontré[2] », y a élu domicile depuis plusieurs années. Chef de bureau au service des passeports de la préfecture de Paris, son cadet d'un an a « le cœur et la tête d'un homme de cinquante-cinq ans[3] », mais ils sont inséparables : « [...] nous nous cherchions d'un bout de Paris à l'autre[4]. » L'atmosphère générale de la pension, en grande partie redevable à la personnalité de l'hôtelier, ancien valet de chambre de la maison de Damas, a tout lieu de le satisfaire :

La politesse, la grâce, l'à-propos de ce M. Petit, son absence de tout sentiment, son horreur pour tout mouvement de l'âme qui avait de la profondeur, son souvenir vif pour des jouissances de vanité qui avaient trente ans de date, son honneur parfait en matière d'argent, en faisaient à mes yeux le modèle parfait de l'ancien Français[5].

Henri est assuré d'y trouver le calme et l'ordre indispensables à son retour forcé. Il n'a qu'une hantise : que soient révélées les coulisses de sa mésaventure milanaise. « Le pire des malheurs serait, m'écriai-je, que ces hommes si secs, mes amis, au milieu desquels je vais vivre, devinassent ma passion, et pour une femme que je n'ai pas eue[6] ! » Cette peur obsessionnelle va être le principe directeur de son existence pendant les dix années à venir. Il n'en prendra véritablement conscience qu'en 1832.

Henri souffre du désordre de son exil, et c'est peu dire qu'il lui est difficile de se réacclimater aux us et coutumes de la capitale :

Ce fut pour moi une rude corvée, en 1821, que de retourner pour la première fois dans les maisons où l'on avait eu des bontés pour moi quand j'étais à la cour de Napoléon. Je différais, je renvoyais sans cesse. Enfin, comme il m'avait bien fallu serrer la main des amis que je rencontrais dans la rue, on sut ma présence à Paris ; on se plaignit de la négligence[7].

Ses familiers s'efforcent de le tirer de sa langueur et de lui faire reprendre goût à la vie sociale. Le comte d'Argout, ancien auditeur au Conseil d'État et pair de France, « très brave, travailleur impitoyable, mais sans nul esprit[8] », lui procure un billet pour la Cour des pairs, « où l'on instruisait le procès d'une quantité de pauvres sots imprudents et sans logique[9] ». Constituée en Cour, la Chambre des pairs joue le rôle d'une Haute Cour de justice sous la Restauration et la monarchie de Juillet.

Henri assiste aux dernières journées du procès de trente-quatre accusés dans la « conspiration du Bazar », du nom du « Bazar Français » de la rue Cadet où les libéraux conjurés avaient l'habitude de se réunir. « La vue journalière de mes conspirateurs à la Chambre des pairs me frappait profondément de cette idée : t[uer] quelqu'un à qui on n'a jamais parlé n'est qu'un duel ordinaire. Comment aucun de ces niais-là n'a-t-il eu l'idée d'imiter L[ouvel][10] ? » Trois accusés par contumace sont condamnés à mort, parmi lesquels l'idéologue Joseph Rey, son initiateur par le passé des théories de Destutt de Tracy. Le procès le distrait un instant de sa douleur. Au sortir du palais du Luxembourg, il rencontre un jour son cousin Martial Daru :

> « Comment ! vous êtes à Paris, et depuis quand ? — Depuis trois jours. — Venez demain, mon frère sera bien aise de vous voir... » Quelle fut ma réponse à l'accueil le plus aimable, le plus amical ? Je ne suis allé voir ces excellents parents que six ou huit ans plus tard. Et la vergogne de n'avoir pas paru chez mes bienfaiteurs a fait que je n'y suis pas allé dix fois jusqu'à leur mort prématurée[11].

Henri a perdu l'envie de se fondre dans le paysage mondain, au point qu'il se refuse à saisir les occasions, pourtant abondantes, d'intégrer les sociétés qui lui procureraient un peu de cet oubli en quête duquel il s'est désespérément lancé. Parce que ses pensées sont solidement ancrées à Milan, non loin du *Duomo* et du *Teatro alla Scala*, sur la place Belgioioso où loge Matilde Dembowski. Il broie du noir dans de longues promenades en solitaire à Montmartre et au bois de Boulogne — « J'y ai été si malheureux que depuis j'ai pris ces lieux aimables en horreur[12]. » Sa résurrection ne semble pas au programme.

Son existence, en des temps aussi maussades, ne varie guère. Levé à dix heures, il se trouve à dix heures et demie au café de Rouen en compagnie d'Adolphe de Mareste et de son cousin Romain Colomb, « homme intègre, juste, raisonnable, mon ami d'enfance[13] ». Mais leur conversation manque d'esprit :

Le mal, c'est que ces deux êtres ne comprenaient absolument rien à la théorie du cœur humain et à la peinture de ce cœur par la littérature et la musique. Le raisonnement à perte de vue sur cette matière, les conséquences à tirer de chaque anecdote nouvelle *et bien prouvée*, forment de bien loin la conversation la plus intéressante pour moi. Par la suite, il s'est trouvé que M. Mérimée, que j'estime tant, n'avait pas non plus le goût de ce genre de conversation. Mon ami d'enfance, l'excellent Crozet (ingénieur en chef du département de l'Isère), excelle dans ce genre. Mais sa femme me l'a enlevé depuis nombre d'années, jalouse de notre amitié. Quel dommage ! Quel être supérieur que M. Crozet, s'il eût habité Paris ! Le mariage et surtout la province vieillissent étonnamment un hom[me] : l'esprit devient paresseux, et un mouvement du cerveau à force d'être rare devient pénible et bientôt impossible[14].

Après avoir savouré une tasse de café et deux brioches, il accompagne Mareste à son bureau : « Nous prenions par les Tuileries et par les quais, nous arrêtant à chaque marchand d'estampes[15]. » Quand ils se séparent commence alors « le moment affreux de la journée[16] ». Va-t-il au musée du Louvre — « J'avais encore en 1821 les restes de cette passion pour la peinture d'Italie[17] » ? La vue des chefs-d'œuvre exposés lui rappelle aussitôt le palais de Brera et Matilde. Cherche-t-il un peu d'ombre et de fraîcheur sous les grands marronniers des Tuileries pour lire quelque pièce de Shakespeare qu'il vient de se procurer dans une édition anglaise ? Sa lecture lui échappe à intervalles réguliers et ses pensées voguent vers elle :

J'ai bien peu de souvenirs de ces jours qui tous se ressemblaient. Tout ce qui plaît à Paris me faisait horreur. Libéral moi même, je trouvais les libéraux outrageusement niais. Enfin, je vois que j'ai gardé un souvenir triste et offensant pour moi de tout ce que je voyais alors. Le gros Louis XVIII, avec ses yeux de bœuf, traîné lentement par ses six gros chevaux, que je rencontrais sans cesse, me faisait particulièrement horreur. [...] Enfin, 5 heures arrivaient : je volais à la table d'hôte de l'hôtel de Bruxelles[18].

Il y retrouve ses proches et quelques « originaux de table d'hôte, espèce qui côtoie le chevalier d'industrie d'un côté et le conspirateur subalterne de l'autre[19] », comme le député Jean Joseph

Antoine Courvoisier, ancien aide de camp du général Michaud et futur garde des Sceaux. Après le dîner, le café constitue un moment agréable car propice aux rencontres de hasard, ainsi celle qu'il fait avec Louis de Barral, à qui il ne sait cependant que dire. Il dépérit d'ennui et de tristesse. Une fois de plus, à Paris, rien ne va : « Je me trouvais tous les défauts ; j'aurais voulu être un autre[20]. »

Outre Adolphe de Mareste, ses relations se composent de Nicolas Rémy Lolot, appelé à devenir un an et demi plus tard l'un des trois propriétaires de la compagnie des verreries et cristalleries de Vonèche Baccarat — « C'est le cœur le plus franc, le caractère le plus net, l'homme le moins spirituel et le moins instruit que je connaisse. Mais dans ses deux talents : celui de gagner de l'argent, sans jamais jouer à la Bourse, et celui de lier connaissance avec une femme qu'il voit à la promenade ou au spectacle, il est sans égal, dans le dernier surtout[21] » —, et un certain Poitevin qu'aucun historien n'est parvenu à identifier. Au mois d'août, désireux de le distraire de ses sombres rêveries, ses trois compagnons arrangent « une délicieuse partie de filles[22] » dans un établissement de la rue du Cadran, au coin de la rue Montmartre. Mis en présence d'une jeune débutante censée surpasser leurs attentes — « Les yeux de mes collègues devinrent comme égarés à cette vue[23] » —, il n'arrive à rien avec elle. L'idée de Matilde l'a saisi en entrant dans la chambre et il en est quitte pour se voir attribuer « une vertu bien comique : la chasteté[24] ». S'il n'en est pas à

1
2

« Je porterais un masque avec plaisir ; je changerais de nom avec délices. »

1 Manuscrit de la *Vie de Henry Brulard*. Henri Beyle au tableau à l'École centrale de Grenoble. Grenoble, bibliothèque municipale.

2 Portrait d'Henri Beyle au physionotrace, par Edme Quenedey, 1807. Collection particulière. Grenoble, musée Stendhal.

3

4

5

3 Portrait présumé de Chérubin Beyle.
Collection particulière. Grenoble, musée Stendhal.

4 Pauline Beyle.
Huile sur toile anonyme, XIXe siècle. Grenoble, musée Stendhal.

5 Zénaïde Caroline Beyle.
Huile sur toile anonyme, XIXe siècle. Grenoble, musée Stendhal.

6 Comte Pierre Daru par le baron Antoine Jean Gros.
Versailles, musée national du Château de Versailles.

7 Louis de Barral. Miniature anonyme.
Grenoble, musée Stendhal.

8 *La Journée des Tuiles*, par Alexandre Debelle, 1890.
Vizille , musée de la Révolution française.

6

7

8

« Ne pas aimer quand on a reçu du ciel une âme faite pour l'amour, c'est se priver soi et autrui d'un grand bonheur. C'est comme un oranger qui ne fleurirait de peur de commettre un péché. »

9

10

11

« Faut-il que mon bonheur dépende des femmes ! »

12

9 Henri Beyle en uniforme de consul vers 1835-1836 par Silvestro Valeri.
Grenoble, musée Stendhal.

10 Henri Beyle par Johan Olaf Sodermark, 1840.
Versailles, musée national du château de Versailles.

11 Henri Beyle, dessin d'Henri Lehmann, 1841.
Grenoble, Musée Stendhal.

12 Stendhal en faune dansant, un chapeau de consul sous le bras, dessin à l'encre de Chine d'Étienne Jean Delécluze, XIXe siècle. Grenoble, bibliothèque municipale.

13 Henri Beyle exécutant quelques pas de danse, croquis par Alfred de Musset, 1833. Paris, bibliothèque de l'Institut.

13

14

« Quel avantage de montrer la vie à l'homme sous son aspect défavorable ? »

14 Prestation de l'actrice mademoiselle Rachel dans le salon de Virginie Ancelot (Henri Beyle se trouve à droite du tableau). Collection particulière.

15 Page de titre du roman *La Chartreuse de Parme*, édition de 1839.

16 Page de titre du roman Le *Rouge et le Noir*, édition de 1831.

17 Portrait d'Étienne Jean Delécluze par Léon Bénouville, gravé par François Gérard. Paris, Bibliothèque nationale de France (Département des Estampes).

18 Prosper Mérimée vers 1830, aquarelle par un artiste anonyme de l'école anglaise. Paris, musée Carnavalet.

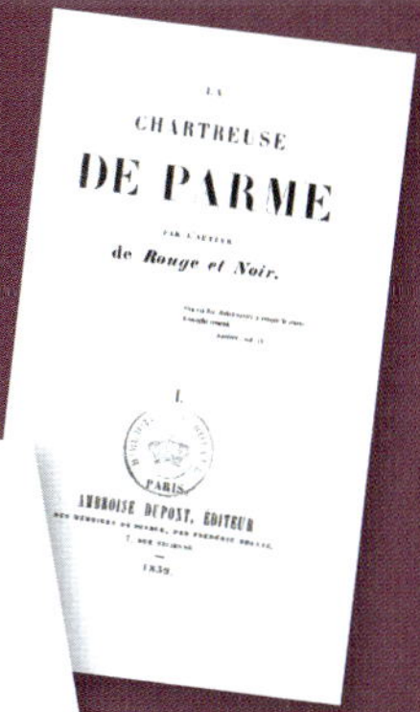

LA

CHARTREUSE

DE PARME

PAR L'AUTEUR

de *Rouge et Noir*.

I.

PARIS.

AMBROISE DUPONT, ÉDITEUR

1839.

15

LE ROUGE

ET LE NOIR

CHRONIQUE DU XIXe SIÈCLE,

PAR M. DE STENDHAL.

TOME PREMIER.

PARIS.

A. LEVAVASSEUR, LIBRAIRE, PALAIS-ROYAL.

1831.

16

17

18

19

19 Henri Beyle en 1835, par Louis Ducis.
Milan, bibliothèque Sormani (Fonds Bucci).

une réputation près, il est à ce point dégoûté de la vie parisienne que tout lui pèse : « Puisque je ne puis l'oublier, ne ferais-je pas mieux de me tuer[25] ? »

QU'EST-CE QUE LONDRES ?... UN KEAN

Le 18 octobre 1821, sa décision est prise : « L'amour pour Shakespeare fortifié de mon goût pour les grands arbres me conduit en Angleterre pour la seconde fois[26]. » Il y part en quête d'un remède au spleen : « Il fallait mettre une colline entre moi et la vue du dôme de Milan[27]. » Le 19 octobre, il est à Londres. Le hasard le mène de nouveau au Tavistock Hotel, où on lui attribue une minuscule chambre de huit pieds de large sur dix de long. L'immense salon qui s'ouvre en arcades sur la place de Covent Garden compense sa déception : « Là, on mangeait tout ce qu'on voulait et tant qu'on voulait pour 50 sous (deux shillings). On vous faisait des biftecks à l'infini, ou l'on plaçait devant vous un morceau de bœuf rôti de quarante livres avec un couteau bien tranchant. Ensuite venait le thé pour cuire toutes ces viandes[28]. » L'heure du déjeuner, qu'il met à profit pour apprendre à lire les journaux anglais, est plus qu'une diversion à ses états d'âme. Mais c'est le soir, au théâtre, que s'offre enfin à lui la possibilité de commettre ses premières infidélités aux souvenirs de Milan. Après les comédies *She*

Stoops to Conquer, or The Mistakes of a Night d'Oliver Goldsmith et *The Beaux' Stratagem* de George Farquhar, dont il apprécie la verve endiablée, le drame historique *Richard III* et la tragédie *Othello* de William Shakespeare, joués par Edmund Kean (1787-1833) — incarnation par excellence du mythe de l'acteur romantique, au point qu'Alexandre Dumas père lui consacrera un drame en cinq actes, *Kean ou Désordre et Génie*, créé aux Variétés en 1836 —, sont un événement. Le théâtre de Drury Lane fait salle comble : « Je faillis à être écrasé avant d'atteindre à mon billet de parterre[29]. » N'en ayant ouï dire que comme d'« un héros d'estaminet, un crâne de mauvais ton[30] » par Edouard Edwards, tant il est vrai que l'acteur shakespearien se fait fréquemment remarquer par son comportement et sa très tumultueuse vie privée, il est transporté d'admiration : « Mon plaisir, en voyant Kean, fut mêlé de beaucoup d'étonnement. Les Anglais, peuple *fâché*, ont des gestes fort différents des nôtres pour exprimer les mêmes mouvements de l'âme[31]. » S'il prônait jusqu'alors Talma comme le premier acteur tragique du moment, force lui est de reconnaître que la vedette du Théâtre-Français est largement dépassée. Il trouve dans Kean le tragique qui lui convient : « [...] je crus alors ne pouvoir rien éprouver de plus vif au théâtre[32] [...]. »

Dans une lettre adressée au rédacteur de l'*Examiner*, qui sera publiée peu après son départ, il rend néanmoins publique son indignation de voir jouer en Angleterre des adaptations de Shakespeare en lieu et place du texte original :

> En arrivant à Londres, j'ai vu affichée la représentation de *Richard III* et j'ai sauté de joie. J'ai couru à Drury Lane et j'ai trouvé un mélodrame digne de la Porte Saint-Martin. Je me suis cru au *Théâtre Française* [*sic*], assistant à la représentation d'*Adélaïde du Guesclin* ou de *Mithridate*. [...] Je n'ai rien à dire contre les corrections d'un certain nombre de vers de *Richard III*, ni sur la suppression légitime de certaines scènes, aussi longtemps que le correcteur ne s'est servi que de ses ciseaux ; mais je trouve du dernier ridicule qu'un moderne prétende nous servir ses mesquins sentiments au lieu des grandes pensées de Shakspeare. [...] Je termine, Monsieur, en affirmant qu'il est *honteux* pour le goût de la nation anglaise de permettre à un plat mélodrame *où tout se passe en récit*, paisiblement et sans résistance, d'usurper la place d'un des chefs-d'œuvre de Shakspeare*.

Adolphe de Mareste et Nicolas Rémy Lolot l'ayant rejoint dans ses pérégrinations londoniennes, leur valet de place convainc trois prostituées de leur accorder leurs bonnes grâces et leur thé

* « *On arriving in London, I saw an announcement of* Richard III *and leaped for joy. I flew to Drury Lane and found a melodrama worthy of the* Porte Saint-Martin. *I believed myself at the* Théâtre Française [sic], *witnessing the representation of* Adelaïde du Guesclin *or* Mithridates. [...] *Upon the correction of a number of verses in* Richard III *and the justifiable suppression of certain scenes, I have nothing to say, so long as the adapter uses his scissors alone ; but when a modern pretender resolves to give us his own paltry sentiments instead of the great thoughts of Shakspeare I detect the last stage of the ridiculous.* [...] *I conclude, Sir, by asserting that it is shameful to the taste of the English nation to al low a flat melo-drama* where all is recited, *peaceably and without resistance, to usurp the place of one of the masterpieces of Shakspeare* » (lettre au rédacteur de l'*Examiner* [18 novembre 1821], *Correspondance générale*, tome III, *op. cit.*, p. 357, 358-359).

pour vingt et un shillings. Seule la perception d'une pointe de danger et d'un possible guet-apens — elles vivent dans un quartier perdu au-delà du pont de Westminster — conduit Henri et Lolot à accepter. En lieu et place de quelques matelots souteneurs disposés à les rosser, ils font face à une minuscule maison à trois étages habitée par trois pauvres filles qui brassent elles-mêmes leur bière dans une petite cuve : « Leur misère, tous ces petits meubles bien propres et bien vieux m'avaient touchés[33]. » Il s'attendrit, envoie chercher du vin et des viandes froides, revient le lendemain avec du champagne et prend l'habitude de finir ses soirées aux côtés d'une miss Appleby qui le supplie de l'emmener en France en l'assurant « qu'elle mangerait des pommes[34] » et ne lui coûterait rien. Seul le pénible souvenir de la compagnie de sa sœur Pauline à Milan l'en empêche. Pendant toute la durée de son séjour, il se réjouit quotidiennement à la perspective de la douce soirée tranquille qui l'attend : « Ce fut la première consolation réelle et intime au malheur qui empoisonnait tous mes moments de solitude[35]. »

Le 22 novembre 1821, Henri débarque à Douvres. Deux jours plus tard, il retrouve Paris : « [...] il se trouva que je prenais un peu plus d'intérêt aux hommes et aux choses[36]. »

Une nouvelle pour le moins inattendue le cueille à son arrivée : une dénommée Fischer, épouse du directeur des postes de Strasbourg, vient de lui retourner le manuscrit de *De l'Amour*. Le paquet est resté égaré depuis le 25 septembre 1820. Sa santé morale se rétablissant, il songe à le faire publier et remet le texte au net : « Je transcrivis à l'encre ce qui était encore au crayon[37]. » Il travaille avec obstination, reprend ses lectures à une cadence effrénée, ne manque aucune représentation du Théâtre-Italien et se mêle à l'élite très prisée des salons : « D'un tempérament mélancolique, il fut gai à force d'esprit. Sérieux et froid au commencement d'une soirée dans une maison agréable, il se sentait mourir d'être obligé de sortir à 2 heures du matin[38]. » Il dîne fréquemment chez la comtesse Beugnot et se transporte une ou deux fois par semaine dans le joli petit jardin de Joseph Lingay, « le meilleur des êtres[39] », rue Caumartin, où des bouteilles de bière fraîche l'attendent les soirs d'été. Il commence « à renaître un peu aux idées de ce monde[40] », parvenant à oublier Milan pendant cinq ou six heures d'affilée — « le réveil seul était encore amer pour moi[41] ». C'est là qu'il fait la connaissance de Prosper Mérimée : « Ce jeune homme avait quelque chose d'effronté et d'extrêmement déplaisant. Ses yeux, petits et sans expression, avaient un air toujours le même et cet air était méchant[42]. » La première impression que fait sur lui celui qui va devenir le meilleur de ses amis ne se dissipera pas, mais il ajoutera quelque temps après : « Je ne suis pas trop sûr de son cœur, mais je suis sûr de ses talents [...][43]. »

Henri côtoie rapidement les personnalités les plus en vue du monde des arts et des lettres. Le salon qu'il fréquente avec le plus d'assiduité reste toutefois celui du comte Destutt de Tracy, rue d'Anjou — « J'ai vécu dix ans dans ce salon, reçu poliment, estimé, mais tous les jours moins *lié*, excepté avec mes amis[44]. » Il admire depuis presque deux décennies l'œuvre tout entière vouée à l'idéologie de ce « petit vieillard remarquablement bien fait et à tournure élégante et singulière[45] », philosophe, pair de France et membre de l'Académie. Cet homme aux manières « parfaites quand il n'est pas dominé par une abominable humeur noire[46] », ce « vieux don Juan[47] » qui « prend de l'humeur de tout[48] », de surcroît proche du général La Fayette, l'intéresse à plus d'un titre. Mais l'attraction n'est bientôt plus réciproque :

> Ce vieillard si bien fait, toujours vêtu de noir, avec son immense paravue vert, se tenant devant sa cheminée tantôt sur un pied, tantôt sur l'autre, avait une manière de parler qui était l'antipode de ses écrits. Sa conversation était toute en aperçus fins, élégants ; il avait horreur d'un mot énergique comme d'un jurement, et il écrit comme un maire de campagne. La simplicité énergique qu'il me semble que j'avais dans ce temps-là ne dut guère lui convenir[49].

Henri porte à l'époque d'énormes favoris noirs : « Cette tête de boucher italien ne parut pas trop convenir à l'ancien colonel du règne de Louis XVI[50]. » Selon toute vraisemblance, le comte de Tracy désapprouve avant tout ses opinions politiques tranchantes et arrêtées. Un soir qu'il l'interroge sur ses idées, Henri lui répond :

> Dès que je serais au pouvoir, je réimprimerais la liste des émigrés déclarant que Napoléon a usurpé un pouvoir qu'il n'avait pas en les rayant. Les trois quarts sont morts ; je les exilerais dans les départements des Pyrénées et deux ou trois voisins. Je ferais cerner ces quatre ou cinq départements par deux ou trois petites armées qui, pour l'effet moral, bivouaqueraient au moins six mois de l'année. Tout émigré qui sortirait de là serait impitoyablement fusillé[51].

En société, Henri Beyle n'est pas un figurant discret. Prompt à la provocation et à l'invective, sa franchise et ses audaces en éloignent plus d'un : « Au fait, je surprenais ou scandalisais toutes mes connaissances. J'étais un monstre ou un dieu. [...] Un monstre d'immoralité surtout[52]. » Parce qu'il abhorre « le ministériel fidèle à l'honneur en tout, excepté les démarches décisives d'une vie[53] » et estime « cent fois mieux un simple galérien, un simple assassin qui a eu un moment de faiblesse[54] », il déroute et mécontente : « [...] je semblais atroce à ces petites âmes étiolées par la politesse de Paris[55]. » Seule la comtesse de Tracy admire son franc-parler, et surtout l'excès d'imprudence avec lequel il se livre. L'extrême bienveillance de son alliée le console « de bien des irréussites[56] ». Henri ne sait pas plaire et encore moins choisir ceux auxquels il faut plaire — il ne s'y risque d'ailleurs pas. Observer l'âme humaine dans sa plus stricte vérité, voilà pour lui la substantifique moelle de ces soirées.

La réprobation qu'il s'attire ne l'empêche pas de continuer d'entretenir des rapports suivis avec le salon de la rue d'Anjou où évolue la fine fleur de la société libérale, même s'il néglige tout ce qui pourrait militer en sa faveur. Intime du médecin et philosophe Pierre Cabanis, le comte de Tracy le mène ainsi un jour chez sa veuve : « [...] j'en fus chassé par la chaleur. Dans ce temps-là, j'avais toute la délicatesse de nerfs *italienne*. Une chambre fermée et dedans dix personnes assises suffisaient pour me donner un malaise affreux, et presque me faire tomber. Qu'on juge de la chambre bien fermée avec un feu d'enfer[57]. » Il prend la poudre d'escampette : « M. de Tracy ne me l'a jamais pardonné[58]. » Quelle que soit la situation, son attitude reste conforme à la liberté d'esprit qu'il manifeste. Sa brève incursion dans le salon de Charlotte Félicité Cabanis lui a cependant permis de rencontrer l'historien Claude Fauriel, créateur de l'histoire des langues comparées dont l'érudition lui sera d'un précieux secours pour la réécriture de *De l'Amour* : « C'est, avec M. Mérimée et moi, le seul exemple à moi connu de non-charlatanisme parmi les gens qui se mêlent d'écrire[59]. » Fauriel, de plus, cohabite depuis vingt ans avec sa maîtresse, la marquise Sophie de Condorcet, ce qui n'est pas fait pour lui déplaire. Chez Destutt de Tracy, Henri se lie avec le jeune naturaliste Victor Jacquemont qui, sous prétexte d'avoir beaucoup d'esprit, « ne voulait pas se donner la peine de raisonner[60] ».

Il ne songe désormais que rarement à s'esquiver volontairement de ce monde : « La vue seule de quelqu'un que je connais me contrarie. Quand je vois un tel être de loin, et qu'il faut songer à le saluer, cela me contrarie cinquante pas à l'avance. J'adore, au contraire, rencontrer des amis le soir en société [...][61]. » Si la quantité de personnes auxquelles il faut demander de leurs nouvelles le décourage, il affermit sa réputation de brillant causeur capable du plus mauvais effet.

Entreprenant et décidé, Henri presse Edouard Edwards de le présenter à son physiologiste de frère William Frederic, futur membre de l'Académie de médecine et de l'Académie des sciences morales et politiques, dont le *Mémoire sur l'asphyxie, considérée dans les Batraciens* a récemment fait date : « Il tuait mille grenouilles par mois et allait, dit-on, découvrir comment nous respirons et un remède pour les maladies de poitrine des jolies femmes[62]. » Il trouve « un petit salon archibourgeois ; une femme du plus grand mérite qui parlait morale et que je pris pour une *quaqueresse* et enfin dans le docteur un homme du plus rare mérite caché dans un petit corps malingre duquel la vie avait l'air de s'échapper[63] ». On le reçoit fraîchement, le savant ayant en fort petite recommandation les amis de son mauvais sujet de frère. « Quel diable d'idée de m'y faire présenter ! Ce fut un caprice imprévu, une folie. Au fond, si je désirais quelque chose, c'était de connaître les hommes[64]. » De cette compagnie peu amène, il n'entend pourtant pas se détacher aussi vite. « Il m'a fallu trois années de soins pour vaincre la répugnance et la frayeur que j'inspirais dans le salon de Mme Edwards[65]. » Bien lui en prend. Il y fait, entre autres, connaissance avec l'Irlandais Bartholomew Stritch, directeur de la *Germanic Review* et son futur intermédiaire auprès des éditeurs anglais.

On le mène un dimanche à deux heures — « C'est à cette heure incommode qu'il recevait[66] » — chez le critique d'art Étienne Jean Delécluze, « un caractère dans le genre du bon vicaire de Wakefield[67] », qui a lu l'*Histoire de la Peinture en Italie* et tient son académie littéraire dans les combles d'une maison de la rue Chabanais dont il partage la propriété avec ses sœurs. Henri doit gravir quatre-vingt-quinze marches pour y parvenir. Les quatre petites chambres qu'il occupe sont « ornées de gravures et d'objets d'art curieux et agréables[68] », ainsi que d'un admirable portrait du cardinal de Richelieu : « À côté était la grosse figure lourde, pesante, niaise de Racine. C'était avant d'être aussi gras que ce grand poète avait éprouvé les sentiments dont le souvenir est indispensable pour faire *Andromaque* et *Phèdre*[69]. » Huit ou dix personnes, parmi lesquelles le polémiste et orléaniste Paul Louis Courier — qui sera assassiné le 18 août 1825 —, y conversent de tout : « Je fus frappé de leur bon sens, de leur esprit et surtout du tact fin du maître de la maison qui, sans qu'il y parût, dirigeait la discussion de façon à ce qu'on ne parlât jamais trois à la fois ou que l'on n'arrivât pas à de tristes moments de silence[70]. » Le débat a beau y être ferme et franc sur tous les sujets, ses saillies mordantes mettent parfois le maître de céans hors de lui.

« Faute de savoir-faire, faute d'industrie, [...], j'ai manqué cinq ou six occasions de la plus grande fortune politique, financière ou littéraire[71]. » À défaut d'être d'agréable compagnie, au point qu'il néglige de courtiser certaines femmes et s'en fait aussitôt des ennemies, Henri est un anticonformiste friand de paradoxes. Sa vie se remplit peu à peu, « non pas de choses agréables, mais enfin de choses quelconques qui s'interposaient entre moi et le dernier bonheur qui avait fait l'objet de mon culte[72] ».

Sa grande affaire parisienne reste l'*opera buffa*, où il ne passe pas moins de trois soirées par semaine. La vague du rossinisme qui submerge l'Europe des années 1820, et dont il a fait l'expérience à Milan, n'étant pas en reste à Paris, le Théâtre-Italien a introduit les œuvres du compositeur à son répertoire. Giuditta Pasta, qui triomphe dans *Tancredi* et *Otello*, contribue à son large succès et devient, de son vivant, une figure légendaire de l'opéra romantique italien. Sa voix d'un timbre inaltérable, la distinction et l'intensité dramatique de son jeu l'enthousiasment : « Elle a été, à mes yeux, sans vices, sans défauts, caractère simple, uni, juste, naturel, et avec le plus grand talent tragique que j'aie jamais connu[73]. » Il lui trouve un tragique pur, parfait, sans mélange, auquel se mêlent avec brio de grandes facilités vocales : « L'oreille achevait l'émotion commencée par les yeux[74]. »

Au premier étage de l'hôtel des Lillois du 63 rue de Richelieu, le salon de la *diva*, où se réunissent chaque soir ses admirateurs les plus enflammés, est le rendez-vous des Milanais qui séjournent à Paris. Henri s'y sent comme chez lui, même s'il tressaille de temps à autre en entendant prononcer le nom de Matilde Dembowski. Il s'y lie avec l'avocat londonien Sutton Sharpe et avec l'avocat napolitain Domenico Fiore, réfugié en France depuis la chute de l'éphémère république parthénopéenne de 1799. À quelque heure que s'achèvent ses sorties, il finit la nuit chez *La Giuditta* à jouer au pharaon : « Ces soirées faisaient époque dans ma vie[75]. » Leur relation fait des jaloux : « La femme la plus honnête, à l'esprit de laquelle toute idée de liaison est le plus étrangère, ne pardonne pas l'idée de liaison avec une actrice[76]. » Au salon de la rue d'Anjou — « qui, au fond, était ma société la plus respectable[77] » —, on lui tient rigueur de cette liaison publique autant qu'innocente. À commencer par le vieux philosophe.

Par commodité, Henri s'installe dans une chambre du deuxième étage de l'hôtel des Lillois. Il a pour voisin de porte le compositeur Alexandre Micheroux, une âme qu'il juge parfaitement froide :

> Il avait appris la musique comme un savant de l'Académie des inscriptions apprend ou fait semblant d'apprendre le persan. Il avait *appris* à admirer tel morceau, la première qualité

était toujours dans un son d'être juste, dans une phrase d'être correcte. À mes yeux, la première qualité, de bien loin, est d'être *expressif*[78].

Attendu qu'il est le favori et l'accompagnateur de la *diva*, Henri ne se laissera aller à aucun mouvement de colère contre lui.

Toute cette agitation mondaine ne le détourne toutefois pas de ses propres travaux. Au mois de janvier 1822, il livre son premier article — sur Rossini et sous le pseudonyme d'Alceste — à une revue anglaise, *Paris Monthly Magazine*, à laquelle il collaborera pendant plus d'un an. Le mois suivant, il caresse le projet d'un journal littéraire, l'*Aristarque*, dont il rédige le prospectus mais qu'il ne parviendra pas à fonder. Le 6 mai, il signe un contrat d'édition pour *De l'Amour* avec Pierre Mongie l'aîné, libraire au n° 18 boulevard Poissonnière, que lui a présenté Edouard Edwards. Aux mois de juin et de juillet, il corrige les épreuves de *De l'Amour* à Montmorency, où il a pris une chambre, puis dans le parc de la comtesse Beugnot à Bonneuil-sur-Marne. C'est là, selon toute probabilité, qu'il revoit pour la première fois depuis les dernières années de l'Empire la comtesse Clémentine Curial, fille de son hôtesse, à qui il accorde plus d'attention que par le passé. Le 17 août, le *Journal de la Librairie* annonce *De l'Amour* ; par l'auteur de l'*Histoire de la Peinture en Italie*, et des *Vies de Haydn, Mozart et Métastase*. Le 1er novembre, il entame sa collaboration au *New Monthly Magazine*. Il écrit par la suite dans le *London Magazine*, puis dans l'*Athenaeum*. Ces différentes contributions vont lui permettre non seulement de se mettre à l'abri des embarras pécuniaires, mais d'offrir à ses lecteurs d'outre-Manche de véritables tableaux de la vie littéraire et politique française sous la Restauration. Beyle journaliste préfigure habilement Stendhal romancier. Il a beau écrire sur ses cahiers « *Parigi mi piace, ma non mi fa passione** », la capitale n'a plus l'amertume des premiers jours de son arrivée.

Le 31 juillet 1822, une troupe anglaise donne *Othello* à la Porte-Saint-Martin. Le dramaturge élisabéthain étant peu populaire auprès d'un public parisien dont l'anglophobie demeure encore vivace, la représentation déclenche les huées, au point que les comédiens malmenés décident de l'abréger en sautant une partie de la pièce. Au mois d'octobre, Henri s'indigne d'un tel comportement dans un article publié dans le *Paris Monthly Review*. Six mois plus tard, il rédige une première version de *Racine et Shakspeare*** et insère l'article précité en lieu et place du premier chapitre.

* « Paris me plaît, mais ne me passionne pas » (*Journal*, *op. cit.*, p. 64).

** Nous avons conservé pour ce titre la graphie de Stendhal.

Il s'est à peine attelé à la rédaction de la *Vie de Rossini* que le *Journal de l'Imprimerie* fait part, le 8 mars 1823, de la publication de *Racine et Shakspeare*, par M. de Stendhal. Dans ce premier pamphlet qui condamne les règles classiques, Henri Beyle bat en brèche le système littéraire régnant. Faut-il suivre Racine ou Shakespeare ? Privilégier l'épique ou le dramatique ? Il ne s'agit pas de jeter au feu la culture du passé, mais de créer des tragédies susceptibles d'intéresser le public de 1823. À l'admiration de l'alexandrin uniforme doit donc succéder l'émotion d'une langue plus vivante :

> Le *romanticisme* est l'art de présenter aux peuples les œuvres littéraires qui, dans l'état actuel de leurs habitudes et de leurs croyances, sont susceptibles de leur donner le plus de plaisir possible. Le *classicisme*, au contraire, leur présente la littérature qui donnait le plus de plaisir possible à leurs arrière-grands-pères. [...] Je n'hésite pas à avancer que Racine a été romantique ; il a donné aux marquis de la cour de Louis XIV une peinture des passions, tempérée par l'*extrême dignité* qui était alors de mode, et qui faisait qu'un duc de 1670, même dans les épanchements les plus tendres de l'amour paternel, ne manquait jamais d'appeler son fils *Monsieur*. [...] Shakespeare fut romantique parce qu'il présenta aux Anglais de l'an 1590, d'abord les catastrophes sanglantes amenées par les guerres civiles, et pour reposer de ces tristes spectacles une foule de peintures fines des mouvements du cœur, et des nuances de passions les plus délicates[79].

Henri a dépassé les idées générales de ses premiers écrits. Avec *Racine et Shakspeare*, il donne à lire les réflexions littéraires — et personnelles — de la maturité. Douze jours plus tard, le poète et diplomate Alphonse de Lamartine confie à Adolphe de Mareste :

> J'ai lu avec le plus grand plaisir l'ouvrage de M. Beyle. Il a dit le mot que nous avions tous sur la langue ; il a rendu clair et palpable ce qui n'était qu'une perception confuse de tous les esprits justes. Il est à désirer qu'il étende davantage ses idées, qu'il fasse le premier une espèce de code de la littérature moderne. [...] Je voudrais encore que M. Beyle expliquât aux gens durs d'oreille que le siècle ne prétend pas être romantique dans l'expression ; c'est-à-dire écrire autrement que ceux qui ont bien écrit avant nous, mais seulement dans les idées que le temps apporte ou modifie ; il devrait faire une concession : classique pour l'expression, romantique dans la pensée ; à mon avis, c'est ce qu'il faut être[80].

Si Charles Augustin Sainte-Beuve le traite plus tard de « hussard », de « hulan » et de « chevau-léger d'avant-garde qui va souvent insulter l'ennemi jusque dans son retranchement[81] », Théophile Gautier reviendra avec plus de mesure sur son engagement précurseur : « L'école romantique contenait dans son sein quelques adeptes, partisans de la réalité absolue, qui rejetaient le vers comme peu ou point naturel. Si Talma disait : "Pas de beaux vers !" Beyle disait : "Pas de vers du tout.[82]" » Pour l'heure, sa célébrité dans les milieux littéraires parisiens est assurée.

Depuis son retour le 21 juin 1821, de triste mémoire, Henri Beyle est parvenu à estomper le souvenir de Matilde et à rétablir sa situation. Il a renoué avec les fulgurances de l'esprit qui lui avaient tant manqué à Milan, son existence est tout entière vouée à l'écriture, les salons les plus courtisés de la capitale le comptent parmi leurs hôtes et il s'ennuie à *Athalie* : le temps est venu pour lui de s'octroyer un voyage d'agrément bien mérité. Le 18 octobre 1823, il reprend le chemin de l'Italie. Muni des lettres de recommandation de Bianca Milesi, cousine germaine de Matilde Dembowski, qui le tient en haute estime et le confie aux bons soins de ses relations les plus intimes, Henri transite par Gênes, embarque sur une « felouque française Veppo[83] » pour Livourne et atteint Florence le 7 novembre. Au Palazzo Buondelmonti de la piazza Santa Trinita, il fréquente le célèbre cabinet de lecture *Gabinetto scientifico letterario* de Giovan Pietro Vieusseux, auquel il a été recommandé par l'historien belge Louis Potter.

Le 15 novembre, la *Bibliographie de la France* annonce la publication de la *Vie de Rossini* en deux volumes. Si *De l'Amour* ne se vend pas, Henri connaît son premier succès littéraire avec cette étude de l'évolution musicale du compositeur qu'il a fréquenté à Milan, où les louanges de Giuditta Pasta font bon ménage avec les coups de griffe dispensés à la musique française. En 1832, il n'hésitera pas à débattre « de la crème fouettée et des fanfaronnades de Rossini[84] ». Pour l'instant, s'il ne lui épargne pas non plus quelques critiques, il introduit ainsi sa biographie : « Depuis la mort de Napoléon, il s'est trouvé un homme duquel on parle tous les jours à Moscou comme à Naples, à Londres comme à Vienne, à Paris comme à Calcutta. La gloire de cet homme ne connaît pas d'autres bornes que celles de la civilisation, et il n'a pas trente-deux ans[85] ! »

En décembre, Henri est à Rome où il retrouve la compagnie d'Étienne Delécluze, de l'historien et écrivain Jean Jacques Ampère, fils du savant André Marie Ampère, et du journaliste — et futur homme politique — Prosper Duvergier de Hauranne. Sa notoriété, désormais, lui interdit toute solitude : « J'ai fait des amis à foison[86] [...]. » Il dîne à côté du compositeur Saverio Mercadante — « tout petit jeune homme d'une figure spirituelle ; il a un *style* à lui ; c'est beaucoup pour un jeune homme[87] » —, hisse Rosamunda Pisaroni au rang des chanteuses de premier ordre — « C'est une superbe voix de contralto qui exécute les plus grandes difficultés avec facilité, et qui, de temps à autre, se met comme en colère et alors emporte pièce[88] » —, et décrète Gaetano Donizetti, qui reste dans l'ombre de Rossini tout en rencontrant un succès réel avec *Zoraide di Granata*, « sans aucune espèce de talent[89] ». Visites, promenades à foison et soirées mondaines : il est parfois tellement fatigué qu'il lui arrive de se coucher « au lieu d'aller au *raout* de M. l'ambassadeur d'Autriche[90] ». Ce qui ne l'empêche pas d'écrire : « Les journées les plus agréables de mon voyage, c'est trois jours aux îles Borromées et la traversée de Gênes à Livourne ; les journées pénibles, Rome, avec sirocco et la boue puante, vers le 15 décembre[91]. » Il ne rentre à Paris que dans les premiers jours de mars 1824 après être passé par Bologne, Parme, Genève et Lyon.

À son retour, il entreprend la refonte de *Rome, Naples et Florence en 1817* et travaille à un deuxième pamphlet : *Racine et Shakspeare n° II, ou Réponse au manifeste contre le romantisme prononcé par M. Auger dans une séance solennelle de l'Institut*. Le discours de l'académicien ayant été approuvé par la totalité des instances gouvernementales, des journaux à l'Université, Henri saisit l'opportunité de s'opposer à la fois au trône et aux pères conscrits de la littérature :

> Un jour, et il y a de cela cinq ou six mois, l'Académie Française continuait la marche lente et presque insensible qui la mène doucement et sans encombre vers la fin du travail monotone de la continuation de son dictionnaire ; tout dormait, excepté le Secrétaire Perpétuel et le rapporteur Auger, lorsqu'un hasard heureux fit appeler le mot *Romantique*. À ce nom fatal d'un parti désorganisateur et insolent, la langueur générale fit place à un sentiment beaucoup plus vif. Je me figure quelque chose de semblable au grand inquisiteur Torquemada, environné des juges et familiers de l'Inquisition, devant lesquels un hasard favorable au maintien des bonnes doctrines aurait fait amener tout à coup Luther ou Calvin. À l'instant on aurait vu la même pensée sur tant de visages d'ailleurs si différents ; tous auraient dit : De quel supplice assez cruel pourrons-nous le faire mourir[92] ?

Et de défendre avec une incomparable maestria « ces novateurs effrénés qui prétendent follement qu'il se pourrait bien qu'on arrivât enfin, et peut-être hélas ! de nos jours, à faire des ouvrages plus intéressants et moins ennuyeux que ceux des messieurs de l'Académie[93] ». *Racine et Shakspeare n° II* paraît en mars 1825 chez Dupont et Rorel, libraires quai des Augustins. Victor Jacquemont, qui l'a lu avant la mise en vente, ne ménage pas ses éloges : « Vous nous aviez dit que vous feriez un pamphlet, et Arthus Bertrand dira que vous avez fait une brochure ; à mon gré, ce n'est ni l'un ni l'autre et mieux que tous deux, étant long comme la brochure et amusant comme le pamphlet[94]. » Henri retire de *Racine et Shakspeare n° II* un succès d'estime non négligeable.

L'AFFAIRE « MENTI »

Malgré la lettre qu'il reçoit le 3 avril de Pierre Mongie l'aîné — « Je désirerais bien être arrivé au moment où je devrais vous faire compte des bénéfices que j'espérais sur votre ouvrage *De l'Amour*, mais je commence à croire que cette époque n'arrivera pas ; je n'ai pas vendu quarante exemplaires de ce livre, et je puis dire comme des *Poésies sacrées* de Pompignan : Sacrées elles sont, car personne n'y touche[95]... » —, son activité littéraire ne baisse pas en intensité. Ses transports amoureux, quant à eux, reprennent des forces : le 22 mai, il devient l'amant de la comtesse Clémentine Curial, qu'il désigne sous le nom de « Menti ». Femme de tête fantasque, cette dernière n'est en rien semblable à Matilde et ne cherche pas à le garder à distance :

> Je voudrais passer des mois entiers avec toi et qu'il ne me fût pas possible de rien t'accorder ; c'est seulement alors que je me croirais vraiment bien aimée. Quant aux tours de force d'un certain genre, j'en profite, mais ne les estime point et je te jure qu'il me semble que c'est parce que tu as été trop sublime sous ce rapport que je me suis sentie du refroidissement. Il m'a semblé que c'était une manière trop vulgaire de me prouver ta tendresse[96].

Les deux amants vivent une passion mutuelle et exclusive, mais elle lui reproche vite un amour purement physique et un certain art de l'éclipse : « Tu m'as toujours fuie. Pendant deux années, tu as évité un aveu et, quand je te l'ai fait, 8 jours après tu m'as donné mon congé. Tu ne t'es plu qu'à me mettre un poignard dans le cœur. » Leur relation, qui va durer deux ans, est tout aussi sincère et enfiévrée qu'orageuse. D'un « Qu'il est pénible de trouver infâme l'être qu'on aime, de ne trouver que barbarie et manque de procédé quand on s'est *donnée* avec confiance et abandon[97] » à un « Ta petite lettre de samedi m'a fait éprouver un frémissement semblable à celui que me cause ta jolie main quand elle est en promenade sur mon vieux cuir[98] », leurs amours chahutées ne manquent pas de piquant. La correspondance de la comtesse Curial, qui a été détruite après la mort de Beyle — doit-on en déduire qu'elle était compromettante ? —, aurait permis de prendre le pouls exact de leur liaison.

Le 29 août 1824, Henri publie dans le *Journal de Paris* le premier des dix-sept feuilletons consacrés au Salon de 1824 : « […] j'ai des opinions tranchantes sur tout, je dois cet aveu sincère au lecteur ; c'est là le principal défaut qui me rend peu agréable dans le monde, et je n'ai nulle envie de m'en corriger. Satisfait de mon humble fortune, plein d'orgueil et ne demandant rien, je ne ménage que ce que j'aime, et je n'aime que le génie[99]. » Les critiques sans concession des œuvres voisinent avec des considérations tout aussi pertinentes sur l'état de la sculpture en Europe, le résultat « des encouragements excessifs accordés à la peinture par le budget du ministère de l'intérieur[100] » ou les contraintes de l'habitat urbain : « Nos mœurs nouvelles, en abattant les hôtels, en démolissant les châteaux, rendent impossible le goût des tableaux ; la seule gravure est utile au public, et par conséquent peut être encouragée par lui[101]. » Le 9 septembre, il signe, toujours dans le *Journal de Paris*, son premier feuilleton — il en écrira quarante-deux au total — sur le Théâtre-Italien. Le 15 septembre au soir, alors qu'il s'endort pour la première fois dans son nouveau logement du numéro 10 de la rue Richepanse, Henri est en proie à une alternance de passion et de désespoir dont il est coutumier. Cette fois, néanmoins, Matilde Dembowski est bel et bien oubliée. Louis XVIII s'éteint la nuit suivante. Son frère, le comte d'Artois, devenu Charles X, entre solennellement dans Paris le 27 septembre. La censure sur la presse est levée. Mais la Restauration n'est pas terminée.

Au mois de novembre, Henri se voit ouvrir les portes du paléontologue Georges Cuvier, qui reçoit en son cabinet du Jardin du Roi — actuel Jardin des Plantes —, et s'y lie d'amitié avec sa belle-fille Sophie Duvaucel. Il est accueilli dans les salons de Virginie Ancelot, épouse de l'auteur dramatique du même nom, du baron et peintre d'histoire François Gérard et d'Emmanuel Viollet-le-Duc, chef de bureau à l'Intendance du Roi. À nouvelles sociétés, nouvelles rencontres. Il croise Eugène Delacroix, Victor Cousin et Benjamin Constant, le chansonnier Pierre Jean de Béranger, le peintre d'origine hollandaise Ary Scheffer, l'historien Augustin Thierry, le traducteur de la littérature allemande Albert Stapfer, le botaniste Adrien Jussieu, l'auteur des *Proverbes* Théodore Leclercq... Henri a le regard vif et l'ironie au bord des lèvres. Il amuse les uns, excède les autres et n'est jamais aussi pétillant que dans la contradiction. En 1842, Prosper Mérimée se souviendra de ses reparties caustiques, reconnaissant qu'« il ne discutait guère. Ceux qui ne le connaissaient pas attribuaient à un excès d'orgueil ce qui n'était peut-être que respect pour les convictions des autres. — "Vous êtes un chat ; je suis un rat", disait-il souvent pour terminer les discussions[102] ». C'est à cette époque qu'Henri relit son *Histoire de la Peinture en Italie* : « Je le trouve presque inintelligible. En 1814 et 1817, j'écrivais en pensant que tout le monde pensait comme moi[103]. » À la fin de l'année 1824, il note : « Lire mes ouvrages m'attriste. Apparemment cela rappelle une passion morte depuis[104]. »

Après *Racine et Shakspeare n° II*, mis en vente le 19 mars 1825, il imprime le 3 décembre *D'un nouveau complot contre les industriels*, critique du *Catéchisme des industriels* de Claude Henri de Rouvroy, comte de Saint-Simon, publié en 1823 :

> M. de Saint-Simon a dit : « la capacité industrielle est celle qui doit se trouver en première ligne ; elle est celle qui doit juger la valeur de toutes les autres capacités, et les faire travailler toutes pour son plus grand avantage. » Si nous n'y prenons garde, l'on va nous donner un ridicule. Moi aussi je suis un industriel, car la feuille de papier blanc qui m'a coûté deux sous, on la revend cent fois plus après qu'elle a été noircie. Nommer cette pauvre petite industrie, n'est-ce pas dire que je ne suis ni riche ni noble ? Je ne m'en trouve que mieux placé pour apercevoir le ridicule des deux camps opposés, l'industrialisme et le privilège[105].

Les réactions sont nombreuses chez les partisans du saint-simonisme. Décédée le 10 mars, la comtesse Beugnot n'aura pas eu l'occasion de lire le dernier pamphlet de son ami.

Le 10 janvier 1826, Henri signe avec Simon César Delaunay, libraire au Palais-Royal, un contrat pour l'impression et la publication de la nouvelle édition de *Rome, Naples et Florence* à l'achèvement de laquelle il travaille. En ce début d'année, il écrit un premier jet d'*Armance*, aussitôt abandonné. Sentant l'imminence de la fin de sa relation avec Clémentine Curial, qui lui reproche fréquemment ses fréquentations et son manque de prévenance — « Physiquement je n'ai pas besoin d'un amant, c'est même une superfluité dangereuse pour ma santé, mais j'ai le désir, le besoin d'être aimée[106] » —, il décide de s'éclipser et quitte Paris pour l'Angleterre : « Troisième voyage en août 1826, f[at]al[107]. »

Le 28 juin, il est à Londres, où il apprécie la compagnie retrouvée de Sutton Sharpe. Passé de fructueuses incursions dans la société londonienne autant que dans les théâtres, il parcourt le pays, aiguillonné par la curiosité :

> J'ai vu l'Angleterre, pays où l'on m'a comblé de bonté, mais qui m'a attristé par le malheur de ses habitants. La religion, abominable ici, compte comme le plus grand péché de *rompre le sabbat*, c'est-à-dire de s'amuser un peu le dimanche. Aller se promener à pied, c'est rompre le sabbat. Or, il y a cinquante-deux dimanches : c'est le sixième de la vie. La justice est impartiale et admirable ; mais il n'y a de justice que pour les riches. L'homme qui a un habit fin et trente louis dans sa poche pour commencer un procès, si on le veut, est l'être le plus libre du monde. Le malheureux qui vit de sa journée est plus esclave qu'au Maroc. [...] dans les maison [*sic*] de campagne où l'on m'a invité à passer quelques jours, j'ai vu les femmes anglaises constamment traitées comme des *êtres inférieurs*. Leur grande vertu est le *dévouement*, vertu des esclaves[108].

Il rentre à Paris le 27 septembre, non sans avoir applaudi Giuditta Pasta à Londres, où elle termine une tournée, et reçu une lettre de rupture définitive de la comtesse Curial : « [...] elle aimait pendant six mois, elle l'avait aimé pendant deux ans. Il fut fort malheureux et retourna en Italie[109]. » L'Italie attendra cependant encore six mois.

UN ADIEU ÉTERNEL

Son retour s'effectue sous des auspices d'autant plus funestes que son éditeur anglais a cessé de lui payer ses articles et se garde bien de lui donner signe de vie : « Col[burn] a écrit le 7 février (après avoir fait usage des articles du 1er janv[ier] et 1er févr[ier]) qu'il ne voulait pas continuer pour 1827. 2° Qu'il considérait ces articles comme des *suppléments* aux envois de 1826, ce qui doit vouloir dire qu'il ne veut pas les payer. Vive la probité[110] ! » C'en est fini des contributions du correspondant parisien. Ressentant le besoin d'une occupation solide pour surmonter la douleur de la séparation, Henri se jette à corps perdu dans l'écriture. Le 10 octobre 1826, il met un point final à *Armance ou quelques scènes d'un salon de Paris en 1827*, son premier roman. Celui-ci prend sa source dans *Olivier ou le Secret*, manuscrit non publié de Claire Lechat de Kersaint, duchesse de Duras, qui en donna lecture dans son salon littéraire réservé à un cénacle certes très réduit, mais trop peu discret pour ne pas l'ébruiter. L'écrivain Henri de Latouche, devenu maître dans l'art de la mystification, imagina dès lors de publier un *Olivier* proche du précédent en le faisant adroitement passer pour l'œuvre de la duchesse. Henri Beyle ne manqua pas d'en rendre compte dans l'une de ses chroniques anglaises, mais le roman scandalisa en France cette Restauration pleine de vertu.

Un an plus tard, il reprend donc à son tour le canevas d'un amour rendu impossible par l'impuissance physique, envisage de prénommer son personnage principal Olivier, mais n'énonce clairement son sujet que dans deux lettres. La première est adressée à Prosper Mérimée :

> Il y a beaucoup plus d'impuissants qu'on ne croit. [...] Olivier, comme tous les Babilans, est très fort sur les moyens auxiliaires [...]. Une main adroite, une langue officieuse, ont donné des jouissances vives à Armance. Je suis sûr que beaucoup de jeunes filles ne savent pas précisément en quoi consiste le mariage physique [...]. Le genre de peinture dont je me sers, le genre noir sur du blanc, ne me permet pas de suivre la vérité. En 2826, si la civilisation continue et que je revienne dans la rue Duphot, je raconterai qu'Olivier a acheté un beau godemiché portugais, en gomme élastique, qu'il s'est proprement attaché à la ceinture, et qu'avec ledit, après avoir donné une extase complète à sa femme, et une *extase presque complète*, il a bravement consommé son mariage, rue de Paradis, à Marseille. Quand on est songe-creux, homme d'esprit, élève de l'École polytechnique, comme Olivier, voilà ce qu'on fait. Donner des extases avec la main, quelle belle périphrase pour éviter le mot sale branler[111] !

Olivier s'étant par la suite métamorphosé en Octave — c'est à Sutton Sharpe qu'il confiera « Le héros Octave est *impotens*[112] » —, ses contemporains n'ont plus aucun indice pour comprendre ce secret sans cesse mis en avant et qui n'est jamais révélé.

Le 14 janvier 1827, Henri rend pour la première fois visite à Giulia Rinieri de' Rocchi, née à Sienne en 1801 et pupille du ministre de Toscane à Paris Daniello Berlinghieri, qu'il a rencontré chez Cuvier. Elle a manifestement éveillé son attention, mais il lui faudra patienter encore trois années pour qu'elle prenne réellement place dans son existence. Le 24 février, la *Bibliographie de France* annonce la mise en vente de la nouvelle édition de *Rome, Naples et Florence*. Le 8 juin, le *Journal de Paris*, qui va cesser de paraître, publie le dernier article de l'écrivain. La manne financière se tarit. La censure ayant été rétablie le 24 juin, la politique de Charles X n'inspire à Henri qu'encore plus de mépris. La tension monte un peu partout dans le pays : « Le dégoût *for the B. and K.* est extrême toutefois. C'est la gale, chacun voudrait en être guéri*. » La révolte, qu'il croyait morte, donne enfin signe de vie. À l'occasion d'une revue présidée par Charles X au Champ-de-Mars, plusieurs gardes nationaux sortent des rangs pour conspuer le président du Conseil Joseph Villèle et le ministre Charles Peyronnet. La dissolution de la garde parisienne, promulguée dans la foulée, exacerbe les passions.

* « Le dégoût pour le B[ourbon] et le K[ing] [le roi] est extrême toutefois » (lettre à Sutton Sharpe du 11 juillet 1827, *Correspondance générale*, tome III, *op. cit.*, p. 641).

Le 11 juin, Henri signe un contrat avec les éditeurs Joseph Buros et Urbain Canel pour la première édition d'*Armance* : « L'ouvrage sera imprimé sur beau papier avec couverture élégante de manière à former un ou deux jolis volumes. Le propriétaire du manuscrit ne corrigera les épreuves que jusqu'au 5 juillet 1827[113]. » Il s'oppose à ce que son nom orne le frontispice : « Je voudrais que le nom obscur de *Stendhal* ne parût que dans les journaux, car il ne faut pas violer les usages et se donner un air de prétention[114]. »

Un mois plus tard jour pour jour, Henri prend possession de son passeport. Il envisage de partir pour Nyon par le lac de Genève, de prendre le bateau à vapeur pour Lausanne et, de là, la diligence de Domodossola pour les îles Borromées et Gênes. Il n'aura plus qu'à se déterminer, une fois sur place, entre un embarquement pour Livourne et Florence, ou pour Naples, Corfou et Palerme. Par crainte de se retrouver lié par quelque obligation mondaine, il n'annonce ses projets qu'au seul Sutton Sharpe. Plus que jamais, Henri Beyle a besoin de solitude. Le 18 juillet lui apporte la triste nouvelle de la mort de son cousin Martial Daru, « devenu lourd et insignifiant à force de breuvages aphrodisiaques[115] ». Deux jours plus tard, il est parti. Paris, décidément, n'est plus une fête.

Quand le *Journal de la Librairie* fait part, dans ses colonnes, de la mise en vente d'*Armance* le 18 août 1827, Henri a quitté Livourne pour Naples. Quoique absent de la capitale, il fait officiellement ses débuts de romancier à l'âge de quarante-quatre ans. À la fin de l'année 1826, il s'était interrogé : « Ce roman est trop *erudito*, trop savant. A-t-il assez de chaleur pour faire veiller une jolie marquise française jusqu'à deux heures du matin ? *That is the question*[*]. » Dans les faits, le livre rencontre davantage d'incompréhension que de succès.

Le 22 août, il est à Naples. « Ce que j'ai eu de mieux depuis que je vous ai quitté », écrit-il à Adolphe de Mareste, « c'est une navigation de douze jours sans mal de cœur[116] ». Il trouve enfin le repos : « J'ai vu Porto Ferrajo pendant deux jours, Capo d'Anzo, etc. J'ai passé dix jours en pension chez un paysan de Casamiccia, dans l'île d'Ischia. [...] C'est délicieux. Tous les matins j'allais à Furia ou à Ischia, à âne[117]. » Après avoir séjourné trois semaines à Rome, il parvient à Florence le 17 octobre. S'il a été fêté à Gênes dans la meilleure société — « c'est comme la société de M. D[elécluze], plus des femmes[118] » — et a croisé l'écrivain Alessandro Manzoni, il fait ici, par l'entremise de Giovan Pietro Vieusseux, la connaissance du poète Giacomo Leopardi et a le loisir de converser avec Lamartine, secrétaire d'ambassade à la légation de France : « Il y a ici de belles soirées, bals et dîners à satiété ainsi que de jolies Anglaises, *all that* bêtes comme des pots. Toutes les ganaches *of old Europe should go there* [...][**]. » Il

* « Telle est la question » (lettre à Prosper Mérimée du 23 décembre 1826, *Correspondance générale*, tome III, *op. cit.*, p. 599).

** « Toutes les ganaches de la vieille Europe devraient venir ici » (lettre à Adolphe de Mareste du 19 novembre [1827], *Correspondance générale*, tome III, *op. cit.*, p. 649).

lui est même donné d'entendre la voix limpide de la cantatrice Giuditta Grisi, qui exécute au théâtre Cocomero l'opéra de Cimarosa *Gli Orazi ei Curiazi.* Henri retrouve peu à peu un meilleur moral — « L'on improvise dans la société italienne, il y a de la verve, du brio, on n'y voit jamais la retenue française ; de là la gaieté folle [...][119] » —, et c'est ragaillardi qu'il quitte Florence le 23 décembre pour Bologne et Ferrare, où il visite la prison du Tasse.

Le 31 décembre dans la nuit, il arrive à Milan. Mais il n'est toujours pas le bienvenu dans la capitale lombarde :

> Dans la nuit du 1er janvier est arrivé ici le Français Henry Beyle, revenant de l'Italie méridionale. Cet étranger qui, sous l'Empire de Bonaparte, remplissait les fonctions d'auditeur au Conseil d'État, est connu comme auteur de l'ouvrage mal famé qui porte le titre : *Rome, Naples et Florence par M. de Stendhal.* Dans cet ouvrage, non seulement il a développé les principes politiques les plus pernicieux, mais encore il a hautement compromis par des propos calomnieux la bonne réputation de plusieurs personnes résidant dans ces provinces et dans d'autres États italiens et même il a eu l'insolence de discourir de la plus damnable façon contre le Gouvernement autrichien[120].

Les rapports des censeurs autrichiens sont éloquents : *Rome, Naples et Florence* est « une collection d'anecdotes immorales et voluptueuses, ainsi que d'observations superficielles et osées, mais surtout d'outrages à l'adresse du Gouvernement autrichien à Milan[121] », et dans l'*Histoire de la Peinture en Italie* :

> [...] l'auteur non seulement fait valoir la supériorité de l'idéal antique, mais encore [...] il établit en sa faveur une religion propre aux artistes, afin de pouvoir imputer à l'autre toutes les infirmités par lesquelles l'égoïsme et le despotisme du clergé l'ont profanée. Il s'ensuit que toute théologie est absurde [...], que la Bible est funeste au beau idéal des modernes [...], que la religion a jeté la peinture dans une fausse route [...], que la mission du christianisme est pour le moins d'un goût douteux, que les peintres italiens sont à plaindre d'avoir eu à traiter d'aussi tristes sujets et qu'une religion qui érige en souverain une divinité empêche ses sculpteurs de devenir des Phidias, puisqu'elle lui ôte la bonté, la justice et les autres passions aimables pour ne lui réserver que les fureurs de la vengeance et la plus sombre atrocité [...][122].

Dans l'Italie de la première moitié du XIXe siècle, on ne badine ni avec le pouvoir autrichien ni avec la sacro-sainte religion, et Henri Beyle paie pour ses opinions : un arrêté d'expulsion est pris à son encontre. Il a très exactement douze heures pour quitter Milan. Cette courte visite à sa ville d'élection sera la dernière : il n'y séjournera plus.

DE LA NUÉE À LA REVIVISCENCE

À peine a-t-il posé son bagage à Paris qu'il est aussitôt happé par les remous de la vie littéraire. Ses proches semblent s'être accordés à ne pas lui ménager leurs critiques : *Armance* leur est tombé des mains. « On reproche à *Armance* le style gourmé et trop noble. J'ajoute : rien de hardi, rien d'aventureux dans le style [...]. *Making this novel I was very* mélan[colique]. Voici la conviction que j'avais : c'est l'action qui fait le roman, et non pas la dissertation plus ou moins spirituelle sur les objets auxquels pense le monde*. » Si Henri Beyle n'est pas écrivain à prendre ombrage des critiques d'autrui, il déchire, contrairement à ses habitudes, le manuscrit original qu'il a élaboré en neuf jours — « Je suis étonné du petit nombre de changements que j'ai faits en quatre ou cinq mois de travail[123]. » Et se hâte de composer le premier acte d'une tragédie historique, *Henri III*, qu'il ne mènera pas à son terme.

La crise politique française s'avère déroutante pour qui rentre d'une absence de quelque six mois hors de l'Hexagone. Blâmé de toutes parts, Villèle a démissionné le 3 janvier et un nouveau gouvernement a été formé. Si de nombreuses concessions sont accordées à la gauche, si l'interdiction d'enseigner à la Sorbonne est levée pour Victor Cousin, François Guizot et Abel François Villemain et si Charles X prononce un discours au ton libéral lors de l'ouverture de la session parlementaire du 5 février, la trêve s'annonce pourtant de courte durée.

Le 22 février, Henri écrit à Félix Faure, qui sera élu député deux mois plus tard dans l'arrondissement de Vienne : « Pour vous donner quelque idée

* « En faisant ce roman j'étais très mélan[colique] » (*Journal, op. cit.* p. 101).

du cahos [*sic*] politique au milieu duquel nous vivons, je vous donnerai tout simplement les nouvelles de hier [*sic*] et de ce matin. Elles auront un siècle dans trois jours, car pour un fou qu'est-ce que sa folie de la veille ? Personne parmi les gens de pouvoir ne réfléchit ; personne ne sait ce qu'on fera dans huit jours. Un grand et honnête ministre jure de la paix à la Chambre des Pairs, le lendemain arrive la guerre[124]. » Pour l'écrivain, « La plupart des députés libéraux nommés cette année sont sots, c'est-à-dire bêtes en mourant d'envie de faire effet[125] ». Il s'en console par des découvertes musicales de taille : « Les concerts de Mme Meroni sont divins », raconte-t-il à Sutton Sharpe, « et Mme Malibrand-Garcia, que vous connaissez, sera la première chanteuse du monde, si elle n'abuse pas de ses cordes hautes qu'elle usera[126]. » Mais Paris ne lui offre pour l'essentiel qu'une suite de désagréments : ses finances se réduisent comme une peau de chagrin et le ministère de la Guerre, pour couronner le tout, conteste une nouvelle fois le versement de sa pension. Si Henri parvient, non sans difficulté, à obtenir gain de cause, il n'a « point de projet faute d'argent[127] ». Sa valeur littéraire ne fait aucun doute dans les petits cercles des lettrés, mais ses livres ne se vendent pas assez pour lui ménager une rente confortable. Ne voyant pas d'issue à son marasme pécuniaire, il rédige aux mois d'août et de septembre plusieurs testaments en faveur de Romain Colomb, d'Adolphe de Mareste, de sa sœur Pauline et de

Louis Crozet. C'est dire s'il a peu foi en l'avenir. Son moral, une fois de plus, est au plus bas. Écrire le détourne de ses tracas, mais son interdiction de séjour à Milan demeure un soufflet trop cuisant. À la fin de l'année 1828, il confie à Prosper Mérimée : « Ce soir, opéras nouveaux à Milan, Naples, Venise, Gênes, etc., dont j'enrage[128]. » Sa soif d'Italie est inextinguible et sa frustration ravivée.

Si ses dernières années parisiennes sont source d'idées noires — « En 1829 et [18]30, j'ai été embarrassé plutôt par manque de soin et insouciance que par absence véritable de moyens[129] [...] » —, il partage ses journées entre ses travaux d'écriture, les spectacles et la fréquentation des salons où il se garde bien d'afficher ses tourments. « [...] M. Beyle est toujours aimable, spirituel, amusant et gai au lieu que M. Mérimée a bien le bonheur le plus triste du monde[130]. [...] » Le 23 janvier, Victor Hugo publie *Les Orientales*. Le jugement d'Henri est sans appel : « M. Victor Hugo n'est pas un homme ordinaire mais il *veut* être extraordinaire, et *les Orientales* m'ennuient[131][...]. » Ni la poésie lyrique ni l'Orient pourtant à la mode n'obtiennent ses faveurs, et il préfère au recueil du poète une comédie de Scribe, « admirable petit drame qui tord le cœur[132] ». Ses goûts littéraires se resserrent, il se rapproche de Voltaire et de Diderot en privilégiant le philosophe anglais d'expression latine Roger Bacon contre Aristote : « Les œuvres philosophiques d'Aristote, Platon, Descartes, Spinoza, Leibniz, poèmes ennuyeux faits par de grands génies. Bacon seul a conservé de l'utilité. On ne peut relire les premiers que par devoir et en bâillant étrangement. Un résumé de quarante pages sur chacun, clair, s'il se peut, serait lu avec plaisir[133]. »

Le 6 février, Alberthe de Rubempré — le plus souvent désignée sous le pseudonyme d'Azur en raison de sa domiciliation rue Bleue —, cousine de Delacroix, devient sa maîtresse pour six mois avant de lui préférer Adolphe de Mareste. Les liens entre les deux amis, à défaut de se rompre, vont dès lors inévitablement se distendre — Henri, sans rien lui dire, abandonnera le café de Rouen pour celui de Lemblin. Pour le moment, Alberthe le distrait de ses préoccupations. En ce début d'année 1829, ses relations interviennent en sa faveur dans l'espoir de mettre un terme à sa précarité naissante. Après avoir échoué à lui obtenir une place aux Archives, qui aurait procuré à Henri un appartement à l'hôtel de Soubise où il aurait pu établir sa sœur Pauline, l'ex-auditeur au Conseil d'État Amédée de Pastoret sollicite pour lui une place de bibliothécaire adjoint aux appointements à la Bibliothèque Sainte-Geneviève. Édouard Mounier, le comte d'Argout et Pierre Daru unissent quant à eux leurs efforts pour lui trouver un gagne-pain. Appuyé par son cousin et par le vicomte Siméon, Henri postule une place d'employé auxiliaire aux manuscrits de la Bibliothèque du Roi. Aucune démarche n'aboutit. Son abattement profond ne l'empêche pas d'assister à la représentation d'*Henri III et sa cour* d'Alexandre Dumas père, qui obtient un véritable triomphe le soir de sa première au Théâtre-Français.

Le 14 mars, il signe un contrat avec Delaunay pour la publication des *Promenades dans Rome*, précisant que l'ouvrage devra être imprimé « sur un papier aussi beau que le roman intitulé *1572*[*] » dont Prosper Mérimée est l'auteur. Il se consacre tout entier aux finitions. La mise en vente de *Promenades dans Rome* est annoncée le 5 septembre par le *Journal de la Librairie*. « Le *public* n'ayant pas pu comprendre certaines explications ou théories fines, données dans l'*Histoire de la peinture* ou *L'Amour*, je les répète ici. Les *Promenades*, livre frivole ne fatiguant pas l'esprit dudit *public* un peu grossier, il risque de comprendre ici ce qui l'a effarouché ailleurs[134]. » Le jour même, il découvre au café, en ouvrant son journal, le faire-part de la mort du comte Daru : « Je sautai dans un cabriolet la larme à l'œil, et courus au numéro 81 de la rue de Grenelle. Je trouvai un laquais qui pleurait, et je pleurai à chaudes larmes. Je me trouvais bien ingrat [...][135]. » Il prend la décision d'avancer son départ pour le Sud-Ouest et le midi de la France : « [...] je serais mort de douleur en entrant dans sa maison[136]. »

Le 8 septembre, il quitte l'hôtel de Valois, rue de Richelieu, ayant peut-être eu l'occasion de lire

* « Entre M. Delaunay, libraire au Palais-Royal et M. Henry Beyle, demeurant à Paris, rue de Richelieu, n° 71 » (contrat [14 mars 1829], *Promenades dans Rome*, in *Correspondance générale*, tome III, p. 717).

la lettre de remerciements que vient de lui écrire Sainte-Beuve avant de se mettre en route :

J'ai beaucoup à vous remercier de l'aimable envoi que vous avez bien voulu me faire. Vos *Promenades dans Rome*, comme tous vos autres ouvrages, sont une bonne fortune pour moi ; j'y trouve instruction et divertissement ; j'y vois de près et sous mille côtés inattendus cette Italie que vous connaissez si bien et que vous nous racontez de mille manières. C'est bonheur, par le temps qui court, d'entendre causer d'art, si leste et si juste. En m'envoyant votre ouvrage, sans que j'aie l'honneur d'être connu personnellement de vous, vous avez deviné peut-être que j'ai grand goût de ce qui sort de votre plume, et en cela vous m'aurez rendu justice[137].

Astolphe de Custine, à qui Henri a également fait parvenir son livre, n'est pas en reste : « Je n'avais trouvé nulle part une si profonde connaissance de notre siècle unie à tant de facultés qui manquent à ce siècle et surtout à ce pays[138]. »

Henri visite successivement Bordeaux, Toulouse, Carcassonne, Montpellier, Marseille et Lyon, où il prend un bateau à vapeur. Dans la nuit du 25 au 26 octobre, à Marseille, lui vient l'idée du roman *Le Rouge et le Noir*, dont il entreprend l'esquisse. Celui-ci prend naissance dans deux faits divers authentiques, relatés dans la *Gazette des Tribunaux* : la condamnation par la cour d'assises des Hautes-Pyrénées, au mois de mars 1829, du dénommé Adrien Lafargue pour le meurtre de sa maîtresse ; la condamnation à mort, deux ans auparavant, par la cour d'assises de l'Isère, du séminariste Antoine Berthet pour avoir tenté d'assassiner en pleine messe une femme qui lui avait confié l'éducation de l'un de ses enfants et qui était devenue sa maîtresse. À la fin du mois de novembre, Henri est de retour à Paris, où les commentaires sur les *Promenades de Rome* vont bon train : « Les amis non imprimants d'un auteur sont plus en colère contre la *forme poétique*, contre ce qui peut se trouver de forme poétique dans son ouvrage, que contre le reste. Cela vient en partie de ce qu'ils [se] croiraient dupes s'ils admettaient cette forme poétique[139]. » Tout en vilipendant Chateaubriand dont il lit l'*Itinéraire de Paris à Jérusalem* — « Je n'ai jamais vu d'amour-propre plus puant. [...] Je n'ai jamais rien trouvé de si puant d'égotisme, d'égoïsme, de plate affectation et même de forfanterie sur de prétendus dangers à la mer que le début du deuxième volume de l'*It*[*inéraire*] *à Jé*[*rusalem*], que j'ai ouvert ce matin pour avoir une idée du talent de M. de Ch[ateaubriand]. Au lieu de faire connaître le pays, il dit *je* et *moi* et fait de petites hardiesses de style[140]. » —, il achève le 3 décembre *Vanina Vanini, ou Particularités sur la dernière vente de carbonari. Découverte dans les États du pape*, une nouvelle écrite dans la même verve que les *Promenades dans Rome* et véritable préfiguration des chefs-d'œuvre à venir. Il ébauche *Mina de Vanghel*, à qui il compte donner l'envergure d'un roman, et travaille activement à *Le Rouge et le Noir*.

Dans sa livraison du 13 décembre 1829, *La Revue de Paris*, créée au mois d'août par Louis-

Désiré Véron, publie *Vanina Vanini*. Le 25 décembre, Henri fait la lecture à Prosper Mérimée d'une nouvelle à l'état d'ébauche, *Le Coffre et le Revenant*, et abandonne *Mina de Vanghel*, « peu fait pour un public français[141] ». Le roman n'est décidément pas au goût du jour :

> Le manque de mode fait que le vulgaire ne cristallise pas pour un roman, et réellement ne le sent pas. En 1829, ce qui perd la littérature française, c'est le *genre grossier*. Les charlatans ont des sujets à cause des industriels qui, arrivés à 8 000 fr[ancs] de rente, font quelque consommation de livres et donnent leur avis sur les choses littéraires sans avoir le temps de se former un avis. De plus, comme les prêtres nuisent aux vrais philosophes, les Auger nuisent aux vrais littérateurs. On lit les livres des Auger au lieu des livres écrits en conscience[142].

Il réfléchit une nouvelle fois à *Letellier*, travaille simultanément au *Rouge et le Noir*, aux nouvelles *Le Coffre et le Revenant* et *Le Philtre*, et se trouve « Fatigué des nerfs[143] ».

Le 23 janvier 1830, il rencontre pour la première fois Sainte-Beuve et Victor Hugo chez Mérimée. Il ne manquera pas d'écrire au premier, après avoir lu *Les Consolations* : « Je vous crois appelé, Monsieur, aux plus grandes destinées littéraires, mais je trouve encore un peu d'affectation dans vos vers. Je voudrais qu'ils ressemblassent davantage à ceux de La Fontaine. Vous parlez trop de gloire[*]. » Henri ne sera jamais un flagor-

* « Après avoir lu *Les Consolations* trois heures et demie de suite le 26 mars 1830 » (lettre à Sainte-Beuve, *Correspondance générale*, tome III, *op. cit.*, p. 759).

neur. L'ego de l'auteur des *Causeries du lundi* saura s'en souvenir.

Le 27 janvier, l'amour surgit dans la vie d'Henri Beyle là où il ne l'attend pas, en la personne de Giulia Rinieri, qui lui fait une déclaration d'amour spontanée : « Mais le sens froid a produit la belle réponse : "*I'll love you* dans deux mois quand je serai rassuré*." » Le 3 février, elle récidive : « Droite devant lui, lui tenant la tête : "Je sais bien et depuis longtemps que tu es laid et vieux." Et là-dessus *kissing him***. » Le 22 mars, ils sont amants. Entre-temps, Henri a appris le décès de son oncle Romain Gagnon, survenu le 29 janvier, et revêtu *Mina de Vanghel* de sa forme définitive. Sa relation avec Giulia lui est bénéfique : « J'étais devenu parfaitement heureux ; c'est trop dire, mais enfin fort passablement heureux, en 1830, quand j'écrivais *Le Rouge et le Noir*[144]. »

Le 25 février, il assiste à la première représentation du drame de Victor Hugo, *Hernani*. Hugo ayant refusé à Mérimée de lui donner des loges pour ses amis, ce dernier a réclamé des stalles de balcon. À l'orchestre, les jeunes romantiques conduits par Théophile Gautier défendent la pièce contre les invectives d'un public bourgeois attaché aux formes classiques. La « bataille » d'*Hernani* est enclenchée. Si Henri se brouille plus tard avec Virginie Ancelot qu'il accuse de prendre parti contre la pièce, ce dont elle se défend, il ne rend pas

* « Je vous aimerai dans deux mois quand je serai rassuré » (*Journal, op. cit.*, p. 124).

** « Et là-dessus l'embrassant » (*ibid.*, p. 126).

compte de cette soirée légendaire, ni de la célèbre querelle littéraire qui éclate tous les soirs en de véritables batailles rangées. Il se contente d'écrire à son amie Julie Gaulthier dite Jules, l'une des sœurs Rougier de La Bergerie : « Le vin de champagne et *Hernani* ne m'ont pas réussi[145]. » Et note dans ses carnets : « Bégueulisme et ennui de la haute société. On ne se refuse pas une jouissance de vanité. Il semble que l'ennui est un malheur qui vient des choses extérieures. On n'a pas assez d'esprit pour voir que l'ennui provient des exclusions prononcées par l'excessive vanité. Les gens du grand monde vont aux deux opéras, et à la 18e re[présentati]on ne connaissent pas *Hernani*[146]. » Le monde des salons l'ennuie et il se sent aux prises avec un fort sentiment d'impuissance. « Les hommes les plus doux, quand ils ont subi ma connaissance pendant six mois, donneraient six francs pour me voir tomber dans un trou plein de boue au moment où je me prépare à entrer dans un salon[147]. »

Le 8 avril, il signe une convention avec le libraire Alphonse Levavasseur pour l'impression et la publication de son roman *Le Rouge et le Noir*, auquel il envisage de donner pour titre *Julien*. Dans sa livraison du mois de mai, la *Revue de Paris* propose la nouvelle *Le Coffre et le Revenant*. Au mois de juin, elle publie *Le Philtre*.

Le 25 juillet 1830, Charles X signe les quatre ordonnances qui vont provoquer sa chute. La première suspend la liberté de la presse, la deuxième prononce la dissolution de la Chambre des députés, la troisième convoque les collèges électoraux et la quatrième modifie le système électoral. L'opposition dénonce le coup d'État, les journalistes s'insurgent avec Adolphe Thiers et Charles de Rémusat à leur tête, et quatre journaux d'opposition paraissent deux jours plus tard sans autorisation. Les presses sont saisies et de nombreux mandats d'arrêt lancés. La protestation se transforme : c'est le début de l'insurrection. Les rues sont dépavées et de nombreuses barricades dressées dans les quartiers populaires. Drapeau tricolore en main, la foule envahit le centre de Paris. Les affrontements font rage contre les troupes du général Marmont. Le 29 juillet, la capitale est aux mains des insurgés. Les troupes se débandent, La Fayette est nommé à la tête de la garde nationale et les chefs de file de l'opposition libérale, Jacques Laffitte et Casimir Perier, s'installent à l'Hôtel de Ville. Les ordonnances sont retirées le lendemain.

Henri suit l'insurrection de près — « Je fus ravi par les journées de Juillet ; je vis les balles sous les colonnes du Théâtre-Français ; fort peu de danger de ma part[148] » — et commente les événements à Sutton Sharpe : « [...] sur cent hommes sans bas ni veste, il y avait, le 28 juillet, un homme bien vêtu. La dernière canaille a été héroïque et pleine de la plus noble générosité après la bataille[149]. » Les Trois Glorieuses viennent de mettre un terme à la Restauration. Le 2 août, Charles X abdique. Dès le lendemain, Henri brigue une préfecture.

Le 9 août, le duc d'Orléans, de la branche cadette des Bourbons, prend le nom de Louis-

Philippe 1er, roi des Français. La monarchie de Juillet entre dans l'Histoire : c'est la victoire de l'ordre bourgeois contre la caste nobiliaire et la fin de l'alliance du Trône et de l'Autel. Suite à la formation, le 11 août, d'un nouveau gouvernement, Henri sollicite auprès du comte Molé, qui vient d'être nommé ministre des Affaires étrangères, une place de consul général à Naples, Gênes ou Livourne. Il est appuyé dans sa démarche par Sarah Newton, l'épouse de Victor Destutt de Tracy, fils du philosophe, et par son ami Domenico Fiore, proche du ministre. La chute de la Restauration lui est favorable : il est nommé consul à Trieste par ordonnance du 25 septembre 1830. « ... Le bien du service exige [...] que vous preniez possession de votre poste le plus tôt possible et je vous engage à vous y rendre sans délai. [...] J'adresse le brevet de votre nomination à l'Ambassade de France à Vienne ; M. Schwebel, chargé d'affaires du Roi dans cette capitale, le fera revêtir de l'exequatur du Gouvernement autrichien, et vous le transmettra ensuite directement à Trieste[150]... » Le 6 novembre, Henri demande Giulia Rinieri en mariage et part en territoire autrichien après avoir essuyé le refus alambiqué de Daniello Berlinghieri, le père adoptif de la jeune femme.

Le 13 novembre, le *Journal de la Librairie* annonce *Le Rouge et le Noir, Chronique du XIXe siècle*, par M. de Stendhal. Roman psychologique, mais surtout chronique politique « dont la prétention est de peindre la France telle qu'elle est en 1830[151] », *Le Rouge et le Noir* va faire couler beaucoup d'encre. S'il ne s'écarte guère de l'anecdote fournie par le procès Berthet, l'écrivain se laisse aller à une satire des mœurs et des institutions qui outrage ses lecteurs. Ses procédés romanesques, d'une grande originalité pour l'époque, déconcertent le plus grand nombre, tant son horreur « pour les longues phrases emphatiques des gens d'esprit de 1830 l'a jeté dans l'abrupt, dans le heurté, le saccadé, le dur[152] ». Julien Sorel, « enfant du siècle » dressé contre une société injuste jusqu'à la guillotine, déplaît. On reproche à l'auteur la franchise des opinions exprimées, son personnage de prédateur explosif, son cynisme et son immoralité : sa réputation est établie. Le jour de la sortie de *Le Rouge et le Noir*, l'existence d'Henri Beyle vient de bifurquer : il entre dans l'ornière administrative.

Les années consulaires (1830-1842)

CHASSÉ DE TRIESTE

Son infortune commence à Milan où son passeport, qu'il s'est sciemment abstenu de faire viser avant son départ pour ne pas attirer l'attention, est retenu par la Direction générale de la police. S'il a fait en sorte de contourner la capitale lombarde, son arrivée, toutefois, n'est pas passée inaperçue : Henri Beyle reste *persona non grata* sur le sol autrichien. Le gouvernement de Vienne, qui garde en mémoire le caractère hautement subversif de ses écrits, lui reste farouchement hostile. Seule l'intervention du baron Denois, consul général de France à Milan, permet à l'indésirable de poursuivre sa route sans être de nouveau refoulé.

« Vue étrange du ciel dans la mer à une immense profondeur à droite ; lumières. C'est Trieste[1]. » Première ville de commerce italienne avec quelque neuf cents vaisseaux et un imposant cabotage, Trieste est une cité active dont le « pavé des rues est le plus beau de l'Europe[2] ». Le 25 novembre,

Henri s'apprête à prendre la gestion de son consulat. Mais il n'est toujours pas officiellement autorisé à exercer ses fonctions et doit attendre le bon vouloir de l'État autrichien. Le 4 décembre, le *Journal des Débats* rend compte de la mesure vexatoire qui vient d'être prise à son encontre par le prince Klemens de Metternich : l'exequatur lui a été refusé. À Paris, des voix s'élèvent pour protester. La nouvelle atteint l'intéressé dix jours plus tard. Son sort, désormais, se trouve entre les mains du général Maison, nouvel ambassadeur de France à Vienne. Découragé, Henri va devoir prendre son mal en patience. Il reste modéré et prudent, mais meurt de froid et d'ennui : la bora souffle avec force et Trieste est trop tranquille. Le Grand Théâtre et les deux salons dans lesquels il s'est fait admettre lui suffisent d'autant moins qu'il se sait en transit. Il lui reste bien le plaisir des relations épistolaires, à ceci près que les lettres sont ouvertes et retardées. Qui plus est, les journaux français sont rares et il en est réduit aux gazettes. N'ayant rien à lire, il esquisse un récit picaresque, *Le Juif*. Mais l'entrain lui fait cruellement défaut et l'enthousiasme de la création qui l'avait porté pour *Le Rouge et le Noir* semble tari. Libre d'écrire pour son seul plaisir, n'étant plus soumis à la nécessité de publier pour vivre et donc de clore ses manuscrits, il va enchaîner tout au long de ses années consulaires ébauches sans lendemain et récits inachevés.

Aux premiers temps de l'exil ne répond qu'un profond découragement :

Toute ma vie est peinte par mon dîner. Mon haut rang exige que je dîne seul. Premier ennui. Second ennui : on me sert douze plats ; un énorme chapon qu'il est impossible de couper avec un excellent couteau d'acier anglais qui coûte ici *moins* qu'à Londres ; une superbe sole qu'on a oublié de faire cuire, c'est l'usage du pays ; une bécasse tuée de la veille, on regarderait comme un cas de pourriture de la faire attendre deux jours. Ma soupe de riz est salie par sept ou huit saucisses, pleines d'ail, qu'on fait cuire *avec le riz*, etc., etc., etc. [...] Je suis empoisonné à un tel point, que j'ai recours aux œufs à la coque. Je n'ai inventé cela que depuis huit jours, et j'en suis tout fier[3].

Le 20 janvier, n'y tenant plus, il débarque à Venise par le paquebot à vapeur, pour n'en repartir que le 19 février. La Sérénissime ne manque pas de sociétés éclairées où se pressent nombre de ses anciennes connaissances, il est assuré d'avoir son content à la Fenice et Sophie Duvaucel l'a recommandé auprès de la comtesse Albrizzi, au cercle cosmopolite très recherché. De plus en plus suspect aux yeux des autorités, Henri est placé sous surveillance étroite et ses moindres déplacements sont consignés.

Le 11 février, le ministère des Affaires étrangères décide de son avenir : « Désirant de pourvoir à la charge de notre consul à Civita-Vecchia et étant informé de l'intelligence, probité, zèle et fidélité à notre service de M. Marie-Henri Beyle, nous avons fait choix de sa personne pour remplir la dite charge[4]. » La fin du calvaire triestin vient de sonner, mais la disgrâce est rude : « C'est un trou abominable[5]. » Troquer la liberté contre des revenus stables a un prix. Malgré des appointements considérablement réduits — son changement d'affectation lui coûte la perte de cinq mille francs —, son pain quotidien est enfin assuré. Il entreprend aussitôt d'écrire au comte d'Argout : « On a toujours permis au consul de Civita-Vecchia d'avoir un pied-à-terre à Rome[6]. » Il ne songe ni à feindre ni à tromper, sachant par avance, à l'aune de sa philosophie personnelle, qu'il ne croupira pas à quatorze lieues de la capitale du Latium et de ses musées. Contraint d'attendre l'arrivée de son successeur, un proche de La Fayette qui contrarie l'administration autrichienne pour avoir pris une part active aux événements révolutionnaires de Juillet, il ne quitte Trieste que le 31 mars et parvient à destination le 17 avril en passant par Venise, Padoue, Ferrare, Bologne et Florence.

La haine ayant redoublé de vigueur contre la domination absolutiste autrichienne, des tumultes ont éclaté dans de nombreuses villes et l'Italie du Nord est secouée par les troubles. Henri profite de son voyage à travers les territoires révoltés pour envoyer des rapports circonstanciés sur les dispositions de l'esprit public. Espère-t-il s'insérer ainsi dans les bonnes grâces de Louis-Philippe ? Ses dépêches politiques font le plus mauvais effet dans les bureaux du ministère, au point que Sophie Duvaucel s'empresse de le mettre en garde :

> Mais pour l'amour du ciel, soyez donc sage et ne parlez pas des affaires de Florence où vous ne devez pas mettre le nez. Contentez-vous de dire combien de flottes entrent à Civita-

Vecchia, combien de voiles en sortent et puis vogue la galère ! Serez-vous toujours incorrigible ? [...] Je voudrais seulement, et cela dans vos intérêts, que vous fussiez bien sage, bien réservé, bien diplomate en un mot, non pas avec moi s'il vous plaît, mais ailleurs ! N'écrivez qu'à vos amis et ne vous mêlez que de ce qui vous regarde *directement*[7].

PLUS LE MARBRE ROMAIN QU'UN PORT PONTIFICAL

Aussitôt l'exequatur accordé par un cardinal Bernetti tout autant en proie à l'appréhension que désireux d'éviter tout incident diplomatique, Henri donne ses directives aux treize vice-consuls et agents consulaires des États romains placés sous ses ordres, qu'il exhorte à la plus grande exactitude dans leurs rapports politiques :

Dans le cas où vous auriez à me faire quelque communication de ce genre, je vous engage à séparer vos nouvelles en trois classes distinctes : 1° Ce que vous avez vu. 2° Ce qui est un bruit accrédité parmi les gens sages. 3° Ce qui se réduit à un simple bruit de ville, à un simple *on-dit*. Nous avons vu, dans les derniers troubles, combien les nouvelles se dénaturent en passant de bouche en bouche. Il est essentiel que S.E.M. le Ministre des Affaires étrangères reçoive, pour chaque événement, le rapport original de l'agent français le plus rapproché du lieu où il s'est passé[8].

Henri Beyle met à profit les réflexes et la rigueur de ses années d'expérience d'intendant sous l'Empire. Déterminé à faire preuve d'une irréprochable bonne volonté, il exerce ses fonctions avec ardeur. S'étant dans un premier temps installé dans l'appartement qui lui a été réservé à l'auberge de la Campana, il s'empresse de prendre un logement au deuxième étage de la maison Benedetti place Campo Orsino, avec vue sur la mer, et se fait envoyer ses livres, ses manuscrits et un fauteuil recouvert de cuir noir. Ses soirées s'annoncent en tout point contraires aux festivités milanaises. Petite ville de sept mille cinq cents âmes, dont quatre mille pêcheurs et manouvriers, unique port des États pontificaux, Civita-Vecchia n'a pas l'ombre d'une société — « Ce trou est réellement plus laid que S[ain]t-Cloud. Mais papa s'est ruiné[9]. » Il se lie d'amitié avec l'antiquaire Donato Bucci, qui « fait des fouilles et déterre des vases étrusques ou grecs, et des tombeaux[10] », ainsi qu'avec l'archéologue Pietro Manzi, tous deux ouvertement libéraux. L'administration papale, qui a vu d'un mauvais œil l'arrivée au poste de consul de cet écrivain notoirement antireligieux, s'en alarme. Son animosité, contemporaine des premiers écrits du suspect, l'incline à voir en lui un inquiétant agent provocateur : « ... Les renseignements relatifs aux maximes exagérément libérales professées par Henri Beyle n'ont pas été controuvrés. Il les accrédite par ses discours et ses entretiens avec des personnes connues pour leur adhésion aux innovations du jour [...][11]. » Ses moindres faits et gestes étant surveillés, il redouble de vigilance dans sa correspondance. Son écriture, quant à elle, devient de plus en plus difficile à déchiffrer.

À Rome où il s'est déjà rendu, il s'est découvert un allié en la personne de l'ambassadeur de France, Louis de Beaupoil, comte de Sainte-Aulaire, qui l'a reçu en son domicile du palais Colonna en compagnie du directeur de l'Académie de France à Rome, Horace Vernet. Prosper Mérimée, tout en l'assurant de la bienveillance de ce nouveau protecteur, lui prodigue néanmoins ses conseils : « […] ne vous servez pas en dînant chez lui de la guillotine portative avec laquelle vous guillotinez ordinairement votre sucre avant de prendre votre café[12]. » Le temps des libertés parisiennes s'est enfui et Henri doit continuellement rester sur ses gardes. Si les remous provoqués par la publication du *Rouge et le Noir* sont légion, il n'entreprend de livrer bataille pour sa défense qu'auprès d'une poignée d'intimes, au nombre desquels Sarah Newton de Tracy, Sophie Duvaucel, Alberthe de Rubempré, Mareste et Mérimée. À Civita-Vecchia, il n'y a guère de place pour les arguties. Si Alphonse Levavasseur lui avoue éprouver quelques difficultés à résumer la diversité des opinions, critiques et louanges qu'il reçoit à Paris, il lui apprend « que le style du *Rouge et Noir* a été universellement loué sans restriction, qu'il ravit et désespère des gens qui ont des prétentions à écrire, que tout ce qui est observation est d'une vérité, est rendue d'une manière si vigoureuse et fine que cela jette dans l'admiration et les hauteurs littéraires et les gens du goût le plus grossier ou le plus blasé. […] À cela votre éditeur doit ajouter son opinion personnelle qui est : que le succès a été pyramidal, enfin que l'ouvrage s'est bien vendu et qu'il vous prie de lui faire un autre roman et le public, songez-y, Monsieur, vous parle par sa voix[13]. » En d'autres temps, Henri aurait mis sur-le-champ un manuscrit en chantier. Isolé à Civita-Vecchia, passablement déprimé, il ne réagit pas.

Un mois vient tout juste de s'écouler que l'ennui tant redouté le gagne : les détails commerciaux et le mouvement de la navigation ne peuvent convenir longtemps à son esprit lettré. « Combien le plus vil bouquin que vous rejetez sur les quais, pour quinze sous, me serait précieux dans ce coin de l'Afrique[14] ! » Il tombe malade. Un vésicatoire lui est appliqué sur la poitrine, un autre sur la cuisse, et il ne peut plus marcher. Quand Lysimaque Tavernier, élève chancelier au consulat de France, libéral de surcroît, lui propose ses services, Henri accepte malgré la mise en garde du baron de Vaux, son prédécesseur. Conscient des avantages qu'il va pouvoir en retirer pour sa gouverne, autrement dit prendre le plus souvent possible la poudre d'escampette, il décide de privilégier son premier mouvement. Leur pacte est tacite. Chancelier modèle espérant sa titularisation prochaine, Lysimaque Tavernier assume les corvées consulaires pendant que son supérieur vaque à de plus nobles occupations. Henri n'a pour le moment qu'une maxime : il n'est pas de chute dont on ne se relève.

À défaut de l'avoir guéri, l'opium prescrit a suspendu ses douleurs et il part en convalescence à Albano, sur les bords du lac. Il lit Tite-Live, qu'il trouve d'une partialité révoltante en faveur du Sénat, et profite d'une fraîcheur apaisante. Le 30 juillet, toujours faible, il prend un logement à Rome, dans le quartier de la place d'Espagne, avec le peintre genevois Abraham Constantin, qu'il a rencontré sous la Restauration chez le baron Gérard. Le 9 août, il écrit à son chancelier : « Je pars jeudi pour Sienne où je passerai douze jours. Ne parlez à personne de ce petit voyage[15]. » Pour Henri Beyle, les demandes d'autorisation d'absence restent superflues, comme par le passé. Trois jours plus tard, il est à Sienne.

Du 17 août au 11 septembre, il réside à Florence, où il reprend ses habitudes au cabinet Vieusseux. Il n'est de retour à son poste qu'à la mi-septembre. Le temps d'écrire la nouvelle *San Francesco a Ripa* et de vitupérer l'irrégularité avec laquelle il reçoit ses journaux — « Ces contretemps qui sont peu de choses pour un particulier deviennent graves envers un officier public qui doit être au courant de ce qui se passe dans sa patrie et c'est pourquoi je me plains[16] » —, il gagne Rome au plus vite, où il s'intéresse aux beautés antiques et modernes avec son ami Constantin. S'il est sevré de musique dans cette ville si peu mélomane, du moins a-t-il accès aux autres arts. Au mois de décembre, ils déménagent dans le centre-ville, au Palazzo Cavalieri, à côté du Teatro Argentina. Il passe plus de temps hors de Civita-Vecchia qu'au consulat. Peu lui importe dès lors les faux pas et l'obséquiosité de son subordonné, tant qu'il peut jouir sans entrave de sa liberté recouvrée.

Le 28 décembre, Henri accompagne Adrien Jussieu à Naples et observe la lave de huit à dix pieds de large crachée par le Vésuve :

> Cette lave fait deux toises par minute ; son cours a six ou sept cents toises. Si elle continuait toujours de la même ardeur, elle menacerait *Resina*, mais elle se calme tous les jours. [...] Sur le cratère il y a un petit pain de sucre, qui jette des pierres rouges toutes les cinq minutes. M. de Jussieu a voulu y aller et s'est joliment écorché les mains et les chevilles en parcourant une plaine composée de filigranes de lave qui se brisent sous les pieds. La montée est abominable ; c'est mille pieds de cendre, avec une pente de quarante-cinq degrés, tout juste[17].

Il admire la mosaïque de la *Bataille d'Alexandre* qui a été exhumée quelques mois plus tôt à Pompéi, achète une tête en marbre supposée représenter Tibère et trouve Naples « plus remuant et plus criard que jamais. Le contraste est épouvantable entre Toledo plus vivant que la rue Vivienne (car ici on ne *passe* pas, on *demeure* dans la rue), et la sombre Rome[18] ».

Il rentre à Rome le 22 janvier 1832, et à Civita-Vecchia le 14 février. Le nomadisme lui va bien, qui est une façon plutôt plaisante de domestiquer sa descente aux enfers. Mais il semble avoir mis en berne toute velléité de création littéraire.

À la crainte du choléra morbus qui progresse à travers le pays et aux mesures sanitaires qui touchent l'ensemble du trafic commercial, succèdent de nouveaux troubles insurrectionnels. Faisant suite aux émeutes de Romagne et à l'envoi de l'armée pontificale à Bologne, le gouvernement de Vienne réoccupe la ville à la demande du pape Grégoire XVI. Informé de la situation politique et de l'intrusion de l'Autriche en territoire italien, Casimir Perier riposte le 22 février 1832 en envoyant un corps expéditionnaire français occuper Ancône. « Notre position est amusante depuis quinze jours », écrit Henri à Domenico di Fiore, « chaque quart d'heure peut tout changer[19] ». Le poste consulaire d'Ancône ayant acquis une importance extrême eu égard aux récents événements, le comte de Sainte-Aulaire y transfère temporairement le consul de Civita-Vecchia :

> Les rapports administratifs et politiques qui doivent naître de la présence des troupes françaises dans cette place exigent beaucoup de délicatesse et de mesure, ainsi que des moyens de considération et de crédit personnel auxquels peut difficilement atteindre un simple agent provisoire. Personne n'est plus capable que vous, Monsieur, d'apprécier cette nécessité et de trouver dans son propre zèle pour le service du gouvernement la certitude de la remplir[20].

Le 6 mars, tandis que l'épidémie mondiale de choléra atteint Paris et que les premiers cas y sont recensés, Henri part sans délai. Une semaine s'est écoulée quand il demande à être relevé des fonctions qu'il a été tenu d'accepter pour le bien du service :

> [...] ces fonctions me contrarient beaucoup. Comme sous-intendant militaire, je suis obligé de certifier par ma signature des choses auxquelles je ne comprends rien. [...] Enfin, je suis ici au milieu de fonctionnaires du pays, et de militaires que je n'ai pas l'honneur de connaître ; les fonctions de payeur et de sous-intendant me donnent moins de considérations officielles que celles de consul[21].

La grâce de retrouver son poste lui étant accordée à la fin du mois de mars, il séjourne à Rome jusqu'au 5 juin.

La hargne de l'administration pontificale ne fait pas relâche, qui n'a de cesse de chercher à se débarrasser de sa bête noire. Henri ne doit qu'à l'honnêteté du comte de Sainte-Aulaire de conserver son poste :

> [...] On m'a sondé pour le renvoi de M. Beyle, le consul de France à Civita-Vecchia ; j'ai répondu que, malgré mon désir de complaire, je ne sacrifierais pas un homme auquel je n'avais aucun reproche à faire dans ses fonctions. Au fait, je trouve que M. Beyle était mal choisi pour les convenances locales de sa place, mais depuis qu'il les exerce il n'a pas commis une faute à ma connaissance, et c'est un témoignage que je dois en conscience lui rendre auprès de vous [...][22].

La vie parisienne ne le rattrape qu'à l'occasion d'une lettre ou d'un journal français — « Je n'écris pas à Paris parce que je désire y être oublié et finir ma vie dans mon petit port[23] » —, et sa correspondance s'en tient d'autant plus aux affaires courantes que le trafic épistolaire est réduit par mesure sanitaire. Le 16 mai, Casimir Perier meurt du choléra. La rapidité d'action de l'épidémie porte la terreur à son plus haut niveau dans la capitale. Jules Gaulthier, qui l'en informe — « on n'est pas plus en sûreté en bonne santé que sur le champ de bataille au moment d'un combat[24] » —, plaide en faveur de son retour en littérature : « Faites donc quelque chose pour que j'aie une satisfaction complète ; c'est vous qui aviez créé le romantisme, mais vous l'aviez créé pur, naturel, charmant, amusant, naïf, intéressant, et l'on nous en a fait un monstre qui hurle toujours. Créez autre chose[25]. »

Le 22 mai, Henri sollicite un congé sous prétexte d'affaires familiales requérant sa présence à Grenoble. Il lui est accordé sur le principe, mais reste ajourné tant qu'il n'a pas mis en ordre la comptabilité d'Ancône pour le ministère de la Marine. Pour occuper ses loisirs en terre étrangère, il met en route le 20 juin l'écriture des *Souvenirs d'égotisme* : « Je m'amuse à écrire les jolis moments de ma vie ; ensuite, je ferai probablement comme avec un plat de cerises, j'écrirai aussi les mauvais moments, les torts que j'ai eus et ce malheur que j'ai eu de déplaire toujours aux personnes auxquelles je voulais trop plaire [...][26]. » Composé au fil de la plume, le deuxième de ses écrits intimes commence à la fin de sa liaison avec Matilde Dembowski et s'interrompt à sa première visite chez Étienne Delécluze, enchaînant portraits, réflexions et anecdotes :

> Un livre sur un tel sujet est comme tous les autres ; on l'oublie bien vite, s'il est ennuyeux. Je craignais de déflorer les moments heureux que j'ai rencontrés, en les décrivant, en les anatomisant. Or, c'est ce que je ne ferai point, je sauterai le bonheur. Le génie poétique est mort, mais le génie du *soupçon* est venu au monde. Je suis profondément convaincu que le seul antidote qui puisse faire oublier au lecteur les éternels *Je* que l'auteur va écrire, c'est une parfaite sincérité[27].

Il reconnaît, dès les premières lignes, que le courage d'écrire lui aurait manqué s'il n'avait pas idée que ces feuilles seraient un jour imprimées. Ce qui ne l'empêche pas d'opposer une fin de non-recevoir au libraire Dupuy : « J'ai pris la résolution de ne rien publier tant que je serai employé par le g[ouvernemen]t. Mon style est malheureusement arrangé de façon à blesser les balivernes que plusieurs coteries veulent faire passer pour des vérités[28]. » Son emploi lui fait horreur, mais il redoute par-dessus tout de le perdre. Le pouvoir de création étant chez lui un feu qui s'éteint à la moindre interruption, il suspend le 4 juillet la rédaction des *Souvenirs d'égotisme*. Il ne s'y réattellera plus.

Avant de s'embarquer le 10 août pour Porto Ercole, il propose Lysimaque Tavernier, qui lui en a fait la demande, au poste de vice-consul sans appointements. Le lendemain, il est à Sienne. Six jours plus tard, il descend à l'hôtel Suisse de Florence, s'inscrit au Cabinet Vieusseux, se promène, fréquente les bains et les cafés et converse avec le poète Giacomo Leopardi. La police le prend en filature avec si peu de discrétion qu'il finit par s'en apercevoir. Après une excursion à Lucques, il reprend son poste le 2 septembre 1832. Immédiatement après, à compter du 19 septembre, il travaille au roman *Une position sociale* qui met en scène non seulement la politique et les milieux diplomatiques romains, mais également la femme de l'ambassadeur sur laquelle il n'a pu s'empêcher d'avoir quelques visées — « La femme de mon chef aime la miniature, et moi je peins à l'huile ; ainsi je n'ai pas trop réussi à ses yeux[29] [...] ». C'est la première fois depuis *Le Rouge et le Noir* qu'il est porté par une envolée créative digne de ce nom : il lui est enfin permis d'écrire quatorze pages d'affilée.

Le 25 septembre, il sollicite de nouveau un congé d'un mois. Il renonce à son manuscrit le 6 octobre, à la veille d'un voyage de treize jours dans les Abruzzes. Malgré quelques corrections et plusieurs tentatives de reprise ultérieures, l'inspiration ne reviendra pas. Alphonse Levavasseur lui réclame en pure perte l'envoi d'un roman ou d'un livre d'anecdotes, mais Henri ne fléchit pas : il a pris l'engagement douloureux de s'imposer silence et n'entend pas se dédire. De même qu'il avait légué par testament le manuscrit des *Souvenirs d'égotisme* à Abraham Constantin avec la consigne de ne l'imprimer que dix ans après sa mort, il lui lègue *Une position sociale* en précisant « avec prière de ne le montrer qu'en 1880[30] ».

Le 16 octobre, le duc Victor de Broglie, sur le point de remplacer le général Sébastiani au ministère des Affaires étrangères, n'hésite pas à lui accorder « le congé d'un mois que des affaires de famille vous rendent nécessaire[31] ». Le temps de prendre les dispositions relatives à la bonne marche du consulat et une brève escapade romaine, il retourne en Toscane : à Sienne tout d'abord, où Giulia Rinieri vient d'arriver avec son père adoptif, puis à Florence où la fréquentation du cabinet littéraire de Vieusseux lui est devenue indispensable. S'il était tout à fait libre de ses mouvements, il ferait cent lieues par mois. Le rapport de filature laisse clairement entendre qu'il fréquente l'avocat Vincenzo Salvagnoli d'Empoli et qu'il met tout en œuvre pour déjouer la surveillance dont il est l'objet. De retour à Rome le 5 décembre, Henri fait la connaissance de l'historien et homme de lettres Alexandre Tourgueniev, avec qui il va passer le plus clair de ses journées. Les 10 et 11 décembre, il rédige un autre testament en faveur d'Abraham Constantin. L'année 1832, l'une de celles où il aura le plus brillé par son absence de Civita-Vecchia, se clôt par la mort tragique de Victor Jacquemont à Bombay.

QUAND L'AMOUR DÉMISSIONNE

S'il ne commet plus d'imprudence dans cette société si peu prompte aux débats d'idées —

« J'espère, avec le temps, être aussi bête que mon prédécesseur[32] » —, l'ennui l'étouffe. L'amour, de son côté, s'éteint : Giulia ne donne plus signe de vie. Ses soupçons s'accroissant, il énumère les raisons possibles de son silence à l'exception d'une seule : qu'elle ait pu s'éprendre d'un autre. De Rome où il a découvert d'anciens manuscrits italiens qu'il commence à traduire, Henri entreprend le 23 janvier, à la veille de son cinquantième anniversaire, un troisième et dernier voyage à Sienne. Le 1er avril, Giulia lève enfin le voile sur l'état de ses sentiments :

> [...] j'ai fait la connaissance d'une personne bien plus aimable et plus chère, qui, je le sens, pourrait devenir pour moi dangereuse si je la fréquentais longtemps. [...] Cher ami, ne m'en veuillez pas de ma sincérité, vous m'avez souvent dit que vous aimez que je vous ouvre mon cœur, eh bien ! ce cœur est en grand péril*.

Comprenant qu'elle l'a déjà évincé, il lui répond avec une indifférence feinte : « Eh bien donc, nous ne serons qu'amis[33]. » Mais la défaite est cuisante.

Privé de la compagnie d'Alexandre Tourgueniev qui vient de quitter Rome, Henri se plonge derechef dans les manuscrits italiens. Il n'a de bonheur constant que par le travail et, saisi par le besoin

* « [...] *ho conosciuto una persona ch'è ben più amabile e più cara, sento potrebbe divenirmi pericolosa se a lungo io la trattassi.* [...] *Caro amico, non mi vogliate male di questa mia sincerità ; voi mi avete detto spesso che amate che io vi apra il mio cuore, ebbeno questo cuore corre molto pericoloso* » (lettre de Giulia Rinieri du 1er avril 1833, *Correspondance générale*, tome IV, Honoré Champion, 1999, p. 621).

de se détendre, songe à faire une escapade. Elle aura lieu du 20 mai au 6 juin, à Livourne d'abord, puis à Florence où il est toujours filé. Le 16 juin, Abraham Constantin met à son tour fin à son séjour romain. Huit jours plus tard, Giulia se marie. Rome devient un tombeau : « Il ne m'est plus donné d'entendre un mot qui me surprenne ; je comptais pouvoir vivre de *beau* pour tout potage ; cela m'est impossible ; deux ans de ce régime me mettent aux abois[34]. » Il a soif d'une conversation qui ressemble à autre chose qu'à une cérémonie, confiant à Domenico Fiore qu'un mois de séjour à Paris lui rendra la respiration libre pour une année :

> Si je vais à Paris, je n'y passerai que trente jours, j'irai vingt-cinq fois au spectacle. Je n'irai que dans le salon de Mme de Tracy ; je ferai l'immense effort de ne pas avoir tout l'esprit que vous dites, et l'effort ne sera pas pénible : l'idée de la malveillance me glace. D'un autre côté, la vie s'avance ; le demi-siècle est déjà passé ; faut-il se laisser mourir d'ennui par excès de prudence ? [...] La vie est si courte à mon âge qu'il ne faut cependant pas se priver de tout plaisir, parce qu'il peut y avoir un petit, tout petit danger[35].

Après quelques jours passés à Naples, il plie bagage le 25 août. Peu avant son départ, Sarah Newton de Tracy, qui lui voue une amitié sans égale, lui a certifié avoir soutenu un véritable siège pour s'assurer que nul n'entreprendrait rien contre sa personne. Le 11 septembre, rassuré, il est en terrain de connaissance. Ses péripéties parisiennes dureront presque trois mois : il est libre comme l'air.

Descendu à l'hôtel de Valois, rue de Richelieu, il n'a plus le temps de lire et encore moins d'écrire. Son séjour lui rend ses fréquentations et lui offre des amitiés nouvelles. Il prend la mesure des changements opérés par Juillet, mais Mérimée ne peut s'empêcher de constater :

> Je le trouve exactement tel que je l'avais laissé en partant pour l'Espagne. Mais le siècle a marché et il se trouve bien en arrière. Il ne comprend plus les finesses de la langue française et il n'a pas encore appris celles dont nous l'avons enrichie pendant son absence. Cependant je ne désespère pas de lui apprendre dans peu toutes les gentillesses qui lui manquent encore[36].

Henri Beyle reprend le 4 décembre la direction de l'Italie. Emportant avec lui *Le Lieutenant*, manuscrit de son amie Jules Gaulthier sur lequel il a promis de donner un avis sincère, il transite par Lyon, d'où il prend le bateau à vapeur pour Avignon en compagnie de George Sand et d'Alfred de Musset. Il laisse une forte impression à la première, tant par sa conversation brillante d'esprit et de profondeur que par son tempérament satirique et railleur :

> Je causai avec lui une partie de la journée, et le trouvai fort aimable. Il se moqua de mes illusions sur l'Italie, assurant que j'en aurais vite assez, et que les artistes à la recherche du beau en ce pays étaient de véritables badauds. Je ne le crus guère, voyant qu'il était las de son exil et y retournait à contrecœur. Il railla, d'une manière très amusante, le type italien, qu'il ne pouvait souffrir et envers lequel il était fort injuste. Il me pré-

dit surtout une souffrance que je ne devais nullement éprouver, la privation de causerie agréable et de tout ce qui, selon lui, faisait la vie intellectuelle, les livres, les journaux, les nouvelles, l'actualité, en un mot. Je compris bien ce qui devait manquer à un esprit si charmant, si original et si poseur, loin des relations qui pouvaient l'apprécier et l'exciter. Il posait surtout le dédain de toute vanité et cherchait à découvrir dans chaque interlocuteur quelque prétention à rabattre sous le feu roulant de sa moquerie. Mais je ne crois pas qu'il fût méchant : il se donnait trop de peine pour le paraître[37].

Le soir venu, le pilote du bateau n'osant franchir le pont Saint-Esprit avant le jour, ils soupent avec d'autres voyageurs dans une auberge sans grand attrait. « Il fut là d'une gaieté folle, se grisa raisonnablement, et, dansant autour de la table avec ses grosses bottes fourrées, devint quelque peu grotesque et pas du tout joli[38] », écrit George Sand. À Avignon où ils font halte et visitent l'église, il s'en prend à un vieux christ en bois peint, de grandeur naturelle. « Il avait en horreur ces repoussants simulacres dont les Méridionaux chérissaient, selon lui, la laideur barbare et la nudité cynique. Il avait envie de s'attaquer à coups de poing à cette image[39]. » Lorsque Henri prend la route de terre pour Gênes, le trio se sépare. Leur liaison a été certes enjouée, mais George Sand est maintenant fatiguée de son comportement comme de ses propos : « [...] s'il eût pris la mer, j'aurais peut-être pris la montagne[40] ».

« Le retour d'un congé est un moment bien triste ; je pourrais faire trois pages, pas trop mauvaises, sur ce thème. On se dit : "Vais-je vivre, vais-je vieillir loin de ma patrie ? Ou de *la* patrie ? cela est plus à la mode"[41]. » À pied d'œuvre sous le ciel de l'Italie le 8 janvier 1834 après une courte visite à Florence, Henri Beyle reste cloîtré à Rome et à Civita-Vecchia. Si la chasse au bonheur lui est étrangère, la traduction des manuscrits italiens, dont il pressent la rentabilité commerciale, occupe son temps libre. L'assassinat d'une jeune fille à deux pas de chez lui est toute sa distraction. N'ayant personne avec qui converser, il continue de déserter son poste, se réfugie dans les livres et dans *Le Lieutenant* de Jules Gaulthier.

Le 1er mai 1834 est à marquer d'une pierre blanche : « [...] *in* Rome, *lavoro after* tant de paresse. *I make Leuwen** ». Le 4 mai, il fait part de ses critiques à Jules : « Le langage, suivant moi, est horriblement noble et emphatique ; je l'ai cruellement barbouillé. Il ne faut pas avoir de paresse : car enfin, vous n'écrivez que pour écrire : c'est pour vous un amusement. [...] Mais comment vous renvoyer ce manuscrit ? Il faut une occasion. Où la prendre ? Je vais chercher[42]. »

* « [...] À Rome, je travaille après tant de paresse. Je fais Leuwen » (*Journal*, *op. cit.*, p. 194).

Malgré ses défauts, *Le Lieutenant* chauffe suffisamment son imagination, au point qu'il note dans son *Journal* : « Première idée de ne pas *send it to* Mme Jules, mais d'en *make* un *opus*. Avec cette lady, cela tomberait rapidement dans le *non lu* des cabinets littéraires pour femmes de chambre*. » Le désir d'écrire ayant brusquement repris les rênes, l'écriture va redevenir pour lui une pratique quotidienne. Il ne renverra donc pas son manuscrit à l'intéressée, mais compose une œuvre personnelle en prenant soin d'adapter l'intrigue et d'inventer le personnage principal. L'opus prend forme et devient *Lucien Leuwen*, chronique fortement polémique des premières années de la monarchie de Juillet. Sa composition durera moins d'un an. Ce roman, le plus long de tous, restera formellement inachevé. Pour l'heure, Henri y consacre toutes ses journées.

Cette nouvelle occupation l'absorbe au point qu'un rappel à l'ordre de sa hiérarchie, concernant l'état des dépenses de la chancellerie et les honoraires de Lysimaque Tavernier, le fait sortir de ses gonds. Il reporte sa colère sur son subordonné, dont il a pourtant proposé la titularisation le 26 avril au comte de Rigny, austère remplaçant du duc de Broglie aux Affaires étrangères :

C'est encore à vous, M[onsieur], que je dois cette nouvelle réprimande du Ministre. C'est vous qui avez arrangé tout ce

* « Première idée de ne pas l'envoyer à Mme Jules, mais d'en faire un ouvrage » (*ibid.*, p. 195).

qui regarde la chancellerie et vous l'avez mal arrangé. Je ne puis avoir confiance en vous pour la plus petite chose. [...] Je suis bien las de toute cette conduite et serais bien heureux d'avoir un autre chancelier[43].

S'estimant fort mal récompensé pour son zèle et son dévouement par un consul que distingue avant tout son absentéisme, Lysimaque Tavernier donne sa démission et contre-attaque. L'affaire remonte jusqu'au marquis de Latour-Maubourg, ambassadeur du roi auprès du Saint-Siège, qui répond en toute hâte à Henri : « La confiance qu'il [Lysimaque Tavernier] inspire et que tout autre risque de ne pas rencontrer est la plus sûre garantie de la continuation de votre présence à Rome. Vous pourriez prendre la résolution de résider à Civita-Vecchia, mais, il ne faut pas se le dissimuler, vous ne pourrez pas la tenir[44]... » Voilà le consul prévenu : non seulement l'incident a manqué provoquer sa destitution, mais il va devoir cohabiter avec celui qui est devenu son ennemi déclaré. Leurs relations vont reprendre leur cours épistolaire, la cordialité en moins et la défiance en plus. Prié par le comte de Rigny de mettre un terme à ses absences — « L'éloignement où M. Beyle s'est longtemps tenu de son poste est sans doute la cause du désordre que mon Ministère a plus d'une fois remarqué dans l'administration du Consulat et il importe d'y mettre un terme[45] » —, il prend conscience qu'il vient d'entrer dans un labyrinthe de désagréments.

Les infractions au règlement n'étant plus tolérées, il fait profil bas et se replie sur l'écriture de *Lucien Leuwen* — « Travail par fièvre, sans nulle idée. Je les attends, en bon traître, pour les faire venir[46] ». Il enchaîne corrections, réaménagements et relectures, s'octroie quelques entractes au théâtre Valle de Rome ou avec ses amis libéraux, éprouve une forte fatigue et ressent péniblement le poids des ans. À trop lire et écrire à la bougie jusqu'à tard dans la nuit, il s'affaiblit la vue. Mais les questions de style l'accaparent : « Je ne dis point : "Il jouissait des doux épanchements de la tendresse maternelle, des conseils si doux du cœur d'une mère", comme dans les romans vulgaires. Je donne la chose elle-même, le dialogue, et me garde de dire *ce que c'est* en phrases attendrissantes[47]. » Seul dans sa chambre qu'il compare à un nid d'hirondelle, il n'a d'autre plaisir que celui de voir la mer. Ses obligations l'interrompent trop souvent dans le feu de la création pour le jeter dans le style officiel. Il écrit sans idée et l'année 1834 se termine sur un : « Ce qui s'appelle se foutre carrément de tout. *O happy state**! »

Le 25 janvier 1835, il est nommé chevalier de la Légion d'honneur, gratification qu'il a demandée à maintes reprises à François Guizot. Le 5 février, le comte de Rigny lui interdit fermement toute absence non autorisée. Ses supérieurs l'indisposent : « Ils m'ont assez pesé dans la vie réelle pour souffrir qu'ils viennent encore gâter mon plaisir d'écrire quand je me donne le passe-temps

* « Ô heureux état ! » (*Journal, op. cit.*, p. 218).

d'écrire[48]. » Est-il fermement condamné à sa cité portuaire ? Il sait qu'à la première escapade, son chancelier se fera un devoir de le dénoncer. Heureusement, il « commence à être très ferme sur SFCDT* », s'échappe fréquemment à Albano et participe aux fouilles d'une nécropole étrusque à trois lieues de son domicile. Il accueille la nouvelle de la reprise du portefeuille des Affaires étrangères par le duc de Broglie avec soulagement, mais les rapports administratifs ont laissé des traces et il lui devient difficile de narguer les règlements.

Le 12 avril, il en a terminé avec la rédaction de *Lucien Leuwen*, dont il estime n'avoir plus à réviser que le style. Et pour cause : « Je n'ai pas vu deux fois à Rome, depuis quatre ans, une conversation intéressante et légère. Donc, corriger à Paris toutes les conversations de ce livre. Le fond y est, tout au plus. Quel salon pourrait me donner le *la* ici[49] ? » Il tombe gravement malade le 16 mai et reste cloué chez lui pendant une quarantaine de jours par la fièvre, la goutte et la gravelle. L'appétit manque. Son existence morose l'insupporte comme jamais :

> Je suis bien, certainement, mais je crève d'ennui. Le vrai métier de l'animal est d'écrire un roman dans un grenier, car je préfère le plaisir d'écrire des folies à celui de porter un habit brodé qui coûte huit cents francs. Je vais à Rome quand je veux, mais cependant, au fond, il faut tenir à son poste. Or, que faire dans ce poste ? J'y deviens plus stupide chaque jour ;

* « Se Foutre Carrément De Tout » (lettre à Jean-Jacques Ampère du 24 mars [1835], *Correspondance générale*, tome V, *op. cit.*, p. 426).

je ne trouve personne pour faire ces parties de volants qui s'appellent avoir de l'esprit. Je suis arrivé à ce point de décadence que, dès que je cherche à former des caractères possibles, je suis absurde ; dans l'abominable absence d'idées où je végète, je ressasse toujours les mêmes données[50].

Une petite chambre au cinquième étage d'un immeuble parisien et quelques francs gagnés à la sueur d'un roman serait le bonheur suprême. Le 10 juillet, prétextant son état de santé et ses fièvres à répétition, il demande à échanger le poste de Civita-Vecchia pour son équivalent en Espagne.

Le 28 juillet, date à laquelle Louis-Philippe échappe à un attentat sur le boulevard du Temple, il entreprend de faire recopier le manuscrit de *Lucien Leuwen*. Devenu illisible par l'abondance des corrections effectuées et une graphie qui s'aggrave, il ne peut être confié à un copiste et Henri est contraint de le dicter. Le 3 septembre, sa vue n'ayant de cesse de décliner, il chausse ses premières lunettes : « *Bonjour lunette, Adieu fillette*[51]. » L'âge lui cause bien des tourments. Le 9 septembre, la promulgation en France des lois votées les 13, 20 et 29 août, particulièrement celle du 29 août qui interdit à la presse d'attaquer ou de discuter la personne du roi, la Charte et le gouvernement, lui laisse peu d'espoir : trop dénonciateur, trop satirique, *Lucien Leuwen* ne peut passer l'épreuve de la publication. Le 23 septembre, il interrompt définitivement ses séances de dictée. Le roman est abandonné.

Au mois d'octobre, il voyage à Ravenne et à

Bologne. Les quarantaines sont toujours de rigueur pour les provenances maritimes de France, de Gênes et de Livourne, mais la circulation reste libre par voie de terre. À Ravenne, la police ne le quitte pas d'une semelle.

Le 21 novembre, il fait part à Alphonse Levavasseur de son désir de publier une compilation d'anecdotes issues des manuscrits découverts à Rome en 1833. Il envisage d'appeler l'ouvrage *Historiettes romaines* et lui confie : « J'écris maintenant un livre qui peut être une grande sottise ; c'est *Mes Confessions*, au style près, comme Jean-Jacques Rousseau, avec plus de franchise[52]. » Ce livre, dont il amorce la composition deux jours plus tard, est la *Vie de Henry Brulard*. À l'instar des *Souvenirs d'égotisme*, les questions de style l'accaparent :

> Oui, mais cette effroyable quantité de *Je* et de *Moi* ! Il y a de quoi donner de l'humeur au lecteur le plus bénévole. *Je* et *Moi*, ce serait, au talent près, comme M. de Chateaubriand, ce roi des *égotistes*. *De* je *mis avec* moi *tu fais la récidive*... Je me dis ce vers à chaque fois que je lis une de ses pages. On pourrait écrire, il est vrai, en se servant de la troisième personne : *il* fit, *il* dit. Oui, mais comment rendre compte des mouvements intérieurs de l'âme[53] ?

Dans les sept testaments par lesquels il lègue son manuscrit figure l'expresse condition de ne le publier qu'après son décès, en changeant tous les noms de femmes et aucun nom d'homme.

Tout en poursuivant l'écriture de la *Vie de Henry Brulard*, il effectue d'incessantes navettes entre

Civita-Vecchia et Rome, où il s'éprend de la comtesse Cini qu'il désigne sous le pseudonyme de Sandre. La résidence des Cini lui étant grande ouverte, il y cultive presque quotidiennement une société qui ne manque pas d'attrait et s'efface sans plus tarder devant le prétendant exaspéré de la comtesse. Son consulat, auquel il se rend avec peu d'empressement, lui pèse comme un boulet. Il souffre du froid en hiver, des trop fortes chaleurs en été et tombe régulièrement malade. « Être obligé de trembler pour la conservation d'une place où l'on crève d'ennui[54] ! » Il est assommé par ces années de solitude passées « avec des buses savantes, qui répondent après avoir pensé un quart d'heure[55] ».

Le 15 février 1836, alléguant le retour continuel de la fièvre, il sollicite un congé de six semaines à deux mois auprès du duc de Broglie. La dépêche du 12 mars qui le lui accorde met fin au récit de sa vie : la *Vie de Henry Brulard* n'ira pas au-delà de sa première rencontre avec Milan. Le temps d'une courte escapade à Naples, il place la gestion de Civita-Vecchia entre les mains de l'élève consul Galloni d'Istria. Le 11 mai, il embarque sur le *Pharamond* et laisse enfin les États romains derrière lui.

À Paris, ses amis redoutent « les ébullitions d'indépendance qui pourraient lui monter au cerveau[56] » et balisent le terrain en toute hâte pour lui éviter le pire. Prosper Mérimée, qui a eu vent du mécontentement d'Adolphe Thiers au sujet des absences à répétition du consul, entreprend de placer ce dernier sous la protection d'Auguste Mignet, ami d'enfance de Thiers, et charge Hippolyte Royer-Collard, membre de l'Académie de médecine, de le rappeler si nécessaire à la raison. Sarah Newton de Tracy continue quant à elle de faire pression sur Émile Désages, le directeur politique au ministère des Affaires étrangères. L'expérience leur a appris qu'avec le caractère frondeur de Beyle, plusieurs précautions valent toujours mieux qu'une.

À LA POURSUITE DU TEMPS PERDU

De retour à Paris le 24 mai 1836 pour un congé de quelques semaines, Henri va faire durer son séjour trois ans et un mois. Il doit cette prolongation à la démission d'Adolphe Thiers le 12 août 1836 et à l'arrivée providentielle du comte Molé à la présidence du Conseil et au ministère des Affaires étrangères à compter du 6 septembre — et ce jusqu'au 8 mars 1839, date à laquelle Louis-Philippe accepte sa démission. Retrouvant son plus éminent protecteur du moment, Henri peut dès lors reprendre pied dans la vraie vie, songer à s'étourdir et s'occuper de littérature loin des exigences consulaires. En d'autres termes, il va pouvoir enfin redevenir lui-même.

À ses amitiés d'antan qui lui ont été conservées, il se contente pour l'essentiel d'ajouter les compagnies d'Alfred de Musset et de la comtesse de Montijo dont il fascine les deux filles encore adolescentes avec ses récits. Des années plus tard, devenue l'épouse de Napoléon III, la cadette s'en souviendra avec émotion. Henri savoure les soirées où l'on cultive l'art de la conversation, retrouve le plaisir des soupers dans les cafés à la mode, arpente les musées et jouit à son aise du bonheur que lui procure le Théâtre-Italien. Seule ombre au tableau : l'amour le tient à l'écart et c'est en vain qu'il tente de s'en rapprocher. À quoi sert de vivre si l'on n'est ni épris ni aimé ?

Ses retrouvailles avec la comtesse Curial ne se sont pas déroulées sans un pincement au cœur, qui ont ravivé sa flamme et entraîné son ancienne maîtresse à l'éconduire. S'il évite de la voir — « [...] me trouver auprès de Menti sans toucher ses jolies mains me jetterait dans une contrainte désagréable[57] » —, ses sentiments à elle restent inchangés : « Vous m'êtes nécessaire, sans vous je me débarrasserais de la vie, car ce n'est que sur vous que je m'appuie pour prendre un peu de forces[58]. » Cherchant frénétiquement l'âme sœur, il se déclare sans plus de succès à Jules Gaulthier qui lui garde une affection sincère :

> N'ayez point de regret de votre journée, elle doit compter comme une des meilleures de votre vie et pour moi c'est la plus glorieuse ! J'éprouve toute la douce joie d'un grand succès : bien attaquée, bien défendue, pas de traité, pas de défaite, tout est gloire dans les deux camps. Vous ne le nierez pas, il y a au fond de votre cœur une satisfaction qui tient à ce que nous autres gens douteux nous appelons la conscience.

Moi, je suis heureuse et cependant je vous aime et aimer c'est vouloir ce que voulait son amie ; donc vous ne voulez pas ce que vous voulez, mon instinct spirituel a deviné votre vertu. Beyle, appelez-moi grosse bête, froide femelle, sotte, peureuse, stupide, tout ce que vous voudrez, les injures n'efface-ront pas le bonheur de notre divine causerie, c'est là ce que j'appelle honorer son cœur, son esprit, c'est s'élever à toute la dignité d'un noble sentiment. Beyle, croyez-moi, vous valez cent mille fois mieux qu'on ne le croit, que vous ne le croyez vous-même et que je ne le croyais il y a deux heures[59] !

Jules et Clémentine demeurent, avec Sarah Newton de Tracy, ses plus fidèles alliées.

Si musique, peinture et littérature ont réintégré leur place dans son existence, la France louis-philipparde n'est plus celle de la Restauration et il retrouve difficilement l'esprit sémillant des salons d'antan sous le règne du mercantilisme bourgeois. Destutt de Tracy, Georges Cuvier et François Gérard sont morts, William Frederic Edwards a quitté Paris pour Versailles et il est devenu impossible de rencontrer quiconque sans prendre rendez-vous. Il anticipe alors probablement les réflexions de Virginie Ancelot, qui lui déclare un peu plus tard : « Maintenant nous n'avons plus en France que des hommes d'État et des hommes de génie. C'est bien triste. Qui nous rendra quelques hommes d'esprit[60] ? » Son cercle, de fait, se resserre : « Je ne vis pas dans la société (je la trouve trop hypocrite et trop grognonne pour cela) ; je vis dans les environs de la société, dans une demi-solitude[61]. »

Cette situation suffit à lui donner du cœur à l'ouvrage. Il vend par contrat six ou sept nouvelles tirées des manuscrits italiens à la *Revue des Deux Mondes* — la livraison commence avec *Victoria Accoramboni* et *Les Cenci*, qui paraîtront successivement les 1er mars et 1er juillet 1837, sans signature —, ébauche l'essai ambitieux des *Mémoires sur Napoléon*, qu'il abandonne au mois d'avril 1837, et s'adonne à la rédaction d'un nouveau roman, *Le Rose et le Vert*, qu'il interrompt le 24 mai 1837 à la veille d'un voyage qui le mène dans l'ouest de la France. Il espère trouver à Nantes une inspiration analogue à celle qui l'a porté à écrire *Le Rouge et le Noir*, mais c'est au Havre que lui vient le 23 juin l'idée des *Mémoires d'un Touriste*. Vagabondage désinvolte, tableau de la province française sous la monarchie de Juillet où affleure continuellement la critique du régime, *Mémoires d'un Touriste* sera son premier livre publié depuis *Le Rouge et le Noir*. Il l'achève en décembre 1837, en corrige les épreuves le mois suivant et, pris par une véritable frénésie de locomotion, entreprend le 8 mars 1838 un voyage de quatre mois et demi.

Il le conduit à Angoulême, Bordeaux, Agen, Toulouse, Bordeaux, Dax, Bayonne, Fontarabie, Orthez, Pau, Tarbes, Auch, Toulouse, Carcassonne, Narbonne, Montpellier, Marseille, Toulon, Draguignan, Grasse, Cannes, Marseille, Arles, Avignon, Valence, Grenoble qu'il verra pour la dernière fois, Chambéry, Genève. À Berne, la goutte le surprend. À Bâle, elle sévit. À Strasbourg, il s'aide d'une canne pour marcher. Son ardeur voyageuse s'affaiblit, mais il tient bon : il veut voir Cologne, Rotterdam, Amsterdam, Anvers et Bruxelles. Le 22 juillet, il rentre à Paris. Le 30 juin a eu lieu la mise en vente de *Mémoires d'un Touriste* qui lui a valu les louanges d'Astolphe de Custine :

> Il y a longtemps que mon opinion est arrêtée sur ce que vous faites ; rien ne ressemble tant à ce que vous êtes : cette indépendance d'esprit, ce besoin de vérité qui domine tout et en même temps ce bonheur d'expression qui ferait qu'on prendrait intérêt même au mensonge, font de ce livre une lecture qu'on ne finit jamais parce qu'on recommence aussitôt qu'on est au bout. Le choix de vos anecdotes est délicieux et votre plume toute légère qu'elle est, n'en est pas moins la massue des préjugés ; enfin, rien ne donne le désir de causer avec vous comme de vous lire. Cette aristocratie d'esprit et cette libéralité dans les sentiments vous placent à part de tout ce qui écrit maintenant[62].

Le 3 août 1838, Henri retrouve les faveurs de Giulia Rinieri avant qu'elle ne s'en retourne en Italie. Le 15, la *Revue des Deux Mondes* publie *La Duchesse de Palliano* sous la signature de F. de Lagenevais. Il s'absorbe dans ses travaux littéraires. À la lecture du récit italien *Origine et grandeur de la famille Farnèse*, il note le 16 août dans les marges du texte : « *To make of this sketch a romanzetto*[*]. » Il vient d'avoir la première idée de *La Chartreuse de Parme*. Le projet n'a plus qu'à mûrir.

Entre l'analyse de *Cinq-Mars* — « M. de V[igny] est empesé non pas dans le langage, mais empesé

* « Faire de cette esquisse un petit roman » (*Journal*, *op. cit.*, p. 324).

dans le dessin du caractère[63] » — et quelques réflexions sur Corneille provoquées par les commentaires de Voltaire sur l'œuvre du tragédien — « J'ai toujours senti plus que pensé qu'il fallait écrire comme Corneille et non comme Racine. Corneille a le vrai style français ; l'autre n'a plus qu'à bâtir[64] » —, il compose *L'Abbesse de Castro* et assiste à un dîner d'académiciens : « Grand Dieu, quelle sécheresse, quel pédantisme, quelle adoration de soi, quelle fausseté ! J'en ai l'âme desséchée et navrée. Dieu ! quels êtres ! Je travaille quoique midi sonnent pour me débarbouiller un peu l'imagination. Dieu, quels êtres ! Je pense que les trois quarts des membres de l'Ac[adémie] française sont ainsi. Dieu, quels cuistres[65] ! »

Du 12 octobre au 2 novembre, ayant acté que « La vie n'est pas grand-chose, surtout quand elle est avancée[66] [...] », il prend le chemin de Nantes, Honfleur et Rouen. À son retour, il compose en cinquante-deux jours, du 4 novembre au 26 décembre 1838, *La Chartreuse de Parme*, son deuxième chef-d'œuvre : « J'improvisais en dictant ; je ne savais jamais, en dictant un chapitre, ce qui arriverait dans le chapi[tre] suivant[67]. » Alexandre Farnèse est devenu Fabrice del Dongo, et la bataille de Waterloo ouvre le livre. Aussi lumineux que *Le Rouge et le Noir* est sombre, *La Chartreuse de Parme*, tout à la fois roman d'action, tableau de mœurs et chronique de l'Italie contemporaine, entremêle fiction et références autobiographiques. Henri en signe le traité de publication avec le libraire Ambroise Dupont le 19 janvier 1839.

Le 6 avril 1839, le *Journal de la Librairie* annonce sa parution. S'il lui reproche d'avoir nommé la ville de Parme et quelques longueurs, Honoré de Balzac lui tourne son compliment :

> *La Chartreuse* est un grand et beau livre. Je vous le dis sans flatterie, sans envie, car je serais incapable de le faire, et l'on peut louer franchement ce qui n'est pas de notre métier. Je fais une fresque et vous avez fait des statues italiennes. Il y a du progrès sur tout ce que nous vous devons. Vous savez ce que je vous ai dit sur *Rouge et Noir*. Eh bien, ici tout est original et neuf ! Mon éloge est absolu, sincère. Je suis d'autant plus enchanté de vous écrire ce qui est dans cette page que beaucoup d'autres, tenus pour spirituels, sont arrivés à un état complet de sénilité littéraire[68].

Astolphe de Custine reste son fervent admirateur : « Jamais écrivain ne m'a plus attaché tout en combattant plusieurs de mes opinions ; mais l'amour de la vérité est de toutes les religions la plus forte, et c'est aussi le lien qui m'unit à vous[69]. »

Sur sa lancée, Henri travaille à *Suora Scolastica* et *Trop de faveur tue*, conçoit la première idée de *Lamiel* et compose les nouvelles *Le Chevalier de Saint-Ismier* et *Féder ou le Mari d'argent*. Le 12 mai 1839, la présidence du Conseil et le ministère des Affaires étrangères sont aux mains du maréchal Soult. Le sursis du consul de Civita-Vecchia arrive à expiration : il est prié de rejoindre son poste. Le 24 juin, Henri Beyle quitte Paris pour Civita-Vecchia, qu'il atteint le 10 août après sept semaines de savants détours. Endosser son habit de consul lui semble encore plus malaisé qu'auparavant.

DERNIÈRE ESCALE EN ITALIE

S'étant fait précéder de quatre caisses de livres, il a la désagréable surprise d'apprendre à son arrivée qu'elles ont été saisies comme suspectes, dûment ouvertes et fouillées, et l'attendent dans les bureaux de la police. Lorsqu'il les récupère après force protestations, le délégué apostolique prend soin de lui faire remarquer « qu'étant donné la présence de livres éminemment interdits, il devait les garder auprès de lui pour son usage personnel, en supposant qu'il soit en ordre avec sa conscience, afin de diminuer les effets nuisibles provoqués par leur appartenance* ». Le Vatican, qui vit dans l'anxiété de la propagation d'aussi sulfureux écrits — au nombre desquels une *Vie de Napoléon Buonaparte empereur des Français* par Walter Scott, les œuvres de Shakespeare et de Montesquieu, *Don Quijote*, *Les Liaisons dangereuses*, *La Princesse de Clèves*, un *Historique des*

* « [...] *che essendovi libri eminentementeproibiti dovea ritener li presso di sè, supposto che abbia provvisto alla propria coscienza onde ne sia lenita la ritensione* [...]. » (lettre du délégué apostolique au cardinal Lambruschini du 25 août 1839, *Correspondance générale*, tome I, Honoré Champion, 1997, p. 233).

antiquités de la ville de Nismes, des catalogues de tableaux et des notices de musées —, fait surveiller Henri Beyle d'encore plus près. Entre la chaleur du comité d'accueil épiscopal et la guerre ouverte que lui mène Lysimaque Tavernier, il s'attend, à juste titre, à un long calvaire. S'appliquer à la poursuite de *Lamiel* et fuir Civita-Vecchia va être son exutoire.

Du 11 au 20 octobre, il est à Rome où l'attendent la bienveillance amicale des Cini et Abraham Constantin, avec qui il s'installe dans un appartement de la via dei Condotti. Ses pérégrinations reprennent bientôt le dessus. Du 21 octobre au 9 novembre, il se promène à Naples avec Prosper Mérimée, dont l'affreuse vanité assombrit son plaisir. Du 5 au 31 décembre, il flâne de nouveau dans Rome. Aux premiers jours de janvier, il dicte les trois cent dix premières pages de *Lamiel*.

L'année 1840 lui offre ses dernières péripéties amoureuses et l'occasion de faire la cour à celle qui ne sera jamais autrement désignée que sous le nom d'« Earline ». Il ne lui parle pas directement, elle ne dit pas non encore et il vit cette ultime passion avec les mêmes ardeurs que celles qu'il éprouva jadis pour Alexandrine Daru : « Comme un sentiment vrai d'amour donne sur-le-champ une passion raphaélesque (mais raphaélesque plus chaud que Raphaël) au corps[70] ! » Il guette des preuves d'amour, analyse les silences d'Earline comme autant d'essais de rébellion contre un amour naissant et laisse courir son imagination : elle l'obnubile et il n'arrive pas à écrire. Il laisse passer le temps des aveux. Lassé, il se remet au travail, rédige les *Privilèges*, mais ne parvient à réellement effacer son souvenir qu'au début de l'année 1841. Du 1er au 18 juillet, il est à Florence. Il apprend à son retour la mort de Clémentine Curial, survenue le 14 juin, et la publication au 11 août à Florence de l'ouvrage *Idées italiennes sur quelques tableaux célèbres* d'Abraham Constantin, auquel il a collaboré. Une semaine plus tard, il est de retour dans la capitale toscane, qu'il ne quittera cette fois que le 15 septembre. Il passe la période du 29 septembre au 23 octobre 1840 en son appartement de la via dei Condotti, et y reprend ses aises du 1er au 11 janvier 1841. Après une éclipse d'une dizaine de jours à Civita-Vecchia, il s'échappe de nouveau à Rome jusqu'au 1er mars. Par manque d'idées échangées, il est con fronté à l'ennui. Ses nerfs sont fatigués.

Le 11 février au matin, il subit une première attaque d'apoplexie. Il est soigné à grand renfort de bromure, de bryone et d'arnica. Le 15 mars, à la suite d'une nouvelle attaque, il subit plusieurs saignées : « Je me suis colleté avec le néant[71]. » Sa santé vacille : « Tout à coup j'oublie tous les mots français. — Je ne puis plus dire : *Donnez-moi un verre d'eau*. Je m'observe curieusement ; excepté l'usage des mots, je jouis de toutes les propriétés naturelles de *l'animal*. Cela dure de huit à dix minutes ; puis, peu à peu, la mémoire des mots revient, et je reste fatigué[72]. » Une lettre de trois lignes lui donne des étourdissements, il a la sensation d'étouffer, ses migraines sont récurrentes depuis six mois et sa langue s'alourdit souvent au point de le faire bredouiller. Il se rétablit à Rome et à Albano, attristé de n'avoir personne à aimer, et sollicite un congé le 9 août pour raison de santé. Il lui est accordé le 15 septembre. Le 21 octobre, Henri met un terme définitif à sa présence à Civita-Vecchia. Le 8 novembre, il est à Paris. De ses dix années de consulat, il en aura vécu plus de quatre hors de Civita-Vecchia.

MOURIR, C'EST REJOINDRE PARIS

« Je n'ai point de réputation en 1842 ; outre la grande raison qui saute aux yeux et répond à ce reproche que mes amis me font souvent, je découvre une raison déterminante qui m'a fait marcher à mon insu. La vie littéraire telle qu'elle existe en 1840 est une vie misérable. Elle réveille les instincts les plus méprisables de notre nature et les plus fertiles en petits malheurs[73] », observe-t-il dans son *Journal*. Son affaire étant « de faire des co[médie]s sans fin[74] », il poursuit l'écriture de *Lamiel* et envisage de nouvelles publications dans la *Revue des Deux Mondes*.

Le 22 mars 1842 en début de soirée, Henri s'effondre au coin de la rue Neuve-des-Capucines, foudroyé par une attaque d'apoplexie. « [...] je trouve qu'il n'y a pas de ridicule à mourir dans la rue, quand on ne le fait pas exprès[75] », avait-il écrit un an auparavant à Domenico di Fiore. Transporté en son domicile du 78, rue Neuve-des-Petits-Champs, il meurt le 23 mars à deux heures du matin sans avoir repris connaissance. Il a cinquante-neuf ans. Cet anticlérical notoire n'a pas eu la présence d'esprit, à l'instar de Sainte-Beuve, de s'opposer par testament à la présence d'un prêtre et à toute cérémonie religieuse. Désireux de satisfaire à des convenances qui n'ont pourtant pas lieu d'être, Romain Colomb organise le lendemain un service en l'église de l'Assomption. Seuls Prosper Mérimée et Abraham Constantin assistent aux obsèques à ses côtés. Henri Beyle, dit Stendhal, est inhumé au cimetière Montmartre. Il repose dans la 30e division, avenue de la Croix.

Arrigo Beyle, Milanese
Scrisse, Amò, Visse.

ANNEXES

REPÈRES CHRONOLOGIQUES

1783. *23 janvier* : naissance de Marie Henri Beyle à Grenoble, premier enfant de Chérubin Joseph Beyle (né en 1747) et Henriette Adélaïde Charlotte Gagnon (née en 1757).

1786. Naissance de Pauline Éléonore, sa sœur préférée et future confidente.

1788. Naissance de sa sœur Zénaïde Caroline.
7 juin : Journée des Tuiles.

1789. Révolution française.

1790. *23 novembre* : mort d'Henriette Gagnon.

1792-1794. Henri est placé sous le préceptorat de l'abbé François Raillane.

1793. *21 janvier* : mort de Louis XVI.

1796. *21 novembre* : Henri entre à l'École centrale de Grenoble. Unique moyen de quitter sa ville natale, les mathématiques vont devenir une véritable passion.

1799. *15 septembre* : il obtient le premier prix de mathématiques aux examens.
30 octobre : Henri quitte Grenoble pour Paris en vue du concours d'entrée à l'École polytechnique.
9 novembre : coup d'État du 18 Brumaire.
10 novembre : Henri arrive à Paris.

1800. *Fin janvier* : il refuse de se présenter à l'examen d'entrée de l'École polytechnique. Cousin germain de son grand-père, Noël Daru l'envoie travailler sous les ordres de son fils Pierre au bureau de la Guerre.
7 mai : Henri quitte Paris à la suite de l'armée de réserve.
Fin mai : il franchit le col du Grand-Saint-Bernard.

Début juin : il assiste, à Novare, à une représentation du *Matrimonio segreto* de Domenico Cimarosa. L'Italie devient sa terre d'élection.

10 juin : Henri entre à Milan. Il travaille successivement sous les ordres de Pierre Daru et de Claude Petiet.

14 juin : victoire de Marengo.

23 septembre : le général en chef Louis Brune le nomme sous-lieutenant à titre provisoire.

1801. *23 février* : Henri est envoyé en garnison à Brescia et à Bergame avec le 6e régiment de dragons.

18 avril : il entreprend l'écriture de son *Journal*, son premier écrit autobiographique.

14 juin : il est confirmé au grade de sous-lieutenant par un arrêté du Premier Consul.

1802. *Début janvier* : ayant obtenu un congé de convalescence, Henri séjourne à Grenoble.

26 janvier : de retour à Paris, il poursuit sa formation intellectuelle et se consacre à l'écriture.

25 mars : signature de la paix d'Amiens.

20 juillet : Henri donne sa démission du grade de sous-lieutenant.

2 août : Bonaparte devient Premier Consul à vie.

Fin août : Henri devient l'amant de Madeleine Rebuffel, cousine de Noël Daru et du docteur Gagnon.

1803. *23 mai* : l'Angleterre déclare la guerre à la France.

24 juin : Henri séjourne à Grenoble et à Claix.

1804. *20 mars* : retour à Paris. Lire, écrire et vivre ne font plus qu'un.

21 mars : promulgation du Code civil.

18 mai : Bonaparte devient Empereur héréditaire des Français.

30 juin : mort de Noël Daru.

2 août : sacre de Napoléon.

Août : Henri prend des cours de déclamation chez le tragédien La Rive en compagnie de Martial Daru.

Décembre : poursuite des leçons avec le comédien Dugazon, chez qui il rencontre Mélanie Guilbert, dite Louason.

1805. *8 mai* : Henri quitte Paris pour Marseille, où Mélanie a obtenu un engagement au Grand-Théâtre.

Mi-mai : à Grenoble où il fait halte, il tente en vain d'obtenir

de Chérubin le capital nécessaire à l'envol de sa carrière.
25 juillet : arrivée à Marseille. Henri s'initie au poste de commis dans la maison d'importation de produits coloniaux de Charles Meunier.
21 octobre : bataille de Trafalgar.
2 décembre : victoire d'Austerlitz.

1806. *1er mars* : Mélanie regagne seule la capitale.
Avril : le commerce périclite. Henri s'efforce de reconquérir les faveurs de Pierre Daru.
10 juillet : de retour à Paris, Henri courtise ses cousins.
Début août : il est reçu franc-maçon à la loge Sainte-Caroline.
26 septembre : Frédéric-Guillaume III de Prusse adresse un ultimatum à Napoléon.
30 septembre : mariage de Martial Daru.
14 octobre : victoire d'Iéna.
16 octobre : départ pour l'Allemagne avec Martial Daru.
27 octobre : entrée à Berlin à la suite de l'Empereur.
29 octobre : Henri est nommé à l'emploi d'adjoint provisoire aux commissaires des guerres par Pierre Daru.
Novembre : Henri prend ses quartiers à Brunswick. Il reste hermétique à la culture allemande, mais éprouve une passion violente pour Wilhelmine de Griesheim.
Décembre : en mission à Paris, il obtient un congé d'un mois.

1807. *5 février* : Henri est de retour à Brunswick.
8 février : bataille de l'Eylau.
7 juillet : traité de Tilsit.
11 juillet : Henri est nommé par décret adjoint titulaire aux commissaires des guerres.

1808. *1er février* : Pierre Daru le charge de l'administration des domaines du département de l'Ocker.
6 avril : mort d'Élisabeth Gagnon.
25 mai : mariage de Pauline Beyle avec François Daniel Périer-Lagrange.
11 novembre : malgré ses aspirations à rejoindre l'Espagne, Henri est rappelé à Paris.
1er décembre : il est de retour dans la capitale. C'est le début de son attirance pour Alexandrine Daru.

1809. *28 mars* : Henri reçoit ordre de se rendre à Strasbourg.
4 mai : découverte de la tragédie d'Ebersberg.
12 mai : Napoléon entre dans Vienne.

Mi-mai : Henri est à Vienne, où il travaille sous les ordres de Martial Daru.

22 mai : bataille d'Essling.

15 juin : Henri assiste au *Requiem* de Mozart, donné à l'église écossaise en l'honneur du compositeur Joseph Haydn.

6 juillet : victoire de Wagram.

21 octobre-20 novembre : séjour à Vienne de la comtesse Alexandrine Daru.

15 décembre : Henri est en poste à Linz.

1810. *2 janvier* : il demande au général Dejean, ministre de l'administration de la Guerre, à être muté en Espagne. Il quitte l'Autriche sans attendre de réponse.

Mi-janvier : Henri a retrouvé Paris, où il courtise Alexandrine Daru.

10 mai : il reçoit ordre de se rendre à Lyon, sa nouvelle affectation, et fait la sourde oreille à ces instructions.

1er août : Henri est officiellement nommé auditeur au Conseil d'État.

22 août : il est nommé Inspecteur de la comptabilité des Bâtiments et du Mobilier de la Couronne.

11 octobre : le ministre de la Guerre accepte de lui conserver son grade et son rang d'ancienneté. Henri perçoit, en sus du traitement attaché à ses fonctions d'auditeur, celui de non-activité de son grade d'adjoint.

17 octobre : il est institué par décret en qualité d'inspecteur auprès de l'Intendance générale de la Maison de l'Empereur.

1811. *29 janvier* : Henri se met en ménage avec la chanteuse et musicienne Angelina Bereyter.

17 mars : les termes de « beyliste » et de « beylisme » apparaissent pour la première fois sous sa plume.

20 mars : naissance du Roi de Rome.

17 avril : Pierre Daru devient ministre secrétaire d'État.

31 mai : Alexandrine Daru oppose une fin de non-recevoir à son soupirant.

17 août : s'étant vu accorder un congé, Henri décide de partir pour Milan sans prévenir quiconque de sa destination. Il plie bagage le 29 août.

7-22 septembre : il séjourne à Milan, où il fait la conquête d'Angela Pietragrua.

22 septembre-22 octobre : il visite Bologne, Florence, Rome,

Naples et Ancône.
22 octobre-13 novembre : deuxième séjour à Milan.
27 novembre : de retour à Paris, Henri s'attelle aux devoirs de sa charge.

1812. *22 juin* : Napoléon déclare la guerre à la Russie.
23 juillet : Henri quitte Paris en qualité de courrier de l'Empereur. Il rejoint Pierre Daru aux portes de Moscou.
7 septembre : bataille de la Moskova.
14 septembre-16 octobre : séjour à Moscou. Il assiste aux incendies qui ravagent la capitale du 15 au 20 septembre.
6 octobre : Henri est nommé directeur général des approvisionnements de réserve par le général Mathieu Dumas, intendant général de la Grande Armée.
7 novembre : il arrive à Smolensk.
Novembre : il franchit la Bérézina avant les troupes françaises.
27 novembre : passage de la Bérézina par la Grande Armée en déroute.
30 décembre : de Königsberg, Henri rejoint Dantzig avant de se rendre à Berlin.

1813. *31 janvier* : il est rendu à Paris.
22 février : la Prusse rompt son alliance avec la France.
17 mars : déclaration de guerre de la Prusse à la France.
14 avril : rupture de l'alliance de l'Autriche avec l'Empire.
19 avril : Henri quitte Paris pour Mayence.
6 juin : Pierre Daru le nomme intendant à Sagan, en Silésie.
7 juin-26 juillet : intendance à Sagan, où il tombe malade.
28 juillet : convalescence à Dresde.
12 août : déclaration de guerre de l'Autriche à la France.
25 août : Henri rentre à Paris.
7 septembre-14 novembre : nouveau séjour à Milan.
20 septembre : décès du grand-père Gagnon.
30 novembre : Henri est derechef à Paris.

1814. *5 janvier* : forcé et contraint, il arrive à Grenoble, ayant été rappelé dans le département de l'Isère et placé sous les ordres du comte de Saint-Vallier.
27 mars : toujours en proie à la fièvre, il obtient de rentrer à Paris.
30 mars : bataille de Paris.
1er avril : le conseil général de la Seine proclame le rétablisse-

ment de Louis XVIII.
6 avril : Napoléon abdique sans conditions.
28 avril : Napoléon embarque pour l'île d'Elbe.
10 mai : Henri s'attelle à la rédaction des *Vies de Haydn, de Mozart et de Métastase*.
20 juillet : départ de Paris.
10 août : arrivée à Milan.
29 août-13 octobre : repoussé par Angela Pietragrua, Henri voyage à Gênes, Livourne, Pise, Florence, Bologne et Parme.
Octobre-décembre : Henri travaille à l'*Histoire de la Peinture en Italie*.
26 décembre : mort d'Alexandrine Daru.

1815. *28 janvier* : sortie parisienne des *Vies de Haydn, de Mozart et de Métastase*.
1er mars : Napoléon débarque à Golfe-Juan (les Cent-Jours).
30 mai : mariage de Zénaïde Caroline Beyle avec Alexandre Mallein.
18 juin : bataille de Waterloo.
3 juillet : capitulation de Paris.
8 juillet : Louis XVIII remonte sur le trône.
Juillet-août : Henri séjourne à Padoue et à Venise.
Août : de retour à Milan, Henri poursuit la rédaction de l'*Histoire de la Peinture en Italie*.
1er décembre : rupture définitive avec Angela Pietragrua.

1816. *5 avril-19 juin* : Henri séjourne à Grenoble.
4 mai-10 juin : à Grenoble, mouvement insurrectionnel fomenté par Paul Didier.
24 juin : retour à Milan. Fréquentant la loge de Lodovico di Breme à la Scala, Henri fait la connaissance de Lord Byron.
14 décembre : mort de François Daniel Périer-Lagrange, mari de Pauline Beyle.
13-31 décembre : Henri gagne Rome afin de terminer l'*Histoire de la Peinture en Italie*.

1817. *28 janvier-février* : séjour à Naples.
4 mars : retour à Milan. Henri rencontre à l'automne Lord Byron et John Cam Hobhouse, qui lui font découvrir l'*Edinburgh Review*.
Mai-juillet : Henri est à Paris après une courte parenthèse grenobloise.
2 août : le *Journal de la Librairie* annonce l'*Histoire de la Pein-*

ture en Italie, par M.B.A.A., en deux volumes.
3 août-14 août : Henri voyage à Londres en compagnie de Jean Joseph Marie Schmit van Dorseläer et d'Edouard Edwards.
16 août-fin septembre : séjour à Paris au cours duquel il reçoit la visite de Destutt de Tracy.
13 septembre : la *Bibliographie de la France* annonce *Rome, Naples et Florence en 1817* par M. de Stendhal, officier de cavalerie.
Octobre-novembre : séjour à Grenoble et à Thuellin.
21 novembre : arrivée à Milan en compagnie de sa sœur Pauline.

1818. *4 mars* : Henri est présenté à Matilde Dembowski, dont il tombe éperdument amoureux.
9 avril-5 mai : séjour à Grenoble en raison d'un procès qui touche aux intérêts de sa sœur Pauline.
11 mai : retour à Milan, où Matilde reste insensible à sa dévotion.
25 août : repoussé par Matilde, Henri fait une excursion d'une semaine à Brianza.

1819. *1er janvier-24 mai* : à Milan, il se jette à corps perdu dans l'écriture.
3-10 juin : épris comme jamais, Henri poursuit Matilde à Volterra, en Toscane.
11 juin-juillet : il se réfugie à Florence et à Bologne.
20 juin : mort de Chérubin Beyle.
10 août : rendu à Grenoble, Henri découvre l'insignifiance d'un héritage paternel sur lequel il avait pourtant compté.
11 septembre : aux élections législatives du 11 septembre, il donne sa voix à l'abbé Grégoire que soutiennent les libéraux.
18 septembre-14 octobre : séjour à Paris.
22 octobre : retour à Milan, où Matilde ne lui ouvre sa porte que deux fois par mois et à certaines conditions.
6 décembre : l'élection de l'abbé Grégoire est invalidée par la Chambre des députés.
29 décembre : sa passion contrariée lui donne l'idée de *De l'Amour*.

1820. *11 janvier* : le ministre de la Guerre lui accorde le titre nécessaire à la perception des arrérages du traitement de non-activité de son grade.

13 février : assassinat du duc de Berry.
20-29 mars : séjours à Bologne et Mantoue.
3 juin : Henri termine la première rédaction de *De l'Amour*.
2-9 juillet : une insurrection libérale éclate dans le royaume de Naples.
Juillet : Henri est soupçonné par les libéraux d'être un agent du gouvernement français, et par le gouvernement autrichien d'être proche du carbonarisme. Calomnié de toutes parts, il est mis au ban de la société qu'il affectionne.
19 août : tentative d'insurrection libérale, dite « conspiration du Bazar ».
25 septembre : envoi à Adolphe de Mareste du manuscrit original de *De l'Amour*.

1821. *Février* : il apprend que le manuscrit de *De l'Amour* n'est pas parvenu à son destinataire. Son désespoir est sans borne.
5 mai : mort de Napoléon à Sainte-Hélène.
Fin mai-début juin : Henri passe dix jours au lac de Côme.
13 juin : il fait ses adieux définitifs à Milan.
21 juin : arrivée à Paris.
18 octobre-20 novembre : au cours d'un séjour à Londres, il découvre l'acteur shakespearien Edmund Kean.
24 novembre : de retour à Paris, où il récupère le manuscrit égaré de *De l'Amour*, il cultive la société des salons.

1822. Janvier : début de sa collaboration au *Paris Monthly Magazine*.
17 août : publication de *De l'amour*.
1er novembre : début de sa collaboration au *New Monthly Magazine*.

1823. *8 mars* : le *Journal de l'Imprimerie* annonce *Racine et Shakspeare* par M. de Stendhal.
18 octobre : départ pour l'Italie : Gênes, Livourne, Florence et Rome.
15 novembre : la *Bibliographie de la France* annonce la publication de *Vie de Rossini* en deux volumes. C'est son premier succès littéraire.

1824. *Janvier-3 février* : séjour à Rome.
Début mars : de retour à Paris, Henri s'attelle à la refonte de *Rome, Naples et Florence en 1817* et compose un deuxième pamphlet, *Racine et Shakspeare n° II*.

22 mai : Henri devient l'amant de la comtesse Clémentine Curial.
29 août : il rédige dans le *Journal de Paris* le premier des dix-sept feuilletons qu'il consacre au Salon de 1824.
9 septembre : publication dans le *Journal de Paris* du premier de ses dix-sept feuilletons sur le Théâtre-Italien.
16 septembre : mort de Louis XVIII.
29 septembre : entrée dans Paris du comte d'Artois, devenu Charles X.

1825. *19 mars* : mise en vente de *Racine et Shakspeare n° II, ou Réponse au manifeste contre le romantisme prononcé par M. Auger dans une séance solennelle de l'Institut.*
3 décembre : publication du pamphlet *D'un nouveau complot contre les industriels.*

1826. *Janvier* : premier jet d'*Armance.*
Janvier-juin : Henri achève la nouvelle édition de *Rome, Naples et Florence.*
Fin mai : rupture avec Clémentine Curial.
Fin juin-16 septembre : séjour en Angleterre.
10 octobre : de retour à Paris depuis le 27 septembre, il met un point final à *Armance ou quelques scènes d'un salon de Paris en 1827*, son premier roman.

1827. *24 février* : la *Bibliographie de France* annonce la mise en vente de la nouvelle édition de *Rome, Naples et Florence.*
18 juillet : mort de Martial Daru.
20 juillet : départ pour l'Italie. Henri effectue des séjours plus ou moins longs à Gênes, Livourne, Naples, Ischia, Rome, Florence, Bologne et Ferrare
18 août : le *Journal de la Librairie* annonce la mise en vente d'*Armance ou quelques scènes d'un salon de Paris en 1827.*
31 décembre : Henri arrive dans la nuit à Milan.

1828. *1er janvier* : il reçoit un arrêté d'expulsion des autorités. Indésirable sur le territoire autrichien, il a douze heures pour quitter la ville.

1829. *29 janvier* : il est de retour à Paris.
6 février : Alberthe de Rubempré devient sa maîtresse pour six mois.
5 septembre : publication de *Promenades dans Rome* et mort de Pierre Daru.
8 septembre-fin novembre : voyage dans le midi de la France.

Il séjourne à Bordeaux, Toulouse, Carcassonne, Montpellier, Marseille et Lyon. À Marseille, il conçoit l'idée de *Le Rouge et le Noir*.

13 décembre : publication, dans la *Revue de Paris*, de *Vanina Vanini ou Particularités sur la dernière vente des Carbonari découverte dans les États du Pape*.

1830. *23 janvier* : rencontre avec Charles Augustin Sainte-Beuve et Victor Hugo chez Prosper Mérimée.

29 janvier : mort de son oncle Romain Gagnon.

25 février : première d'*Hernani* de Victor Hugo et début de la « bataille » d'*Hernani*.

22 mars : il devient l'amant de Giulia Rinieri de' Rocchi.

Mai : la *Revue de Paris* publie *Le Coffre et le Revenant*.

Juin : la *Revue de Paris* publie *Le Philtre*.

27-29 juillet : les Trois Glorieuses.

2 août : abdication de Charles X.

9 août : le duc d'Orléans prend le titre de Louis-Philippe 1er, roi des Français. Début de la monarchie de Juillet.

25 septembre : Henri est nommé consul à Trieste.

6 novembre : il demande Giulia Rinieri en mariage, essuie le refus de son père adoptif et quitte Paris.

13 novembre : le *Journal de la Librairie* annonce *Le Rouge et le Noir, Chronique du XIXe siècle* par M. de Stendhal.

25 novembre : arrivée à Trieste.

4 décembre : le gouvernement de Vienne lui refuse l'exequatur.

1831. *20 janvier-19 février* : séjour à Venise.

11 février : Henri Beyle est nommé par ordonnance consul à Civita-Vecchia. Il perd, ce faisant, une partie de ses appointements.

17 avril : il prend possession de ses nouvelles fonctions et passe le plus clair de son temps à Rome.

12 août-11 septembre : séjour à Sienne et à Florence.

13 septembre : de retour à Civita-Vecchia et à Rome, Henri compose la nouvelle *San Francesco a Ripa*.

26 décembre : départ pour Naples avec Adrien Jussieu.

1832. *22 janvier* : arrivée à Rome.

14 février : arrivée à Civita-Vecchia.

6-31 mars : suite à l'envoi d'un corps expéditionnaire français à Ancône, Henri y est déplacé en qualité de sous-intendant militaire.

1er avril-4 juillet : de retour à Rome et à Civita-Vecchia.

20 juin : mise en route des *Souvenirs d'égotisme*.

10 août-début septembre : voyage en Toscane : Sienne, Florence et Lucques.

Septembre-6 octobre : de retour à Rome et à Civita-Vecchia, Henri compose *Une position sociale*.

7 octobre-19 octobre : échappée dans les Abruzzes.

20 octobre-5 novembre : retour à Rome.

6 novembre-2 décembre : Henri se rend à Sienne, où Guilia Rinieri vient d'arriver, et à Florence.

5 décembre : retour à Rome.

1833. *22 janvier-11 février* : dernier voyage à Sienne pour retrouver Giulia Rinieri.

14 février : Rome et Civita-Vecchia.

Mars : Henri se plonge dans d'anciens manuscrits italiens qu'il vient de découvrir.

1er avril : rupture avec Giulia Rinieri.

20 mai-6 juin : séjour à Florence.

7 juin : de retour à Rome et à Civita-Vecchia.

Fin juillet : court séjour à Naples.

25 août : Henri plie bagage pour Paris.

11 septembre-3 décembre : séjour à Paris.

4 décembre : départ de Paris. À Lyon, il prend le bateau à vapeur jusqu'à Avignon avec George Sand et Alfred de Musset.

26-31 décembre : séjour à Florence.

1834. *3 janvier* : départ de Florence.

8 janvier : retour à Rome et à Civita-Vecchia.

Début mai : la lecture du manuscrit du *Lieutenant* de son amie Jules Gaulthier l'inspire pour *Lucien Leuwen*.

Début juin : début du conflit avec son chancelier Lysimaque Tavernier, qui manque provoquer sa destitution. Ses absences à répétition ne sont plus tolérées par le nouveau ministre des Affaires étrangères.

1835. *25 janvier* : Henri est nommé chevalier de la Légion d'honneur.

28 juillet : Louis-Philippe échappe à un attentat.

9 septembre : promulgation des lois des 13, 20 et 29 août. La loi du 29 août interdit à la presse d'attaquer ou de discuter la personne du roi, la Charte et le gouvernement.

23 septembre : abandon de *Lucien Leuwen*.
Octobre : voyage à Ravenne et Bologne.
23 novembre : Henri entreprend la rédaction de la *Vie de Henry Brulard*.

1836. *15 février* : alléguant ses soucis de santé, il sollicite un congé.
12 mars : le congé lui est accordé. Henri interrompt, pour ne plus la reprendre, la rédaction de la *Vie de Henry Brulard*.
11 mai : départ pour Paris.
24 mai : arrivée à Paris. Vente par contrat de nouvelles tirées des manuscrits italiens à la *Revue des Deux Mondes* ; ébauche de *Mémoires sur Napoléon* et de *Le Rose et le Vert*.
12 août : démission du gouvernement Thiers.
6 septembre : formation du gouvernement Molé.

1837. *1er mars* : publication de *Victoria Accoramboni* dans la *Revue des Deux Mondes*.
Avril : abandon de *Mémoires sur Napoléon*.
24 mai : abandon de *Le Rose et le Vert*.
25 mai-début juillet : voyage dans l'ouest de la France et idée des *Mémoires d'un Touriste*.
1er juillet : publication de *Les Cenci* dans la *Revue des Deux Mondes*.

1838. *8 mars* : voyage de quatre mois et demi dans et hors de l'Hexagone.
30 juin : mise en vente des *Mémoires d'un Touriste*.
15 août : la *Revue des Deux Mondes* publie *La Duchesse de Palliano*.
16 août : première idée de *La Chartreuse de Parme*.
Septembre : rédaction de *L'Abbesse de Castro*.
4 novembre-26 décembre : Henri compose et dicte *La Chartreuse de Parme*.

1839. *24 janvier* : vente du droit d'édition de *La Chartreuse de Parme* au libraire Ambroise Dupont.
6 avril : le *Journal de la Librairie* annonce la mise en vente de *La Chartreuse de Parme*.
13 avril : Henri entreprend *Lamiel*, travaille à *Suora Scolastica* et *Trop de faveur tue* et compose les nouvelles *Le Chevalier de Saint-Ismier* et *Féder ou le Mari d'argent*.
8 mars : démission du gouvernement Molé.
12 mai : formation du gouvernement Soult.
24 juin : Henri quitte Paris.

10 août : arrivée à Civita-Vecchia. Il s'applique à la poursuite de *Lamiel*, rédige *Les Privilèges* et fait d'incessantes navettes entre Rome et son consulat.

11-20 octobre : Henri réside à Rome.

21 octobre-9 novembre : voyage à Naples avec Mérimée.

5-31 décembre : Henri réside de nouveau à Rome.

1840. *1er janvier-28 juin* : partagé entre Civita-Vecchia et Rome, il travaille à *Lamiel* et connaît les affres de la passion avec Earline.

14 juin : mort de Clémentine Curial.

1er-18 juillet : séjour à Florence.

11 août : publication de l'ouvrage *Idées italiennes sur quelques tableaux célèbres* d'Abraham Constantin, auquel il a collaboré.

19 août-15 septembre : séjour à Florence.

29 septembre-23 octobre : Henri réside à Rome.

1841. *1er-11 janvier* : il retourne à Rome.

23 janvier-1er mars : à Rome, derechef.

11 février : première attaque d'apoplexie.

15 mars : nouvelle attaque.

31 mars-10 juin : Henri se rétablit à Rome et à Albano.

15 septembre : le congé qu'il a sollicité pour raison de santé lui est accordé.

21 octobre : départ définitif de Civita-Vecchia.

8 novembre : arrivée à Paris.

1842. *22 mars* : Henri s'effondre au coin de la rue Neuve-des-Capucines, foudroyé par une attaque d'apoplexie.

23 mars : Henri Beyle meurt à Paris à deux heures du matin en son domicile du 78, rue Neuve-des-Petits-Champs. Il a cinquante-neuf ans.

24 mars : service en l'église de l'Assomption. Henri Beyle est enterré au cimetière Montmartre.

RÉFÉRENCES BIBLIOGRAPHIQUES

ŒUVRES DE STENDHAL

Catalogue du fonds Stendhal — Première partie, V. del Litto, Paul Hamon, Bibliothèque municipale d'étude de Grenoble, 1987.

Catalogue du fonds Stendhal — Deuxième partie : Manuscrits, V. del Litto, Paul Hamon, Bibliothèque municipale d'étude de Grenoble, 1995.

Chroniques pour l'Angleterre (7 tomes), index, textes choisis et commentés par K.G. McWatters, traduits et annotés par Renée Dénier, Éditions littéraires et linguistiques de l'université de Grenoble, 1980-1995 :
Tome I : année 1822, 1980.
Tome II : années 1823-1824, 1982.
Tome III : années 1825-1826, 1983.
Tome IV : années 1824-1825 (2 vol.), 1986.
Tome V : années 1824-1825 — Les douze Lettres du Petit Neveu de Grimm, 1988.
Tome VI : années 1825-1827, « Esquisses de la société, de la politique et de la littérature » (1826-1827) ; « De l'état actuel de la littérature française en prose » (1825), 1991.
Tome VII : années 1827-1829, 1993.
Chroniques pour l'Angleterre — Collection complète, 1995.

Correspondance générale, 6 tomes, édition V. del Litto, Honoré Champion, 1998-1999 :
Tome I (1800-1809), 1999.

Tome II (1810-1816), 1998.
Tome III (1817-1830), 1999.
Tome IV (1831-1833), 1999.
Tome V (1834-1836), 1999.
Tome VI (1837-1842), 1999.

D'un nouveau complot contre les industriels, Hachette, 1825.

Napoléon, établissement du texte et préface par Henri Martineau, Le Divan, 1930.

Œuvres intimes I, édition établie par V. del Litto, Gallimard, coll. « Bibliothèque de la Pléiade », 1981.

Œuvres intimes II, *ibid.*, 1982.

Œuvres romanesques complètes I, édition établie par Yves Ansel et Philippe Berthier, Gallimard, coll. « Bibliothèque de la Pléiade », 2005.

Œuvres romanesques complètes II, *ibid.*, 2007.

Racine et Shakspeare, révision du texte et préface par Henri Martineau, Le Divan, 1928.

Racine et Shakspeare n° II, ou Réponse au manisfeste contre le romantisme prononcé par M. Auger dans une séance solennelle de l'Institut, A. Dupont et Roret libraires, 1815.

Romans I, édition établie par Henri Martineau, Gallimard, coll. « Bibliothèque de la Pléiade », 1932.

Romans II, *ibid.*, 1933.

Romans III, *ibid.*, 1934.

Romans et nouvelles I, édition établie par Henri Martineau, Gallimard, coll. « Bibliothèque de la Pléiade », 1947.

Romans et nouvelles II, *ibid.*, 1948.

Salons, édition, introduction et notes de Stéphane Guégan et Martine Reid, Le Promeneur, 2002.

Vie de Rossini, établissement du texte et préface par Henri Martineau, Le Divan, 1929.

Vies de Haydn, de Mozart et de Métastase, révision du texte et préface par Henri Martineau, Le Divan, 1928.

Voyages en France, textes établis, présentés et annotés par V. Del Litto, Gallimard, coll. « Bibliothèque de la Pléiade », 1992.

Voyages en Italie, textes établis, présentés et annotés par V. Del Litto, Gallimard, coll. « Bibliothèque de la Pléiade », 1973.

En poche :

Armance, édition présentée et établie par Armand Hoog, Gallimard, coll. « Folio classique », 1975.

Les Cenci, commentaires de Rachel Pages, « Classiques & Cie », Hatier Poche, 2007.

La Chartreuse de Parme, édition établie par Mariella Di Maio, Gallimard, coll. « Folio classique », 2003.

Chroniques italiennes, édition présentée et établie par Dominique Fernandez, Gallimard, coll. « Folio classique », 1973.

De l'amour, édition présentée et établie par V. Del Litto, Gallimard, coll. « Folio classique », 1980.

Féder ou le Mari d'argent, Gallimard, coll. « Folio 2€ », 2005.

Histoire de la Peinture en Italie, édition présentée et établie par V. Del Litto, Gallimard, coll. « Folio essais », 1996.

Lamiel, édition présentée et établie par Anne-Marie Meininger, Gallimard, coll. « Folio classique », 1983.

Lucien Leuwen, édition établie par Anne-Marie Meininger, Gallimard, coll. « Folio classique », 2002.

Les Privilèges du 10 avril 1840, préface et notes d'Antoine de Baecque, Rivages, coll. « Rivages Poche », 2007.

Promenades dans Rome, édition de V. Del Litto, Gallimard, coll. « Folio classique », 1997.

Racine et Shakespeare, Flammarion, coll. « GF », 1970.

Romans abandonnés, présentés et annotés par Michel Crouzet, 10/18, 1968.

Rome, Naples et Florence (1826), édition présentée et établie par Pierre Brunel, Gallimard, coll. « Folio classique », 1987.

Le Rose et le Vert, *Mina de Vanghel* et autres nouvelles, édition présentée et établie par V. Del Litto, Gallimard, coll. « Folio classique », 1982.

Le Rouge et le Noir, édition établie par Anne-Marie Meininger, Gallimard, coll. « Folio classique », 2000.

Souvenirs d'égotisme, suivi de *Projets d'autobiographie* et des *Privilèges*, édition présentée et établie par Béatrice Didier, Gallimard, coll. « Folio classique », 1983.

Vie de Henry Brulard, édition présentée et établie par Béatrice Didier, Gallimard, coll. « Folio classique », 1973.

Vie de Napoléon, Payot, coll. « Petite Bibliothèque Payot », 2006.

Vie de Rossini, édition présentée et établie par Pierre Brunel, Gallimard, coll. « Folio classique », 1992.

BIOGRAPHIES ET ÉTUDES

ALAIN, *Stendhal*, Rieder, 1935.

Louis ARAGON, *La Lumière de Stendhal*, Denoël, 1954.

Paul ARBELET, *Premier voyage de Stendhal au pays des comédiennes*, Cahiers de la Quinzaine, 1928.

Maurice BARDÈCHE, *Stendhal romancier*, Plon, 1946.

Georges BLIN, *Stendhal et les problèmes de la personnalité*, Corti, 1958.

—, *Stendhal et les problèmes du roman*, Corti, 1958.

Léon BLUM, *Stendhal et le beylisme*, Albin Michel, 1947.

Claude BONCOMPAIN, François Vermale, *Stendhal ou La double vie de Henri Beyle*, Amiot-Dumont, 1955.

Armand CARACCIO, *Stendhal*, Hatier, 1970.

Romain COLOMB, *Notice sur la vie et les ouvrages de M. Beyle*, imprimerie de Schneider et Langrand, 1845.

—, *Mon cousin Stendhal*, Slatkine, 1997.

Michel CROUZET, *Nature et société chez Stendhal*, Presses universitaires de Lille, 1985.

—, *Stendhal ou Monsieur moi-même*, Flammarion, 1999.

—, *Stendhal et le langage*, Gallimard, 1981.

Victor DEL LITTO, *Album Stendhal*, Gallimard, coll. « Bibliothèque de la Pléiade », 1966.

—, *La vie de Stendhal*, Albin Michel, 1965.

—, *La vie intellectuelle de Stendhal, genèse et évolution de ses idées, 1802-1821*, PUF, 1959.

—, *Les Bibliothèques de Stendhal*, Honoré Champion, 2001.

Béatrice DIDIER, *Stendhal autobiographie*, PUF, 1983.

Jacques DUBOIS, *Stendhal, une sociologie romanesque*, La Découverte, 2007.

Théophile GAUTIER, *Portraits contemporains : littérateurs, peintres, sculpteurs, artistes dramatiques*, Charpentier, 1874.

Jean GOLDZINK, *Stendhal. L'Italie au cœur*, Gallimard, coll. « Découvertes », 1992.

Pierre JOURDA, *Stendhal, l'homme et l'œuvre*, Desclée de Brouwer, 1934.

Jean LACOUTURE, *Stendhal, le bonheur vagabond*, Seuil, 2004.

Henri MARTINEAU, *Le calendrier de Stendhal*, Le Divan, 1950.

—, *Le cœur de Stendhal. Histoire de sa vie et de ses sentiments*, Albin Michel, 1952.

—, *Petit Dictionnaire Stendhalien*, Le Divan, 1948.

Pierre MARTINO, *Stendhal*, Boivin, 1931.

Prosper MÉRIMÉE, *H.B.*, Solin, 1983.

Jean PRÉVOST, *La création chez Stendhal. Essai sur le métier d'écrire et la psychologie de l'écrivain*, Gallimard, coll. « Folio essais », 1996.

Claude ROY, *Stendhal*, Seuil, 1951.

Yves ANSEL, Philippe BERTHIER, Michael NERLICH (sous la dir. de), *Dictionnaire de Stendhal*, Honoré Champion, 2003.

REVUES DES ÉTUDES STENDHALIENNES

L'Année Stendhal, 1997-2000.

L'Année stendhalienne, inaugurée en 2002.

Stendhal Club, revue trimestrielle (1958-1995) fondée par V. del Litto.

AUTRES OUVRAGES CONSULTÉS

BARRAS, *Mémoires*, édition présentée et annotée par Jean-Pierre Thomas, Mercure de France, coll. « Le Temps retrouvé », 2005.

Paul BÉNICHOU, *Romantismes français*, tome 1, Gallimard, coll. « Quarto », 2004.

Serge BERNSTEIN, Michel WINOCK, *L'Invention de la démocratie 1789-1914*, Seuil, coll. « Histoire de la France politique », 2002.

Dimitri CASALI (sous la dir. de), *Napoléon Bonaparte*, Larousse, 2004.

Jean-Luc CHAPPEY, Bernard GAINOT, *Atlas de l'Empire napoléonien, 1799-1815*, Autrement, coll. « Atlas/Mémoires », 2008.

COLLECTIF, *Journal de la France et des Français. Chronologie politique, culturelle et religieuse de Clovis à 2000*, Gallimard, coll. « Quarto », 2001.

CONSTANT, *Mémoires*, édition présentée et annotée par Maurice Dernelle, Mercure de France, coll. « Le Temps retrouvé », 1967.

François FURET, *La Révolution française*, Gallimard, coll. « Quarto, », 2007.

Carlo GOLDONI, *Mémoires de M. Goldoni pour servir à l'histoire de sa vie et à celle de son théâtre*, édition présentée et annotée par Paul de Roux, Mercure de France, coll. « Le Temps retrouvé », 2003.

Remy de GOURMONT, *Promenades littéraires*, Mercure de France, 1913-1929.

—, *Promenades philosophiques*, Mercure de France, 1925-1931.

Patrice GUENIFFEY, *Le Dix-huit Brumaire*, Gallimard, coll. « Les Journées qui ont fait la France », 2008.

Georges LEFEBVRE, *Napoléon*, PUF, 1953.

Florence NAUGRETTE, *Le Théâtre romantique. Histoire, écriture, mise en scène*, Seuil, « Points essais », 2001.

Gunther E. ROTHENBERG, *Les guerres napoléoniennes*, Autrement, coll. « Atlas des guerres », 2000.

SAINTE-BEUVE, *Causeries du lundi*, Garnier frères, 18[...].

George SAND, *Histoire de ma vie*, Gallimard, coll. « Quarto », 2004.

Albert SOBOUL, *La Révolution française*, Gallimard, coll. « Tel », 1984.

André-Jean TUDESQ, André JARDIN, *La France des notables, 1815-1848*, dans *Nouvelle Histoire de la France contemporaine*, n°s 6 et 7, Seuil, coll. « Points Histoire », 1973.

Jean TULARD, *Napoléon ou le mythe du sauveur*, Fayard, 1977.

—, *Napoléon. Les grands moments d'un destin*, Fayard, 2006.

Michel WINOCK, *Les Voix de la liberté*, Seuil, 2001.

Émile ZOLA, *Documents littéraires. Études et portraits*, E. Fasquelle, 1926.

—, *Les Romanciers naturalistes : Balzac, Stendhal, Gustave Flaubert, Edmond et Jules de Goncourt, Alphonse Daudet, les romanciers contemporains*, G. Charpentier, 1881.

NOTES

AVANT-PROPOS

1. . Remy de Gourmont, in *Promenades philosophiques*, Mercure de France, 1925-1931, p. 178-179.

2. Émile Zola, in *Les romanciers naturalistes : Balzac, Stendhal, Gustave Flaubert, Edmond et Jules de Goncourt, Alphonse Daudet, les romanciers contemporains*, G. Charpentier, 1881, p. 77.

3. *Ibid.*, p. 81, citation de Hippolyte Taine extraite de *Essais de critique et d'histoire*, Paris, 1865.

LES ANNÉES GRENOBLOISES (1783-1799)

1. *Vie de Henry Brulard*, in *Œuvres intimes II*, Gallimard, coll. « Bibliothèque de la Pléiade », 1982, p. 620.

2. *Journal*, in *Œuvres intimes I*, Gallimard, coll. « Bibliothèque de la Pléiade », 1981, p. 338.

3. *Vie de Henry Brulard*, *op. cit.*, p. 620.

4. Acte de naissance de Henri Beyle.

5. *Vie de Henry Brulard*, *op. cit.*, p. 603.

6. *Ibid.*, p. 552.

7. *Ibid.*, p. 550.

8. *Ibid.*, p. 552.

9. *Ibid.*, p. 552.

10. *Ibid.*, p. 555.

11. *Ibid.*, p. 556.

12. *Ibid.*, p. 556.
13. *Ibid.*, p. 564.
14. *Ibid.*, p. 567.
15. *Ibid.*, p. 568.
16. *Ibid.*, p. 568.
17. *Ibid.*, p. 582.
18. *Ibid.*, p. 597.
19. *Ibid.*, p. 597.
20. *Ibid.*, p. 597.
21. *Ibid.*, p. 606.
22. *Ibid.*, p. 598.
23. *Ibid.*, p. 598.
24. *Ibid.*, p. 599.
25. *Ibid.*, p. 610.
26. *Ibid.*, p. 595.
27. *Ibid.*, p. 608.
28. *Ibid.*, p. 621.
29. *Ibid.*, p. 615.
30. *Ibid.*, p. 619.
31. *Ibid.*, p. 627.
32. *Ibid.*, p. 632.
33. *Ibid.*, p. 634.
34. *Ibid.*, p. 639.
35. *Ibid.*, p. 609.
36. *Ibid.*, p. 682.
37. *Ibid.*, p. 686.
38. *Ibid.*, p. 854.
39. *Ibid.*, p. 746.
40. *Ibid.*, p. 860.
41. *Ibid.*, p. 595.
42. *Ibid.*, p. 760.
43. *Ibid.*, p. 753.
44. *Ibid.*, p. 828.
45. *Ibid.*, p. 828.
46. *Ibid.*, p. 762.
47. *Ibid.*, p. 764.
48. *Ibid.*, p. 771-772.
49. *Ibid.*, p. 855.
50. *Ibid.*, p. 861-862.
51. *Ibid.*, p. 1500 (note 4 de la page 865, citation du procès-verbal).

52. *Ibid.*, p. 865.

53. *Ibid.*, p. 869.

LES ANNÉES MILITAIRES (1800-1814)

1. . *Vie de Henry Brulard*, *op. cit.*, p. 900.

2. *Ibid.*, p. 873.

3. *Ibid.*, p. 874.

4. *Ibid.*, p. 898.

5. *Ibid.*, p. 893.

6. *Ibid.*, p. 901.

7. *Ibid.*, p. 898.

8. *Ibid.*, p. 899.

9. *Ibid.*, p. 899.

10. *Ibid.*, p. 909.

11. *Ibid.*, p. 911.

12. *Ibid.*, p. 908.

13. *Ibid.*, p. 918.

14. *Ibid.*, p. 916.

15. *Ibid.*, p. 533.

16. *Ibid.*, p. 918.

17. *Ibid.*, p. 934.

18. *Ibid.*, p. 935-936.

19. *Ibid.*, p. 936.

20. *Ibid.*, p. 938.

21. *Ibid.*, p. 940.

22. *Ibid.*, p. 939.

23. *Ibid.*, p. 940.

24. *Ibid.*, p. 946.

25. *Ibid.*, p. 947.

26. *Ibid.*, p. 952.

27. *Ibid.*, p. 954.

28. *Ibid.*, p. 955.

29. Lettre à Pauline Beyle du 29 juin 1800, *Correspondance générale*, tome I, Honoré Champion, 1999, p. 9.

30. *Rome, Naples et Florence en 1917*, in *Voyages en Italie*, Gallimard, coll. « Bibliothèque de la Pléiade », 1973, p. 5.

31. Lettre à Pauline Beyle du 29 juin 1800, *Correspondance générale*, tome I, *op. cit.*, p. 10.

32. *Ibid.*

33. *Ibid.*

34. *Journal*, in *Œuvres intimes I*, Gallimard, coll. « Bibliothèque de la Pléiade », 1981, p. 739.

35. *Ibid.*, p. 737.

36. *Ibid.*, p. 737-738.

37. *Ibid.*, p. 18.

38. *Ibid.*, p. 738.

39. « Brevet provisoire pour tenir rang de sous-lieutenant », 23 septembre 1800, *Correspondance générale*, tome I, *op. cit.*, p. 14.

40. Lettre du général Louis Davout [23 octobre 1800], *ibid.*, p. 17.

41. Lettre de Pierre Daru au citoyen Durosnel [15 novembre 1800], *ibid.*, p. 18-19.

42. Lettre à Pauline Beyle du 16 frimaire [an 9] [7 décembre 1800], *ibid.*, p. 19.

43. *Ibid.*, p. 19-20.

44. Lettre à Pauline Beyle du 6 nivôse an 9 [27 décembre 1800], *ibid.*, p. 23.

45. *Journal*, *op. cit.*, p. 10.

46.sn. « Arrêté du Premier Consul », 5 messidor an 9 [14 juin 1801], *Correspondance générale*, tome I, *op. cit.*, p. 37.

47. *Journal*, *op. cit.*, p. 18.

48. *Ibid.*, p. 17.

49. Lettre à Pauline Beyle du 15 frimaire an 10 [6 décembre 1801], *Correspondance générale*, tome I, *op. cit.*, p. 47.

50. *Journal*, *op. cit.*, p. 32.

51. *Ibid.*, p. 738.

52. *Vie de Henry Brulard*, *op. cit.*, p. 955-956.

53. *Journal*, *op. cit.*, p. 22.

54. Lettre à Pauline Beyle, [avril] 1803, *Correspondance générale*, tome I, *op. cit.*, p. 97.

55. Lettre de Fortuné Mante à Henri Beyle du 21 germinal 13 [11 avril 1805], *ibid.*, p. 265.

56. *Journal*, *op. cit.*, p. 64-65.

57. *Ibid.*, p. 101.

58. Lettre à Pauline Beyle du 9 pluviôse an 11 [29 janvier 1803], *Correspondance générale*, tome I, *op. cit.*, p. 75.

59. *Journal*, *op. cit.*, p. 158.

60. Lettre à Chérubin Beyle du 12 ventôse 11 [3 mars 1803], *Correspondance générale*, tome I, *op. cit.*, p. 87.

61. Lettre de Henri Gagnon du 23 nivôse [13] [13 janvier 1805], *ibid*. p. 247.

62. *Journal*, *op. cit.*, p. 65.

63. *Ibid.*, p. 99.

64. *Ibid.*, p. 74.

65. François Victor Alphonse Aulard, « Rapport de la préfecture de police du 1er ventôse », in *Paris sous le Consulat*, tome III, Léopold Cerf, Noblet Quantin, 1903-1909, p. 678-679. Cité par Paul Arbelet, in *Premier voyage de Stendhal au pays des comédiennes*, Cahiers de la Quinzaine, 1928, p. 40.

66. *Journal*, *op. cit.*, p. 97.

67. *Ibid.*, p. 52.

68. *Ibid.*, p. 89.

69. Lettre à Pauline Beyle, [21 ou 28 février] 1803, *Correspondance générale*, tome I, *op. cit.*, p. 85.

70. *Journal*, *op. cit.*, p. 149.

71. *Ibid.*, p. 156.

72. *Ibid.*, p. 222.

73. *Ibid.*, p. 126.

74. Lettre de Félix Faure du 19 janvier 1805, *Correspondance générale*, tome I, *op. cit.*, p. 249.

75. *Journal*, *op. cit.*, p. 344.

76. Lettre de Fortuné Mante du 14 floréal an 13 [4 mai 1805], *Correspondance générale*, tome I, *op. cit.*, p. 281.

77. Lettre de Mélanie Guilbert [juin 1805], *ibid.*, p. 291-292.

78. Lettre de Mélanie Guilbert du 10 juin [1806], *ibid.*, p. 557.

79. *Journal*, *op. cit.*, p. 438.

80. Lettre à Pauline Beyle du 22 mars 1806, *Correspondance générale*, tome I, *op. cit.*, p. 519.

81. *Journal*, *op. cit.*, p. 441.

82. *Ibid.*, p. 415.

83. *Ibid.*, p. 416.

84. *Ibid.*

85. Lettre de Henri Gagnon du 28 décembre 1805, *Correspondance générale*, tome I, *op. cit.*, p. 419.

86. *Journal, op. cit.*, p. 436.
87. *Ibid.*, p. 471.
88. Lettre à Pauline Beyle [18 octobre 1806], *Correspondance générale*, tome I, *op. cit.*, p. 566.
89. Lettre de l'intendant général Daru, 29 octobre [1806], *ibid.*, p. 567.
90. Lettre à Pauline Beyle du 3 nov[embre] 1806, *ibid.*, p. 569.
91. *Ibid.*
92. *Ibid.*, p. 570.
93. Lettre à Pauline Beyle du 8 novembre [1806], *ibid.*, p. 571.
94. Lettre à Pauline Beyle du 22 novembre 1806, *ibid.*, p. 572.
95. Lettre à Pauline Beyle [25 décembre 1806], *ibid.*, p. 575.
96. *Journal, op. cit.*, p. 486.
97. *Vie de Henry Brulard, op. cit.*, p. 925.
98. Lettre à Pauline Beyle du 12 mai 1807, *Correspondance générale*, tome I, *op. cit.*, p. 597.
99. *Ibid.*
100. *Journal, op. cit.*, p. 506.
101. *Voyage à Brunswick*, in *Œuvres intimes I, op. cit.*, p. 1040.
102. *Ibid.*, p. 1041.
103. *Journal, op. cit.*, p. 506.
104. *Voyage à Brunswick, op. cit.*, p. 1033.
105. *Ibid.*
106. *Ibid.*, p. 1033-1034.
107. *Ibid.*, p. 1034.
108. *Ibid.*, p. 1037.
109. *Ibid.*, p. 1039.
110. *Journal, op. cit.*, p. 475.
111. Lettre à Pauline Beyle du 24 mars 1807, *Correspondance générale*, tome I, *op. cit.*, p. 589.
112. Lettre à Pauline Beyle du 30 avril 1807, *ibid.*, p. 595.
113. Lettre à Pauline Beyle du 25-27 novembre 1807, *ibid.*, p. 628.
114.sn. Lettre à Pauline Beyle du 3 décembre 1807, *ibid.*, p. 634.
115. Lettre à Pauline Beyle du 6 octobre 1807, *ibid.*, p. 621.
116. *Ibid.*
117. *Journal, op. cit.*, p. 492.
118. Lettre à Pauline Périer-Lagrange du 26 mai 1808, *Correspondance générale*, tome I, *op. cit.*, p. 769.
119. *Journal, op. cit.*, p. 497.

120. *Ibid.*, p. 480.
121. *Ibid.*, p. 509.
122. Consultation médicale du 14 décembre 1808, *Correspondance générale*, tome I, *op. cit.*, p. 811.
123. Lettre à Félix Faure du 5 avril 1809, *ibid.*, p. 820.
124. *Journal*, *op. cit.*, p. 518.
125. *Ibid.*, p. 519.
126. *Ibid.*, p. 520.
127. *Ibid.*, p. 524.
128. Lettre à Félix Faure du 16 avril 1809, *Correspondance générale*, tome I, *op. cit.*, p. 820.
129. Lettre à Pauline Périer-Lagrange [19 avril 1808], *ibid.*, p. 821-822.
130. Lettre à Félix Faure du 21 avril 1809, *ibid.*, p. 822.
131. *Journal*, *op. cit.*, p. 526.
132. *Ibid.*
133. *Ibid.*
134. Lettre à Félix Faure du 26 avril 1809, *Correspondance générale*, tome I, *op. cit.*, p. 823.
135. *Journal*, *op. cit.*, p. 528-529.
136. *Ibid.*, p. 530.
137. *Ibid.*, p. 531.
138. *Ibid.*, p. 532.
139. *Ibid.*, p. 530.
140. *Ibid.*, p. 532.
141. *Ibid.*, p. 534.
142. *Ibid.*
143. *Ibid.*, p. 535.
144. *Ibid.*
145. Lettre à Félix Faure du 3 mai 1809, *Correspondance générale*, tome I, *op. cit.*, p. 830.
146. *Journal*, *op. cit.*, p. 536.
147. *Ibid.*, p. 533.
148. *Ibid.*, p. 534.
149. *Ibid.*, p. 537.
150. Lettre à Félix Faure du 18 mai 1809, *Correspondance générale*, tome I, *op. cit.*, p. 833.
151. Lettre à Pauline Périer-Lagrange du 15 juin 1809, *ibid.*, p. 834.
152. Lettre à Pauline Périer-Lagrange [septembre 1809], *ibid.*, p. 843.

153. Lettre à Pauline Périer-Lagrange du 25 juillet 1809, *ibid.*, p. 839.

154. Lettre à Pauline Périer-Lagrange du 15 juin 1809, *ibid.*, p. 834.

155. Lettre à Pauline Périer-Lagrange du 14 juillet 1809, *ibid.*, p. 836.

156. *Extraits du Journal de Félix Faure (1809)*, in *Œuvres intimes I*, Gallimard, coll. « Bibliothèque de la Pléiade », 1981, p. 1052.

157. *Journal*, *op. cit.*, p. 543.

158. Lettre à Pauline Périer-Lagrange du 14 juillet 1809, *Correspondance générale*, tome I, *op. cit.*, p. 836.

159. *Ibid.*, p. 835.

160. *Journal*, *op. cit.*, p. 546.

161. *Ibid.*

162. *Ibid.*, p. 547.

163. *Ibid.*

164. Lettre au général Dejean du 2 janvier 1810, *Correspondance générale*, tome II (1810-1816), Honoré Champion, 1998, p. 3.

165. Lettre à Pauline Périer-Lagrange du 12 février 1810, *ibid.*, p. 6.

166. Lettre de Henri Gagnon au comte Pierre Daru du 19 février [1810], *ibid.*, p. 12.

167. Lettre à Pauline Périer-Lagrange du 19 février [1810], *ibid.*, p. 11.

168. *Journal*, *op. cit.*, p. 548.

169. *Ibid.*, p. 551.

170. *Ibid.*, p. 549.

171. *Ibid.*

172. *Ibid.*, p. 550.

173. *Ibid.*, p. 553.

174. Lettre à Pauline Périer-Lagrange du 6 avril 1810, *Correspondance générale*, tome II, *op. cit.*, p. 16.

175. *Journal*, *op. cit.*, p. 554.

176. *Ibid.*

177. *Ibid.*

178. *Ibid.*, p. 556.

179. *Ibid.*, p. 562.

180. *Ibid.*, p. 561-562.

181. Lettre du comte de Cessac du 10 mai 1810, *Correspondance générale*, tome II, *op. cit.*, p. 29.

182. *Journal, op. cit.*, p. 583.

183. Lettre à Pauline Périer-Lagrange [juin 1810], *Correspondance générale*, tome II, *op. cit.*, p. 41.

184. *Journal, op. cit.*, p. 582.

185. *Ibid.*, p. 591-592.

186. *Ibid.*, p. 591.

187. Lettre à Pauline Périer-Lagrange du 4 juin 1810, *Correspondance générale*, tome II, *op. cit.*, p. 37-38.

188. *Journal, op. cit.*, p. 596.

189. *Ibid.*, p. 597.

190. *Ibid.*, p. 600.

191. *Ibid.*, p. 604.

192. *Ibid.*, p. 587.

193. *Ibid.*

194. *Ibid.*, p. 602.

195. Lettre du comte Daru au duc de Bassano du 1er août 1810, *Correspondance générale*, tome II, *op. cit.*, p. 49.

196. Lettre à Pauline Périer-Lagrange du 7 août 1810, *ibid.*, p. 52.

197. Lettre à François Périer-Lagrange [1810], *ibid.*, p. 59.

198. Lettre à Pauline Périer-Lagrange du 9 octobre 1810, *ibid.*, p. 66.

199. *Ibid.*

200. *Ibid.*, p. 66-67.

201. Lettre à Pauline Périer-Lagrange du 25 décembre 1810, *ibid.*, p. 115.

202. Lettre à Pauline Périer-Lagrange du 9 octobre 1810, *ibid.*, p. 68.

203. *Journal, op. cit.*, p. 619.

204. Lettre à Pauline Périer-Lagrange du 10 décembre 1810, *Correspondance générale*, tome II, *op. cit.*, p. 107.

205. *Journal, op. cit.*, p. 641.

206. *Ibid.*

207. *Ibid.*, p. 647.

208. *Ibid.*, p. 654.

209. *Ibid.*, p. 655.

210. *Ibid.*, p. 660.

211. *Ibid.*, p. 661.

212. *Ibid.*, p. 663.

213. *Ibid.*, p. 657.

214. *Ibid.*

215. *Ibid.*, p. 665.

216. *Ibid.*, p. 669.

217. *Ibid.*, p. 665.

218. *Ibid.*, p. 673.

219. *Ibid.*, p. 675.

220. *Ibid.*, p. 676.

221. *Ibid.*, p. 675.

222. *Ibid.*, p. 684.

223. *Ibid.*

224. *Ibid.*, p. 687.

225. *Ibid.*

226. *Ibid.*, p. 709.

227. *Rome, Naples et Florence en 1817*, in *Voyages en Italie*, *op. cit.*, p. 5.

228. Lettre du comte Pierre Daru à Martial Daru du 4 octobre 1811, *Correspondance générale*, tome II, *op. cit.*, p. 238.

229. Lettre du comte Pierre Daru à la comtesse Alexandrine Daru du 31 octobre 1811, *ibid.*, p. 245.

230. *Journal*, *op. cit.*, p. 736.

231. Carlo Goldoni, *Mémoires de M. Goldoni pour servir à l'histoire de sa vie et à celle de son théâtre*, Mercure de France, 2003, p. 169.

232. *Journal*, *op. cit.*, p. 735.

233. *Ibid.*, p. 736.

234. *Ibid.*, p. 735.

235. *Ibid.*, p. 739.

236. *Ibid.*, p. 742.

237. *Ibid.*, p. 743-744.

238. *Ibid.*, p. 749.

239. *Ibid.*, p. 751.

240. *Ibid.*, p. 757.

241. *Ibid.*, p. 752.

242. *Ibid.*, p. 760.

243. *Ibid.*, p. 767.

244. *Ibid.*, p. 771.

245. *Ibid.*, p. 772.

246. *Ibid.*, p. 779.

247. *Ibid.*

248. *Ibid.*, p. 781.

249. *Ibid.*, p. 788.

250. *Ibid.*, p. 790.

251. *Ibid.*, p. 1480-1481 (pages dictées).

252. *Ibid.*, p. 797.

253. *Ibid.*, p. 796.

254. *Ibid.*

255. *Ibid.*, p. 800.

256. *Ibid.*, p. 799.

257. Lettre à Pauline Périer-Lagrange du 6 décembre 1811, *Correspondance générale*, tome II, *op. cit.*, p. 249.

258. Lettre à Pauline Périer-Lagrange du 27 décembre 1812, *Correspondance générale*, tome II, *op. cit.*, p. 297.

259. Lettre de Pierre Daru à Martial Daru du 28 juin 1812, *ibid.*, p. 332.

260. Lettre à Pauline Périer-Lagrange du 14 juillet 1812, *ibid.*, p. 336.

261. Lettre à Pauline Périer-Lagrange du 21 j[uille]t 1812, *ibid.*, p. 341.

262. Lettre à Pauline Périer-Lagrange du 23 juillet [1812], *ibid.*, p. 343.

263. *Ibid.*, p. 344.

264. *Journal*, *op. cit.*, p. 827.

265. *Ibid.*

266. Lettre à Félix Faure du 24 août 1812, *Correspondance générale*, tome II, *op. cit.*, p. 352.

267. Lettre à Félix Faure et à la comtesse Alexandrine Daru du 19 août 1812, *ibid.*, p. 350.

268. *Journal*, *op. cit.*, p. 831.

269. *Ibid.*, p. 832.

270. *Ibid.*, p. 832-833.

271. *Ibid.*, p. 833.

272. Lettre à Pauline Périer-Lagrange du 7 décembre 1812, *Correspondance générale*, tome II, *op. cit.*, p. 397-398.

273. Lettre du comte Pierre Daru à la comtesse Daru du 31 décembre 1812, *ibid.*, p. 402.

274. Lettre de Pierre Daru à Romain Gagnon du 19 janvier 1813, *ibid.*, p. 405.

275. Lettre à Félix Faure du 9 nov[embre] 1812, *ibid.*, p. 385.

276. *Journal*, *op. cit.*, p. 835.

277. *Ibid.*

278. *Ibid.*, p. 836.

279. *Ibid.*

280. *Ibid.*, p. 836-837.
281. *Ibid.*, p. 837.
282. *Ibid.*, p. 843.
283. *Ibid.*, p. 858.
284. *Ibid.*, p. 864.
285. *Ibid.*, p. 866.
286. *Ibid.*, p. 869.
287. *Ibid.*, p. 872.
288. Lettre à Pauline Périer-Lagrange du 15 juin [1813], *Correspondance générale*, tome II, *op. cit.*, p. 419.
289. Lettre à Félix Faure du 16 juillet 1813, *ibid.*, p. 424.
290. *Journal*, *op. cit.*, p. 879-880.
291. Lettre à Pauline Périer-Lagrange du 1er septembre 1813, *Correspondance générale*, tome II, *op. cit.*, p. 430.
292. Lettre à la comtesse Alexandrine Daru du 22 septembre 1813, *ibid.*, p. 433.
293. *Journal*, *op. cit.*, p. 882.
294. *Ibid.*, p. 885.
295. *Ibid.*, p. 888.
296. *Ibid.*, p. 901-902.
297. *Ibid.*, p. 902.
298. Lettre à Pauline Périer-Lagrange du 1er avril [1814], *Correspondance générale*, tome II, *op. cit.*, p. 517.
299. Lettre à Pauline Périer-Lagrange du 15 avril [1814], *ibid.*, p. 521.
300. *Ibid.*
301. *Journal*, *op. cit.*, p. 904-905.
302. Lettre à Pauline Périer-Lagrange du 7 mai [1814], *Correspondance générale*, tome II, *op. cit.*, p. 541.

LES ANNÉES MILANAISES (1814-1821)

1. *Journal*, in *Œuvres intimes I*, Gallimard, coll. « Bibliothèque de la Pléiade », 1981, p. 908.
2. Lettre à la comtesse Beugnot du 28 août 1814, *Correspondance générale*, tome II, Honoré Champion, 1998, p. 579.
3. *Journal*, *op. cit.*, p. 910.

4. *Ibid.*, p. 912.

5. *Ibid.*, p. 368.

6. *Ibid.*, p. 915.

7. *Ibid.*, p. 916.

8. *Ibid.*, p. 923.

9. Lettre du comte Pierre Daru du 8 janvier 1815, *Correspondance générale*, tome II, *op. cit.*, p. 605.

10. Lettre à Pauline Périer-Lagrange du 14 janvier 1815, *ibid.*, p. 607.

11. *Souvenirs d'égotisme*, in *Œuvres intimes II*, Gallimard, coll. « Bibliothèque de la Pléiade », 1982, p. 493.

12. Lettre au rédacteur du *Constitutionnel* [26 mai 1816], *Correspondance générale*, tome II, *op. cit.*, p. 679-680.

13. Lettre au rédacteur en chef du *Constitutionnel* du 1er octobre 1816, *ibid.*, p. 699-700.

14. *Journal*, *op. cit.*, p. 947.

15. Lettre à Pauline Périer-Lagrange du 1er avril 1815, *Correspondance générale*, tome II, *op. cit.*, p. 613.

16. Lettre à Pauline Périer-Lagrange du 14 août [1815], *ibid.*, p. 618.

17. *Journal*, *op. cit.*, p. 938.

18. *Ibid.*, p. 936.

19. *Ibid.*

20. *Ibid.*, p. 941.

21. *Ibid.*, p. 947.

22. *Ibid.*, p. 939.

23. *Ibid.*, p. 940.

24. *Ibid.*, p. 943.

25. *Ibid.*

26. *Ibid.*, p. 942.

27. *Ibid.*, p. 947.

28. Lettre de Louis Crozet du 27 janvier [1816], *Correspondance générale*, *op. cit.*, tome II, p. 653.

29. Projet de résolution familiale, 15 avril 1816, *Correspondance générale*, tome II, *op. cit.*, p. 675.

30. *Journal*, *op. cit.*, p. 961.

31. *Ibid.*

32. Lettre à Louis Crozet du 28 septembre 1816, *Correspondance générale*, tome II, *op. cit.*, p. 701.

33. *Ibid.*, p. 702.

34. Lettre du ministre de la Guerre du 21 octobre 1816, *Correspondance générale*, tome II, *op. cit.*, p. 721.

35. *Voyage à Londres*, in *Œuvres intimes I*, *op. cit.*, p. 1099.

36. *Ibid.*, p. 1105.

37. *Ibid.*

38. *Ibid.*

39. *Ibid.*, p. 1099.

40. Lettre à Louis Crozet du 30 septembre 1816, *Correspondance générale*, tome II, *op. cit.*, p. 707.

41. *Journal*, *op. cit.*, p. 971.

42. Lettre à Adolphe de Mareste du 12 mars 1818, *Correspondance générale*, tome III, Honoré Champion, 1999, p. 85.

43. *Ibid.*

44. Lettre à Adolphe de Mareste du 21 mars 1818, *ibid.*, p. 88.

45. *Ibid.*, p. 89.

46. *Journal*, in *Œuvres intimes II*, Gallimard, coll. « Bibliothèque de la Pléiade », 1982, p. 4.

47. Lettre à Adolphe de Mareste du 14 avril 1818, *Correspondance générale*, tome III, *op. cit.*, p. 104.

48. *Ibid.*, p. 107.

49. *Ibid.* p. 106-107.

50. Lettre à Adolphe de Mareste du 4 mai 1818, *ibid.*, p. 122.

51. *Souvenirs d'égotisme*, *op. cit.*, p. 488.

52. Lettre à Adolphe de Mareste du 11 décembre 1818, *Correspondance générale*, tome III, *op. cit.*, p. 175.

53. Lettre à Adolphe de Mareste du 22 avril 1818, *ibid.*, p. 114.

54. Lettre à Adolphe de Mareste du 4 mai 1818, *ibid.*, p. 123.

55. Lettre à Adolphe de Mareste du 24 octobre 1818, *ibid.*, p. 164.

56. *Ibid.*

57. Lettre à Adolphe de Mareste du 4 mai 1818, *ibid.*, p. 123.

58. Lettre à Adolphe de Mareste du 26 août 1818, *ibid.*, p. 140.

59. *Journal*, *op. cit.*, p. 19.

60. Lettre à Matilde Dembowski du 7 juin 1819, *Correspondance générale*, tome III, *op. cit.*, p. 206-207.

61. Lettre à Matilde Dembowski du 15 août 1819, *ibid.*, p. 228.

62. Lettre à Adolphe de Mareste du 3 septembre 1818, *Correspondance générale*, tome III, *op. cit.*, p. 143.

63. *Ibid.*, p. 143-144.

64. Lettre à Matilde Dembowski [25 novembre 1819], *Correspondance générale*, tome III, *op. cit.*, p. 245.

65. *Journal*, *op. cit.*, p. 34.

66. *Ibid.*, p. 36.

67. *De l'amour*, Gallimard, coll. « Folio classique », 1980, p. 31.

68. Lettre à Adolphe de Mareste du 12 juillet 1820, *Correspondance générale*, *op. cit.*, tome III, p. 289.

69. *Journal*, *op. cit.*, p. 45. « [...] et que la tête ne souffre que par consensus ».

70. *Ibid.*, p. 46.

71. Lettre à Adolphe de Mareste du 12 juillet 1820, *ibid.*, p. 288.

72. Lettre à Adolphe de Mareste du 23 juillet 1820, *ibid.*, p. 292.

73. Lettre de Louis Crozet à Adolphe de Mareste du 31 octobre [1820], *ibid.*, p. 308.

74. *Ibid.*

75. *Ibid.*

76. *Journal*, *op. cit.*, p. 48.

77. Lettre à Adolphe de Mareste du 20 octobre 1820, *Correspondance générale*, tome III, *op. cit.*, p. 306.

78. *Journal*, *op. cit.*, p. 53.

79. *Ibid.*, p. 52.

80. *Ibid.*, p. 54.

81. Lettre à Adolphe de Mareste du 20 octobre 1820, *Correspondance générale*, tome III, *op. cit.*, p. 306.

82. *Journal*, *op. cit.*, p. 52.

83. *Ibid.*, p. 299.

84. *Ibid.*

85. Lettre à Adolphe de Mareste du 22 décembre 1820, *Correspondance générale*, tome III, *op. cit.*, p. 319.

86. *Ibid.*

87. Lettre à Adolphe de Mareste du 23 février [1821], *ibid.*, p. 337.

88. *Souvenirs d'égotisme*, *op. cit.*, p. 432.

89. *Ibid.*

90. *Ibid.*

91. *Ibid.*

92. *Ibid.*, p. 433.

93. *Ibid.*, p. 434.

LES ANNÉES PARISIENNES (1821-1830)

1. . *Journal*, in *Œuvres intimes II*, Gallimard, coll. « Bibliothèque de la Pléiade », 1982, p. 54.

2. *Souvenirs d'égotisme*, in *Œuvres intimes II*, *op. cit.*, p. 435.

3. *Ibid.*, p. 436.

4. *Ibid.*

5. *Ibid.*, p. 435

6. *Ibid.*, p. 434.

7. *Ibid.*, p. 441.

8. *Ibid.*

9. *Ibid.*

10. *Ibid.*, p. 443.

11. *Ibid.*, p. 442.

12. *Ibid.*, p. 443.

13. *Ibid.*, p. 468.

14. *Ibid.*

15. *Ibid.*

16. *Ibid.*

17. *Ibid.*

18. *Ibid.*, p. 468-469.

19. *Ibid.* p. 469.

20. *Ibid.*, p. 474.

21. *Ibid.*, p. 446.

22. *Ibid.*, p. 444.

23. *Ibid.*

24. *Ibid.*

25. *Ibid.*, p. 468.

26. *Journal*, *op. cit.*, p. 56.

27. *Souvenirs d'égotisme*, *op. cit.*, p. 474.

28. *Ibid.*, p. 477.

29. *Ibid.*, p. 481.

30. *Ibid.*

31. *Ibid.*, p. 482.

32. *Rome, Naples et Florence (1826)*, in *Voyages en Italie*, Gallimard, coll. « Bibliothèque de la Pléiade », 1973, p. 342.
33. *Souvenirs d'égotisme*, *op. cit.*, p. 485.
34. *Ibid.*, p. 488.
35. *Ibid.*, p. 486.
36. *Ibid.*, p. 489.
37. *Ibid.*, p. 513.
38. *Journal*, *op. cit.*, p. 63.
39. *Souvenirs d'égotisme*, *op. cit.*, p. 507.
40. *Ibid.*, p. 505.
41. *Ibid.*
42. *Ibid.*, p. 506.
43. *Ibid.*
44. *Ibid.*, p. 461.
45. *Ibid.*, p. 447.
46. *Ibid.*, p. 448.
47. *Ibid.*
48. *Ibid.*
49. *Ibid.*, p. 453.
50. *Ibid.*
51. *Ibid.*, p. 464.
52. *Ibid.*, p. 467.
53. *Ibid.*, p. 448.
54. *Ibid.*, p. 448-449.
55. *Ibid.*, p. 464.
56. *Ibid.*
57. *Ibid.*, p. 463.
58. *Ibid.*
59. *Ibid.*, p. 466.
60. *Ibid.*, p. 459.
61. *Ibid.*, p. 452.
62. *Ibid.*, p. 509.
63. *Ibid.*
64. *Ibid.*
65. *Ibid.*, p. 510.
66. *Ibid.*, p. 520.
67. *Ibid.*, p. 521.
68. *Ibid.*, p. 520.
69. *Ibid.*
70. *Ibid.*

71. *Ibid.*, p. 452.
72. *Ibid.*, p. 511.
73. *Ibid.*, p. 492.
74. *Ibid.*, p. 498
75. *Ibid.*, p. 471.
76. *Ibid.*, p. 493.
77. *Ibid.*
78. *Ibid.*, p. 491.
79. *Racine et Shakespeare*, Flammarion, coll. « GF », 1970, p. 71-72.
80. Lettre d'Alphonse de Lamartine à Adolphe de Mareste du 20 mars 1823, *Correspondance générale*, tome III, *op. cit.*, p. 384-385.
81. Sainte-Beuve, *Causeries du lundi*, Garnier frères, 18.., p. 303.
82. Théophile Gautier, *Portraits contemporains : littérateurs, peintres, sculpteurs, artistes dramatiques*, Charpentier, 1874, p. 102.
83. *Journal, op. cit.*, p. 74.
84. *Souvenirs d'égotisme, op. cit.*, p. 490.
85. *Vie de Rossini*, Le Divan, 1929, p. 1.
86. Lettre à Adolphe de Mareste du 13 janvier 1824, *Correspondance générale*, tome III, *op. cit.*, p. 416.
87. *Ibid.*, p. 415.
88. *Ibid.*
89. *Ibid.*
90. *Ibid.*, p. 416.
91. *Ibid.*
92. *Racine et Shakspeare n° II, ou Réponse au manisfeste contre le romantisme prononcé par M. Auger dans une séance solennelle de l'Institut*, A. Dupont et Roret libraires, 1815, p. 1.
93. *Ibid.*, p. 1, 3.
94. Lettre de Victor Jacquemont du 22 juin [1824], *Correspondance générale*, tome III, *op. cit.*, p. 436.
95. Lettre de Pierre Mongie du 3 avril 1824, *ibid.*, p. 419.
96. Lettre de Clémentine Curial, juillet 1824, *ibid.*, p. 442.
97. Lettre de Clémentine Curial [4 juillet 1824], *ibid.*, p. 445.
98. Lettre de Clémentine Curial du 10 août 1824, *ibid.*, p. 450.
99. « Premier article », in *Salons*, Le Promeneur, 2002, p. 65.
100. « IIe article », *ibid.*, p. 69.
101. « IIe article », *ibid.*, p. 67-68.
102. Prosper Mérimée, *H. B.*, Solin, 1983, p. 15.
103. *Journal, op. cit.*, p. 77.

104. *Ibid.*

105. *D'un nouveau complot contre les industriels*, Hachette, 1825, p. 4.

106. Lettre de Clémentine Curial du 11 octobre 1825, *Correspondance générale*, tome III, *op. cit.*, p. 534-535.

107. *Journal*, *op. cit.*, p. 84.

108. Lettre à Jules Gaulthier du 15 septembre 1826, *Correspondance générale*, tome III, *op. cit.*, p. 583-584.

109. *Vie de Henry Brulard*, in *Œuvres intimes II*, Gallimard, coll. « Bibliothèque de la Pléiade », 1982, p. 980.

110. Lettre à Sutton Sharpe du 22 février [1827], *Correspondance générale*, tome III, *op. cit.*, p. 613.

111. Lettre à Prosper Mérimée du 23 décembre 1826, *ibid.*, p. 598, 599, 600-601.

112. Lettre à Sutton Sharpe du 23 mars [1828], *ibid.*, p. 671.

113. Contrat [Armance], [11 juin 1827], *ibid.*, p. 632.

114. Lettre à Urbain Canel [19 ou 20 juillet 1827], *ibid.*, p. 644.

115. *Souvenirs d'égotisme*, *op. cit.*, p. 442.

116. Lettre à Adolphe de Mareste du 19 novembre [1827], *ibid.*, p. 647.

117. *Ibid.*

118. *Ibid.*

119. *Journal*, *op. cit.*, p. 92.

120. « Rapport du baron de Torresani, directeur général de la police à Milan, au comte de Sedlnitzky, préfet de police à Vienne », Milan, le 29 janvier 1828, *Correspondance générale*, tome III, *op. cit.*, p. 661.

121. Rapport d'un censeur autrichien [1827] sur « *Rome, Naples et Florence*, par M. de Stendhal », 2 tomes, Delaunay, 1826, *ibid.*, p. 654.

122. Rapport d'un censeur autrichien, Vienne, le 20 février 1828, sur *Histoire de la Peinture en Italie*, par M.B.A.A., 2 tomes, Didot l'Aîné, 1817, *ibid.*, p. 663-664.

123. *Ibid.*, p. 97.

124. Lettre à Félix Faure du 22 février 1828, *Correspondance générale*, tome III, *op. cit.*, p. 665.

125. *Ibid.*, p. 666.

126. Lettre à Sutton Sharpe du 23 mars [1828], *ibid.*, p. 671.

127. *Ibid.*, p. 672.

128. Lettre à Prosper Mérimée du 26 décembre 1828, écrite à « cinq heures du soir, sans bougie » (*Correspondance générale*, tome III, *op. cit.*, p. 698).

129. *Vie de Henry Brulard*, *op. cit.*, p. 545.

130. Lettre de Virginie Ancelot à Sutton Sharpe du 2 janvier 1829, *Correspondance générale*, tome III, *op. cit.*, p. 703.

131. Lettre à Jules Gaulthier, [5 février] 1829, *ibid.*, p. 706.

132. *Ibid.*, p. 707.

133. *Journal*, *op. cit.*, p. 103.

134. *Ibid.*

135. *Souvenirs d'égotisme*, *op. cit.*, p. 442.

136. *Ibid.*

137. Lettre de Sainte-Beuve du 8 septembre 1829, *Correspondance générale*, tome III, *op. cit.*, p. 733.

138. Lettre d'Astolphe de Custine [7 janvier 1830], *ibid.*, p. 740.

139. *Journal*, *op. cit.*, p. 106.

140. *Ibid.*, p. 109.

141. *Ibid.*, p. 112.

142. *Ibid.*, p. 113.

143. *Ibid.*, p. 119.

144. *Vie de Henry Brulard*, *op. cit.*, p. 540.

145. Lettre à Jules Gaulthier du 1er mars 1830, *Correspondance générale*, tome III, *op. cit.*, p. 752.

146. *Journal*, *op. cit.*, p. 127.

147. Lettre à Sophie Duvaucel, [7 mars] 1830, *Correspondance générale*, tome III, *op. cit.*, p. 754.

148. *Vie de Henry Brulard*, *op. cit.*, p. 540.

149. Lettre à Sutton Sharpe du 15 août 1830, *Correspondance générale*, tome III, *op. cit.*, p. 772.

150. Lettre du comte Molé du 27 octobre 1830, *ibid.*, p. 782.

151. Lettre à Giovan Pietro Vieusseux [22 juillet 1830], *ibid.*, p. 771.

152. *Journal*, *op. cit.*, p. 143.

LES ANNÉES CONSULAIRES (1830-1842)

1. *Journal*, in *Œuvres intimes II*, Gallimard, coll. « Bibliothèque de la Pléiade », 1982, p. 137.

2. Lettre à Adolphe de Mareste [24 janvier 1831], *Correspondance générale*, tome IV, Honoré Champion, 1999, p. 42.

3. Lettre à Adolphe de Mareste [17 janvier 1831], *ibid.*, p. 16.

4. « Brevet de Consul » [11 février 1831], *ibid.*, p. 36.

5. Lettre à Adolphe de Mareste [17 janvier 1831], *ibid.*, p. 20.

6. Lettre au comte d'Argout du 17 mars 1831, *ibid.*, p. 69.

7. Lettre de Sophie Duvaucel du 8 mai 1831, *ibid.*, p. 130, 132.

8. Lettre aux vice-consuls et agents consulaires du 4 mai 1831, *ibid.*, p. 125-126.

9. Lettre à Adolphe de Mareste du 26 avril [1831], *ibid.*, p. 115.

10. Lettre à Domenico di Fiore du 14 septembre 1831, *ibid.*, p. 244.

11. Lettre du commissaire de police Luigi Neri à Mgr Coleine, [20 avril 1831], *ibid.*, p. 109.

12. Lettre de Prosper Mérimée [31 mars 1831], *ibid.*, p. 90.

13. Lettre d'Alphonse Levavasseur du 21 juin 1831, *ibid.*, p. 166.

14. Lettre à Adolphe de Mareste [17-21 mai 1831], *ibid.*, p. 142.

15. Lettre à Lysimaque Tavernier du 9 août [1831], *ibid.*, p. 235.

16. Lettre au prince Massimo [septembre 1831], *ibid.*, p. 269.

17. Lettre à Domenico di Fiore du 14 janvier 1832, *ibid.*, p. 333, 335.

18. *Ibid.*, p. 337.

19. Lettre à Domenico di Fiore du 28 février 1832, *ibid.*, p. 355.

20. Lettre du comte de Sainte-Aulaire du 6 mars 1832, *ibid.*, p. 364.

21. Lettre au comte de Sainte-Aulaire du 15 mars 1832, *ibid.*, p. 371.

22. Lettre du comte de Sainte-Aulaire au comte Sébastiani [avril 1832], *ibid.*, p. 408-409.

23. Lettre à Mme Cuvier du 1er juin 1832, *ibid.*, p. 434.

24. Lettre de Mme Jules Gaulthier du 25 août [1832], *ibid.*, p. 499.

25. *Ibid.*

26. Lettre à Domenico di Fiore du 14 janvier 1832, *ibid.*, p. 338.

27. *Souvenirs d'égotisme*, in *Œuvres intimes II*, Gallimard, coll. « Bibliothèque de la Pléiade », 1982, p. 430-431.

28. Lettre au libraire Henri Dupuy du 23 juin 1832, *Correspondance générale*, tome IV, *op. cit.*, p. 460.

29. Lettre à Domenico di Fiore du 5 novembre 1832, *ibid.*, p. 541.

30. « Testament », 4 octobre 1832, *ibid.*, p. 513.

31. Lettre du duc de Broglie du 16 octobre 1832, *ibid.*, p. 516.

32. Lettre à Domenico di Fiore du 20 janvier 1833, *ibid.*, p. 599.

33. Lettre à Giulia Rinieri [20-21 avril 1833], *ibid.*, p. 630.

34. Lettre à Domenico di Fiore du 30 avril 1833, *ibid.*, p. 641.

35. *Ibid.*, p. 641-642.

36. Lettre de Prosper Mérimée à Sophie Duvaucel [octobre 1833], *ibid.*, p. 731.

37. George Sand, *Histoire de ma vie*, Gallimard, coll. « Quarto », 2004, p. 1280.

38. *Ibid.*, p. 1280-1281.

39. *Ibid.*, p. 1281.

40. *Ibid.*

41. Lettre à Jules Gaulthier du 4 mai 1834, *Correspondance générale*, tome V, Honoré Champion, 1999, p. 117.

42. Lettre à Jules Gaulthier du 4 mai 1834, *ibid.*, p. 116, 117.

43. Lettre à Lysimaque Tavernier, 3 [juin 1834], *ibid.*, p. 141, 142.

44. Lettre du marquis de Latour-Maubourg du 8 juin 1834, *ibid.*, p. 157.

45. Lettre du comte de Rigny à Auguste de Tallenay du 14 juillet 1834, *ibid.*, p. 199.

46. *Journal*, *op. cit.*, p. 198.

47. *Ibid.*, p. 211.

48. *Ibid.*, p. 238.

49. *Journal*, *op. cit.*, p. 244.

50. Lettre à Domenico di Fiore, [avril] 1835, *Correspondance générale*, tome V, *op. cit.*, p. 470.

51. *Journal*, *op. cit.*, p. 258.

52. Lettre à Alphonse Levavasseur du 21 novembre 1835, *Correspondance générale*, tome V, *op. cit.*, p. 638.

53. *Vie de Henry Brulard*, in *Œuvres intimes II*, Gallimard, coll. « Bibliothèque de la Pléiade », 1982, p. 533-534.

54. Lettre à Domenico di Fiore, [avril] 1835, *Correspondance générale*, tome V, *op. cit.*, p. 470.

55. Lettre à Domenico di Fiore du 15 avril 1835, *ibid.*, p. 472.

56. Lettre de Prosper Mérimée à Romain Colomb du 23 mai [1836], *ibid.*, p. 738.

57. *Journal*, *op. cit.*, p. 282.

58. Lettre de Clémentine Curial [1837 ?], *Correspondance generale*, tome VI, Honoré Champion, 1999, p. 98.

59. Lettre de Jules Gaulthier [25 décembre 1836], *Correspondance générale*, tome V, *op. cit.*, p. 778.

60. Lettre de Virginie Ancelot du 25 mars 1841, *Correspondance générale*, tome VI, *op. cit.*, p. 457.

61. *Journal*, *op. cit.*, p. 307.

62. Lettre d'Astolphe de Custine [11 août 1838], *Correspondance générale*, tome VI, *op. cit.*, p. 139.

63. *Ibid.*, p. 326.

64. *Ibid.*, p. 336.

65. *Ibid.*, p. 328.

66. *Ibid.*, p. 335.

67. *Ibid.*, p. 398.

68. Lettre d'Honoré de Balzac [5 avril 1839], *Correspondance générale*, tome VI, *op. cit.*, p. 177-178.

69. Lettre d'Astolphe de Custine [5 avril 1839], *ibid.*, p. 179.

70. *Journal*, *op. cit.*, p. 368.

71. Lettre à Domenico di Fiore du 5 avril 1841, *Correspondance générale*, tome VI, *op. cit.*, p. 463.

72. *Ibid.*

73. *Journal*, *op. cit.*, p. 423.

74. *Ibid.*

75. Lettre à Domenico di Fiore du 10 avril 1841, *Correspondance générale*, tome VI, *op. cit.*, p. 466.

ANNEXES

FOLIO BIOGRAPHIES

Lou Andreas-Salomé, par DORIAN ASTOR

Attila, par ÉRIC DESCHODT. Coup de cœur du *Point* 2006

Joséphine Baker, par JACQUES PESSIS

Balzac, par FRANÇOIS TAILLANDIER

Baudelaire, par JEAN-BAPTISTE BARONIAN

James Brown, par STÉPHANE KOECHLIN

Calvin, par JEAN-LUC MOUTON

Le Caravage, par GÉRARD-JULIEN SALVY

Jules César, par JOËL SCHMIDT

Cézanne, par BERNARD FAUCONNIER. Prix de biographie de la ville de Hossegor 2007

Cléopâtre, par JOËL SCHMIDT

Albert Cohen, par FRANCK MÉDIONI

Colette, par MADELEINE LAZARD

James Dean, par JEAN-PHILIPPE GUERAND

De Gaulle, par ÉRIC ROUSSEL

Diderot, par RAYMOND TROUSSON

Marlene Dietrich, par JEAN PAVANS

Albert Einstein, par LAURENT SEKSIK

Fellini, par BENITO MERLINO

Freud, par RENÉ MAJOR et CHANTAL TALAGRAND

Gandhi, par CHRISTINE JORDIS. Prix du livre d'histoire de la ville de Courbevoie 2008

Geronimo, par OLIVIER DELAVAULT

Billie Holiday, par SYLVIA FOL

Ibsen, par JACQUES DE DECKER

Jésus, par CHRISTIANE RANCÉ

Janis Joplin, par JEAN-YVES REUZEAU

Kafka, par GÉRARD-GEORGES LEMAIRE

Kerouac, par YVES BUIN

Louis XIV, par ÉRIC DESCHODT

Louis XVI, par BERNARD VINCENT

Michel-Ange, par NADINE SAUTEL

Modigliani, par CHRISTIAN PARISOT

Molière, par CHRISTOPHE MORY

Marilyn Monroe, par ANNE PLANTAGENET

Moïse, par CHARLES SZALKMANN

Mozart, par JEAN BLOT

Pasolini, par RENÉ DE CECCATTY

Pasteur, par JANINE TROTEREAU

Picasso, par GILLES PLAZY

Louis Renault, par JEAN-NOËL MOURET

Shakespeare, par CLAUDE MOURTHÉ

Stendhal, par SANDRINE FILLIPETTI

Jacques Tati, par JEAN-PHILIPPE GUERAND

Tchekhov, par VIRGIL TANASE

Toussaint Louverture, par ALAIN FOIX

Van Gogh, par DAVID HAZIOT

Verlaine, par JEAN-BAPTISTE BARONIAN

Boris Vian, par CLAIRE JULLIARD

Léonard de Vinci, par SOPHIE CHAUVEAU

Virginia Woolf, par ALEXANDRA LEMASSON

Stefan Zweig, par CATHERINE SAUVAT

COLLECTION FOLIO

Dernières parutions

4442. Collectif	*1,2,3... bonheur!*
4443. James Crumley	*Tout le monde peut écrire une chanson triste* et autres nouvelles.
4444. Niwa Fumio	*L'âge des méchancetés.*
4445. William Golding	*L'envoyé extraordinaire.*
4446. Pierre Loti	*Les trois dames de la Kasbah* suivi de *Suleïma.*
4447. Marc Aurèle	*Pensées (Livres I-VI).*
4448. Jean Rhys	*À septembre, Petronella* suivi de *Qu'ils appellent ça du jazz.*
4449. Gertrude Stein	*La brave Anna.*
4450. Voltaire	*Le monde comme il va* et autres contes.
4451. La Rochefoucauld	*Mémoires.*
4452. Chico Buarque	*Budapest.*
4453. Pietro Citati	*La pensée chatoyante.*
4454. Philippe Delerm	*Enregistrements pirates.*
4455. Philippe Fusaro	*Le colosse d'argile.*
4456. Roger Grenier	*Andrélie.*
4457. James Joyce	*Ulysse.*
4458. Milan Kundera	*Le rideau.*
4459. Henry Miller	*L'œil qui voyage.*
4460. Kate Moses	*Froidure.*
4461. Philip Roth	*Parlons travail.*
4462. Philippe Sollers	*Carnet de nuit.*
4463. Julie Wolkenstein	*L'heure anglaise.*
4464. Diderot	*Le Neveu de Rameau.*
4465. Roberto Calasso	*Ka.*
4466. Santiago H. Amigorena	*Le premier amour.*
4467. Catherine Henri	*De Marivaux et du Loft.*
4468. Christine Montalbetti	*L'origine de l'homme.*
4469. Christian Bobin	*Prisonnier au berceau.*
4470. Nina Bouraoui	*Mes mauvaises pensées.*

4471. Françoise Chandernagor *L'enfant des Lumières.*
4472. Jonathan Coe *La Femme de hasard.*
4473. Philippe Delerm *Le bonheur.*
4474. Pierre Magnan *Ma Provence d'heureuse rencontre.*
4475. Richard Millet *Le goût des femmes laides.*
4476. Pierre Moinot *Coup d'État.*
4477. Irène Némirovsky *Le maître des âmes.*
4478. Pierre Péju *Le rire de l'ogre.*
4479. Antonio Tabucchi *Rêves de rêves.*
4480. Antonio Tabucchi *L'ange noir.* (à paraître)
4481. Ivan Gontcharov *Oblomov.*
4482. Régine Detambel *Petit éloge de la peau.*
4483. Caryl Férey *Petit éloge de l'excès.*
4484. Jean-Marie Laclavetine *Petit éloge du temps présent.*
4485. Richard Millet *Petit éloge d'un solitaire.*
4486. Boualem Sansal *Petit éloge de la mémoire.*
4487. Alexandre Dumas *Les Frères corses.* (à paraître)
4488. Vassilis Alexakis *Je t'oublierai tous les jours.*
4489. René Belletto *L'enfer.*
4490. Clémence Boulouque *Chasse à courre.*
4491. Giosuè Calaciura *Passes noires.*
4492. Raphaël Confiant *Adèle et la pacotilleuse.*
4493. Michel Déon *Cavalier, passe ton chemin!*
4494. Christian Garcin *Vidas* suivi de *Vies volées.*
4495. Jens Christian Grøndahl *Sous un autre jour.*
4496. Régis Jauffret *Asiles de fous.*
4497. Arto Paasilinna *Un homme heureux.*
4498. Boualem Sansal *Harraga.*
4499. Quinte-Curce *Histoire d'Alexandre.*
4500. Jérôme Garcin *Cavalier seul.*
4501. Olivier Barrot *Décalage horaire.*
4502. André Bercoff *Retour au pays natal.*
4503. Arnaud/Barillé/Cortanze/Maximin *Paris Portraits.*
4504. Alain Gerber *Balades en jazz.*
4505. David Abiker *Le musée de l'homme.*
4506. Bernard du Boucheron *Coup-de-Fouet.*
4507. Françoise Chandernagor *L'allée du Roi.*
4508. René Char *Poèmes en archipel.*
4509. Sophie Chauveau *Le rêve Botticelli.*

4510. Benoît Duteurtre — *La petite fille et la cigarette.*
4511. Hédi Kaddour — *Waltenberg.*
4512. Philippe Le Guillou — *Le déjeuner des bords de Loire.*
4513. Michèle Lesbre — *La Petite Trotteuse.*
4514. Edwy Plenel — *Procès.*
4515. Pascal Quignard — *Sordidissimes. Dernier Royaume, V.*
4516. Pascal Quignard — *Les Paradisiaques. Dernier Royaume, IV.*
4517. Danièle Sallenave — *La Fraga.*
4518. Renée Vivien — *La Dame à la louve.*
4519. Madame Campan — *Mémoires sur la vie privée de Marie-Antoinette.*
4520. Madame de Genlis — *La Femme auteur.*
4521. Elsa Triolet — *Les Amants d'Avignon.*
4522. George Sand — *Pauline.*
4523. François Bégaudeau — *Entre les murs.*
4524. Olivier Barrot — *Mon Angleterre. Précis d'Anglopathie.*
4525. Tahar Ben Jelloun — *Partir.*
4526. Olivier Frébourg — *Un homme à la mer.*
4527. Franz-Olivier Giesbert — *Le sieur Dieu.*
4528. Shirley Hazzard — *Le Grand Incendie.*
4529. Nathalie Kuperman — *J'ai renvoyé Marta.*
4530. François Nourissier — *La maison Mélancolie.*
4531. Orhan Pamuk — *Neige.*
4532. Michael Pye — *L'antiquaire de Zurich.*
4533. Philippe Sollers — *Une vie divine.*
4534. Bruno Tessarech — *Villa blanche.*
4535. François Rabelais — *Gargantua.*
4536. Collectif — *Anthologie des humanistes européens de la renaissance.*
4537. Stéphane Audeguy — *La théorie des nuages.*
4538. J. G. Ballard — *Crash!*
4539. Julian Barnes — *La table citron.*
4540. Arnaud Cathrine — *Sweet home.*
4541. Jonathan Coe — *Le cercle fermé.*
4542. Frank Conroy — *Un cri dans le désert.*
4543. Karen Joy Fowler — *Le club Jane Austen.*
4544. Sylvie Germain — *Magnus.*
4545. Jean-Noël Pancrazi — *Les dollars des sables.*

4546. Jean Rolin	*Terminal Frigo.*
4547. Lydie Salvayre	*La vie commune.*
4548. Hans-Ulrich Treichel	*Le disparu.*
4549. Amaru	*La Centurie. Poèmes amoureux de l'Inde ancienne.*
4550. Collectif	*«Mon cher papa...» Des écrivains et leur père.*
4551. Joris-Karl Huysmans	*Sac au dos* suivi de *À vau l'eau.*
4552. Marc-Aurèle	*Pensées (Livres VII-XII).*
4553. Valery Larbaud	*Mon plus secret conseil...*
4554. Henry Miller	*Lire aux cabinets.*
4555. Alfred de Musset	*Emmeline.*
4556. Irène Némirovsky	*Ida* suivi de *La comédie bourgeoise.*
4557. Rainer Maria Rilke	*Au fil de la vie.*
4558. Edgar Allan Poe	*Petite discussion avec une momie et autres histoires extraordinaires.*
4559. Madame de Duras	*Ourika. Édouard. Olivier ou le Secret.*
4560. François Weyergans	*Trois jours chez ma mère.*
4561. Robert Bober	*Laissées-pour-compte.*
4562. Philippe Delerm	*La bulle de Tiepolo.*
4563. Marie Didier	*Dans la nuit de Bicêtre.*
4564. Guy Goffette	*Une enfance lingère.*
4565. Alona Kimhi	*Lily la tigresse.*
4566. Dany Laferrière	*Le goût des jeunes filles.*
4567. J.M.G. Le Clézio	*Ourania.*
4568. Marie Nimier	*Vous dansez?*
4569. Gisèle Pineau	*Fleur de Barbarie.*
4570. Nathalie Rheims	*Le Rêve de Balthus.*
4571. Joy Sorman	*Boys, boys, boys.*
4572. Philippe Videlier	*Nuit turque.*
4573. Jane Austen	*Orgueil et préjugés.*
4574. René Belletto	*Le Revenant.*
4575. Mehdi Charef	*À bras-le-cœur.*
4576. Gérard de Cortanze	*Philippe Sollers. Vérités et légendes.*
4577. Leslie Kaplan	*Fever.*
4578. Tomás Eloy Martínez	*Le chanteur de tango.*

4579. Harry Mathews — *Ma vie dans la CIA.*
4580. Vassilis Alexakis — *La langue maternelle.*
4581. Vassilis Alexakis — *Paris-Athènes.*
4582. Marie Darrieussecq — *Le Pays.*
4583. Nicolas Fargues — *J'étais derrière toi.*
4584. Nick Flynn — *Encore une nuit de merde dans cette ville pourrie.*
4585. Valentine Goby — *L'antilope blanche.*
4586. Paula Jacques — *Rachel-Rose et l'officier arabe.*
4587. Pierre Magnan — *Laure du bout du monde.*
4588. Pascal Quignard — *Villa Amalia.*
4589. Jean-Marie Rouart — *Le Scandale.*
4590. Jean Rouaud — *L'imitation du bonheur.*
4591. Pascale Roze — *L'eau rouge.*
4592. François Taillandier — *Option Paradis. La grande intrigue, I.*
4593. François Taillandier — *Telling. La grande intrigue, II.*
4594. Paula Fox — *La légende d'une servante.*
4595. Alessandro Baricco — *Homère, Iliade.*
4596. Michel Embareck — *Le temps des citrons.*
4597. David Shahar — *La moustache du pape* et autres nouvelles.
4598. Mark Twain — *Un majestueux fossile littéraire* et autres nouvelles.
4600. Tite-Live — *Les Origines de Rome.*
4601. Jerome Charyn — *C'était Broadway.*
4602. Raphaël Confiant — *La Vierge du Grand Retour.*
4603. Didier Daeninckx — *Itinéraire d'un salaud ordinaire.*
4604. Patrick Declerck — *Le sang nouveau est arrivé. L'horreur SDF.*
4605. Carlos Fuentes — *Le Siège de l'Aigle.*
4606. Pierre Guyotat — *Coma.*
4607. Kenzaburô Ôé — *Le faste des morts.*
4608. J.-B. Pontalis — *Frère du précédent.*
4609. Antonio Tabucchi — *Petites équivoques sans importance.*
4610. Gonzague Saint Bris — *La Fayette.*
4611. Alessandro Piperno — *Avec les pires intentions.*
4612. Philippe Labro — *Franz et Clara.*

4613. Antonio Tabucchi — *L'ange noir.*
4614. Jeanne Herry — *80 étés.*
4615. Philip Pullman — *Les Royaumes du Nord. À la croisée des mondes, I.*
4616. Philip Pullman — *La Tour des Anges . À la croisée des mondes, II.*
4617.Philip Pullman — *Le Miroir d'Ambre. À la croisée des mondes, III.*
4618. Stéphane Audeguy — *Petit éloge de la douceur.*
4619. Éric Fottorino — *Petit éloge de la bicyclette.*
4620. Valentine Goby — *Petit éloge des grandes villes.*
4621. Gaëlle Obiégly — *Petit éloge de la jalousie.*
4622. Pierre Pelot — *Petit éloge de l'enfance.*
4623. Henry Fielding — *Histoire de Tom Jones.*
4624. Samina Ali — *Jours de pluie à Madras.*
4625. Julian Barnes — *Un homme dans sa cuisine.*
4626. Franz Bartelt — *Le bar des habitudes.*
4627. René Belletto — *Sur la terre comme au ciel.*
4628. Thomas Bernhard — *Les mange-pas-cher.*
4629. Marie Ferranti — *Lucie de Syracuse.*
4630. David McNeil — *Tangage et roulis.*
4631. Gilbert Sinoué — *La reine crucifiée*
4632. Ted Stanger — *Sacrés Français ! Un Américain nous regarde.*
4633. Brina Svit — *Un cœur de trop.*
4634. Denis Tillinac — *Le venin de la mélancolie.*
4635. Urs Widmer — *Le livre de mon père.*
4636. Thomas Gunzig — *Kuru.*
4637. Philip Roth — *Le complot contre l'Amérique.*
4638. Bruno Tessarech — *La femme de l'analyste.*
4639. Benjamin Constant — *Le Cahier rouge.*
4640. Carlos Fuentes — *La Desdichada.*
4641. Richard Wright — *L'homme qui a vu l'inondation* suivi de *Là-bas, près de la rivière.*
4642. Saint-Simon — *La Mort de Louis XIV.*
4643. Yves Bichet — *La part animale.*
4644. Javier Marías — *Ce que dit le majordome.*
4645. Yves Pagès — *Petites natures mortes au travail.*
4646. Grisélidis Réal — *Le noir est une couleur.*
4647. Pierre Senges — *La réfutation majeure.*

4648. Gabrielle Wittkop — *Chaque jour est un arbre qui tombe.*
4649. Salim Bachi — *Tuez-les tous.*
4650. Michel Tournier — *Les vertes lectures.*
4651. Virginia Woolf — *Les Années.*
4652. Mircea Eliade — *Le temps d'un centenaire* suivi de *Dayan.*
4653. Anonyme — *Une femme à Berlin. Journal 20 avril-22 juin 1945.*
4654. Stéphane Audeguy — *Fils unique.*
4655. François Bizot — *Le saut du Varan.*
4656. Pierre Charras — *Bonne nuit, doux prince.*
4657. Paula Fox — *Personnages désespérés.*
4658. Angela Huth — *Un fils exemplaire.*
4659. Kazuo Ishiguro — *Auprès de moi toujours.*
4660. Luc Lang — *La fin des paysages.*
4661. Ian McEwan — *Samedi.*
4662. Olivier et Patrick Poivre d'Arvor — *Disparaître.*
4663. Michel Schneider — *Marilyn dernières séances.*
4664. Abbé Prévost — *Manon Lescaut.*
4665. Cicéron — *« Le bonheur dépend de l'âme seule ».* Tusculanes, *livre V.*
4666. Collectif — *Le pavillon des Parfums-Réunis.* et autres nouvelles chinoises des Ming.
4667. Thomas Day — *L'automate de Nuremberg.*
4668. Lafcadio Hearn — *Ma première journée en Orient* suivi de *Kizuki le sanctuaire le plus ancien du Japon.*
4669. Simone de Beauvoir — *La femme indépendante.*
4670. Rudyard Kipling — *Une vie gaspillée* et autres nouvelles.
4671. D. H. Lawrence — *L'épine dans la chair* et autres nouvelles.
4672. Luigi Pirandello — *Eau amère.* et autres nouvelles.
4673. Jules Verne — *Les révoltés de la Bounty* suivi de *maître Zacharius.*
4674. Anne Wiazemsky — *L'île.*
4675. Pierre Assouline — *Rosebud.*

Composition Nord Compo
Impression Maury-Imprimeur
45330 Malesherbes
le 2 février 2009.
Dépôt légal : février 2009.
Numéro d'imprimeur : 143930.

ISBN 978-2-07-034535-9./*Imprimé en France.*

149978